La vie des elfes

精靈少女

Muriel Barbery

妙莉葉・芭貝里

吳馨竹.段韻靈.粘耿嘉———譯

獻給賽巴斯汀

獻給亞堤、艾蓮娜、米杰、皮耶，以及希夢娜

致親愛的台灣讀者：

對作家而言，自己的作品能翻譯成母語之外的另一種語言，並且知曉在世界的另一頭，有人或許因為閱讀了自己的文字而感動，始終是莫大的榮幸。而寫作也帶來了無限的可能；作者是關在房門裡孤獨地寫作，卻又因其文字而能去旅行，而旅行真正的目的，就是與各種人相遇，發現其他的國度、其他的文化、他人的夢想。我有幸因為自己的作品，有過一些美好而獨特的相遇。時光荏苒，我不僅和忠實的出版社朋友們建立起深厚的情誼，並日漸相繫，那些我曾在書本世界之外相遇，來自不同背景的讀者、旅途中不期而遇的人們，許許多多的作家朋友，都讓我更加充實，讓我比原來的我更好。台灣對我來說尤其是充滿珍貴回憶的地方，我在台灣有過許多印象深刻的相遇，而我在一踏上這個國度之時，便立刻喜歡上了台北這個城市。因此，能夠在這裡出版我的第三本小說《精靈少女》，我實在倍感光榮。而關於本書，如果你還願意聽，我有些話想說。

我的前作《刺蝟的優雅》締造了相當意外驚人的成績。對我的創作生涯來說，這段歷程是一份從天而降的禮物。每一天，我都享有這本書所賜予我的恩惠。然而，除了這本書所成就的奇蹟之外，成功本身卻又是種奇怪的東西：因為你已經成功了，許多人會認為這就是你人生的目標，且往後的人生都應繼續朝這個目標邁進。要你再次實現這種成功的壓力，恆常持續著，有時直接迎面而來，有時無以名狀。人們也會對你有類似的期待，期待會再有令人歡欣雀躍的成功，期待讀者會再有相同的迴響，期待市場會再有相同的效應。我很明白會是這樣。所以，打從我開始寫作，打從我深深瞭解自己寫作的初衷，我知道自己不能、也不想局限於此。我的三本小說本本都很不同，每一本都反映了我人生中的不同階段，也見證、甚至引發了我生命中深刻的改變。對寫作這樣的創作活動來說，人生與寫作的過程能有這樣緊密的連結，才是最難能可貴的奇蹟。《刺蝟的優雅》具體改變了我的生活，也改變了我曾經是的那位女性。在這之後，我便知道，我將需要探索新的領域，將需要踏上一個不曾走過的方向，變換創作語言、變換敘事、變換領域、變換計畫。

《精靈少女》這本小說的創作，緣自關於日本庭園的一段對話，也與許多其他經驗和事物有關，像有些靈感就來自在義大利、西班牙、亞洲等地，因拜訪友人或因寫作而有的旅行經驗。會寫這個故事，也是受到我心中由藝術和自然日益滋養的欲望所驅使。某些特別難得的閱讀經驗也讓我深受啟發，比如說讓・紀沃諾（Jean Giono）這位作者的書；我在青少年時期讀他的作品時，其實並沒有特別的感受，但我四年前再讀時，卻覺得他是相當了不起的法語作家。這位作家的語言已達到無與倫比的詩學高峰，他的作品談土地、談農人，而他筆下艱難的大自然總能綻現神奇，就像《種樹的男人》裡，貧瘠的荒地竟能化為豐饒的樂土。《精靈少女》的創作不僅出自我對繪畫的喜愛，也根植於我所懷抱的信念：創造故事是唯人所獨有的能力。這本小說也體現了我童年時代對樹木、對河流，以及諸多事物的眷戀。但如果真要說與這個作品最至要相關的，其實是我在寫完這本小說之後才明白的一件事：我覺得對我來說，最重要的其實是我想嘗試說一個故事，一個關於世界和諧的故事，一個人類與自然和解的夢想，在這個夢想中，人心終能與藝術、樹木共鳴。

人們屢屢問我，我為何要將精靈這樣的角色放在一本文學小說裡？小說裡的精靈角色，是否受到托爾金作品的啟發？又或者，我原本想寫的是奇幻故事？我是不是有意識地要挑戰文學小說的寫作邏輯？我的答案有兩個面向。一方面，我從不偏好寫實主義，而我一向認為，一部虛構作品的重要性不在擬真，而在精準。我的小說向來不採取寫實的定位，而這本小說或許將寫實性的基準又推移得更遠了。但毫無疑問地，與《刺蝟的優雅》相比，這本書其實並未將這個基準推移得更遠。還記得嗎？在《刺蝟的優雅》中，十二歲小女孩的寫作程度，竟然有相當於文化部長的水準。另一方面，托爾金的故事真正吸引我之處，並不在於他所創造出來的奇幻世界，而是故事裡對自然的憧憬，對一個時代的禮讚，在那個時代，萬物和宇宙同生共息，而人們深深明瞭和珍惜著這份緊密的連結。精靈只是一個象徵，這份連結的化身。在亞洲文化的精神內涵中，這種天人合一的和諧關係似乎非常鮮明。我來自信奉笛卡兒的西方世界，在這樣的文化裡難以孕育出世界一體的觀念。在地球上，這樣的世界一體的和諧狀態處處受到威脅，自然因為人類的貪婪、無知、愚蠢，或說是無能，而遭到剝削。古代的詩人們會怎麼看待我們這個現代世界呢？也許就會像岡倉天心在一九〇六年寫的《茶之書》中，對於中國茶文化原有的情感和精神在晚近時期的中國已失落殆盡而有過的感嘆：「他們慢慢變得像現代人了，也就是說，變得既蒼老又實際了。」（編按：本文句出自五南出版之翻譯版本）即便《精靈少女》是不自量力的嘗試，我仍希望透過兩個奇特女孩的命運，透過對荒野景象和鄉村生活的描寫，透過對詩歌和藝術的探尋，來捍衛這個世界不凡的美好。

《精靈少女》是瑪利亞和克拉拉歷險故事系列的首部曲，之後還會有續集。因此，首部曲中懸而未決的問題，將會在二部曲中獲得解答。在二部曲中，這些角色都將會明白各自的天命，也會有我也還不認識的其他角色登場，但這些尚未登場的角色可能已經與我同在，只是我不知道而已。

因為首部曲結束在即將到來的大規模衝突中的第一場戰役，而且在首部曲中關於精靈世界的描寫仍保留許多神秘未解之處，因此，接下來我所要面對的任務，便是要敘述一場大戰和深入描寫精靈世界。此任務之繁浩，令我既迫不及待又忐忑不安。我真的迫不及待又忐忑不安。但智者知道，欲望和恐懼是美好事物的一體兩面，而所謂的美好事物，我們通常稱之為愛。願我能找到通往愛的道路。

妙莉葉・芭貝里，

二〇一五年十二月十九日，寫於法國

目錄

人物表

法國勃艮第村莊

斜坡上的農場

瑪利亞・孚爾

安德列・孚爾：瑪利亞養父

蘿斯・孚爾：瑪利亞養母

歐杰妮、珍奈、安潔莉、瑪利：瑪利亞姨婆

馬歇洛農場

歐傑・馬歇洛：人稱老傑，農夫，孚爾家鄰居

羅蕾特・馬歇洛：歐傑妻子
馮斯瓦神父：教區神父
瓊諾：信差
博・翁希：人稱希博，馬蹄鐵匠
雷翁・索哈：農夫
雷翁與賈斯東——瓦雷希：雷翁・索哈之子
亨利・孚爾：人稱希希，守林人，安德列弟弟
居爾・勒科：人稱居勒，村長暨養路工班工頭
喬治・艾夏：人稱夏夏，馬具工匠

義大利阿布魯佐村莊

克拉拉・桑堤

桑堤神父：克拉拉養父，聖斯第芬諾教區神父

亞力山卓：桑堤神父弟弟，皮耶妥・沃爾普友人

老女傭：在桑堤神父家幫忙料理起居，照顧克拉拉的老太太

巴歐羅：牧羊人

羅馬

拉斐爾・桑坦杰羅：行政首長

阿齊瓦提宅邸

古斯塔・阿齊瓦提：大師

蕾諾拉・阿齊瓦提：大師妻子，皮耶妥妹妹

彼特：大師秘書，克拉拉監護人

沃爾普別墅

皮耶妥：藝術品交易商，古斯塔・阿齊瓦提連襟

羅貝多：皮耶妥父親

艾芭：皮耶妥母親

克雷蒙別墅

克雷蒙家族：富裕貴族

瑪妲：克雷蒙家長女，亞力山卓的摯愛

德蕾莎：克雷蒙家么女，技藝精湛的鋼琴家

薄霧國

霧之屋主席（擁有灰馬、野兔分身）

霧之屋守護者（擁有白馬、野豬分身）

馬居斯與玻律斯：古斯塔・阿齊瓦提與彼特之友

艾略斯：薄霧國中欲毀滅人類的首領

第一部

誕生

西班牙小女孩

小女孩閒來無事總在樹上。四處不見蹤影時，大家就會到樹叢間找她。先巡一巡那棵可以俯瞰北邊斜面屋的大山毛櫸；她總愛在那兒，邊作白日夢，邊觀察農場動靜。接著繞到新砌的小小石牆後方，到神父家花園裡的老椴樹看看。最後，也就是冬天最容易找到她的地方——毗鄰農地西向斜谷中，那三棵種植在如波浪起伏土地上、全國最美麗的橡樹。小女孩總是窩在樹上，逃離由學習、三餐和彌撒所構成的農村生活。她偶爾也會邀請同伴到樹上玩，大家總為她布置的輕巧小平台驚嘆不已，並且在那共度許多談天歡笑的美好時光。

✽

某天傍晚，她掛在中間那棵橡樹低矮的枝椏上，當陰影逐漸籠罩斜谷，她知道很快會有人來找她、帶她回溫暖的屋內，而她寧可穿過牧場，順道和鄰居的綿羊們打招呼。小女孩踏入漸起的薄霧中。從父親農場牆垛一直到馬歇洛先生農場邊界的每一塊草地，她都瞭如指掌。她大可以閉著眼睛走，就像辨識天上星辰那樣，辨識出農地上的每處隆起、溪邊草叢、路上石塊，以及緩坡角度。但她不僅沒有那樣做，反而出於某種特殊原因張大了雙眼：離她僅僅數公分之遙，有人走進了薄霧裡。那個人的出現，讓她的心臟一陣奇異地揪緊，整顆心彷彿被包裹住，進而看見了一個奇特的景象：沐浴著金褐色光芒的林下灌木叢間有匹白馬，而一條黑石子路上的碎石，在高高的樹葉群下閃耀著。

✿

在此必須說明一下，在這不尋常事件發生當時，她是個怎樣的孩子。住在農場的六個大人，包含她的父母、四個姨婆全都很喜歡她。她身上有種魔力，跟出生時一切平順的孩子所散發的氣質大不相同。那些孩子身上散發的是一種完美結合了無知與幸福的魅力，而她不是這樣。當她移動時，人們看到的是虹彩光暈，而長久陶冶於草木自然中的生靈則感受到如同大樹的振動，只有那位最年長、對神秘現象格外有興趣的姨婆打從心裡認為，一定有某種神奇的力量潛藏在小女孩體內。不過，大家都確定的倒是，以這樣一個如此幼小的孩子而言，她移動的方式頗不尋常；她動的時候，身上似乎帶動某些肉眼看不見的東西和空氣中的震盪，就好像蜻蜓或樹梢在風中的顫動一般。此外，她有著一頭深棕色頭髮，個性活潑好動，身形略瘦卻極為優雅。她的眼珠像是兩顆晶瑩閃亮的黑曜岩，膚色較深、接近茶褐色，有些類似斯拉夫人的顴骨上方透著圓圓的紅潤，唇形分明且帶有富生命力的血色。一個光彩奪目的女孩。至於她那性格啊！老是在田野間穿來跑去，隨意撲倒在草地上，仰望著廣袤無涯的天空；即使在冬天也要赤腳涉過溪流，或為溪水的沁涼，或為舒緩冬日的凍裂傷。尤其喜歡以主教般嚴肅的口吻，向人描述每天在外碰到的所有大小事。即便如此，就像那些智慧超越感知的靈魂一樣，她總感受到淡淡的憂傷，即使身處在她賴以成長、極為貧困的蔽身之所中，她也能從一些隨處可見的跡象裡，看到世界隱藏著的悲劇。因此，這個活力十足又擁有許多秘密的小不點，就是像這樣，在五點鐘的薄霧中感覺到身邊有個看不見的生物存在。比起神父布道時說有上帝存在這件事，她更確信的是，這個生物既友善也是超自然的。她因此並不感到害怕；相反地，她維持先前決定，走往探訪羊群的方向。

✿

有個東西握住了她的手，感覺像是一隻纏在一團柔軟又溫暖的毛線球裡的大手，她的手深陷了進去，被溫柔地鉗住。然而，人類的掌心握起來不可能這麼緊實；在絲線般光滑的觸感底下，她感覺到那些起伏，猶如一隻野豬的巨大腳蹄。此時，他們向左走，轉了個近乎九十度的彎，她知道他們正繞過羊群和馬歇洛先生的農場走向小樹林。那裡有一片荒地，長滿了茂盛潮溼的雜草。荒地往上延伸成緩坡，經過一段曲徑連接到山丘，落入長滿野莓和一整片長春花花毯的美麗白楊樹林中。不久前，每戶人家都還有木材砍伐權，可以在初冬第一場雪後，到林中砍伐所需的木材。遺憾的是，韶光已逝，我們今日不談論此事，或出於悲傷或出於健忘，或是因為在這個當下，小女孩正被一隻巨大的野豬蹄緊握著，迎向她的命運。這是秋日的夜晚，人們已經許久未曾遇過如此和煦的秋天，大家延後採收果實，以及將蘋果、梨子等放進地窖木箱乾燥保存的時間，於是昆蟲們整日如雨般落下，醉倒在果園的玉液瓊漿裡；空氣中彷彿瀰漫著一股無精打采的氣息、一聲慵懶的輕嘆，和一種確定一切永遠不會結束的寧靜感，彷彿人們只要照常工作，不怠惰也不抱怨，就可以在這個述說愛戀的、無盡的秋季，秘密地縱情享樂。

✿

小女孩現在正朝著東方的林中空地走去，此時又發生了一件出乎意料的事：天空開始下起雪來。突然間開始下起了雪，而且不是那種羞怯怯、為灰白世界鋪上一層細細絨毛、輕輕飄落的小雪花，不，是厚重、像玉蘭花苞大小的雪，綿綿密密緊實相連，形成一道霧濛濛的屏障。當時大約是六點鐘，對於這如夢似幻的幸福秋日戛然而止，村莊裡所有人都嚇了一跳；小女孩的父親穿著單薄的斜紋上衣在劈柴，馬歇洛先生在池塘邊讓獵犬活動筋骨，珍奈女士揉起了麵包，還有其他來來回回在牲畜、麵粉和稻草堆裡忙進忙出的人。沒錯，所有人都察覺到轉變並動了起來，大家將畜棚的門閂好，把羊群和狗群趕回家，並且準備做另一項幾乎與秋日閒情同樣美好的活動：在屋外下著狂暴的紛飛大雪時，升起今年的第一爐火圍爐閒聊。

人們動手準備著並思考著。

那些還記得的人，回想起距今十年前的一個秋天傍晚，當時同樣出其不意地下起了大雪，像是天空突然散成一堆潔白碎屑，大家尤其想到了小女孩和她所在的農場。此時的農場裡，眾人才剛發現小女孩不見了，她的父親正迅速套上毛帽和百米外就聞得到樟腦味的獵裝。

「希望他們別又來把她帶離我們身邊。」身影在夜色裡消失前，他喃喃說道。

他敲了村子裡農夫、鞍具師傅、村長（同時也是養路工班的工頭）、守林人，還有其他人的門。每到一處，他只說一句話：小女孩不見了，說完立刻朝下一戶走去。他身後的人則大聲叫喊著，抓起獵裝或厚重外套，手忙腳亂地著上重裝，然後一頭衝進暴風雪中走向下一戶人家。最後共有十五個人一起到了馬歇洛家。馬歇洛太太已經煮好一鍋豬肉和一小壺熱酒。酒菜在十分鐘內一掃而空，期間夾雜著作戰計畫的討論。計畫大致和晨間狩獵的內容相同，不同的是：野豬行蹤不會成謎，可是小女孩的行蹤比妖精還難預測。坦白說，和所有人一樣，小女孩的父親心中自有想法，因為在這些同樣相信上帝與鄉野傳奇的地區，人們不相信巧合；和城市人早已遺忘的直覺不同，大家總懷疑其中有什麼不祥的徵兆。您知道的，在我們這裡，人們在緊急救援時很少運用理性判斷，而是善用眼睛、步伐、直覺與不屈不撓的毅力。而大家這晚正是如此，因為他們想起了就在十年前，一個相似的夜晚，他們沿著某人的足跡順著小徑追蹤到山上，腳印直直通往東邊林地。然而，過程裡最讓小女孩父親害怕的是：一旦到了山頂，大家又只能空瞪著雙眼、在胸前猛畫十字，並且不住地點頭——正如十年前足跡突然消失在空地中心時，他們所做的那樣。當時大夥兒凝望著猶如新生兒肌膚一般光滑的細雪，眼前是一塊寂靜無聲、毫無線索的處女地，所有獵人都可以發誓，已經超過兩天以上未曾有人踏足。

✽

姑且先讓村民們在暴風雪中攀爬追蹤吧。

✿

至於小女孩，她現在走到了林中空地。下著雪，她不覺得冷。把她帶到這裡來的生物開口對她說話。那是一匹高大美麗的白馬，周身毛皮冒著熱氣，在夜色中暈成淺淺的薄霧，擴散到四面八方：朝西，在遠方有座青色的莫爾旺山脈[①]；朝東，人們正因滴雨未落的乾燥季節而大豐收；朝北，是一片平原；朝南，一群男人們正奮力在雪深及膝的路上向上攀爬，內心滿懷焦慮。是的，正是一匹高大美麗的白馬，有手、有腳，甚至也有蹄，卻又非馬、非人，也非野豬，而是這三者的綜合體，但又不是分部位組合而成：馬頭有時變換成人頭，同時身體漸漸拉長又變回馬蹄；馬蹄內縮變成小野豬蹄，接著慢慢長大成為成年野豬蹄。這一切不停變換，而小女孩帶著虔敬參與這場本體轉化之舞。舞步既相互呼應，又勾勒融合了知識與信仰間可見與不可見的元素。牠溫柔地對她說話，薄霧隨之轉化。因此她看見了——雖然不懂牠說了些什麼，但是小女孩看見，一個與今晚一樣的雪夜，同一個村莊，在她所居住的農場裡，一個白色物體，被放在潔白雪花覆蓋的

---

① 譯注：Le Morvan，位於法國中部勃艮第地區。

台階上。那，正是她自己。

✿

人們每次遇到這個像小雞般動個不停的小女孩，都不免想起那個雪夜台階上的白色物體。你能夠感受到她身上純粹的生命力向外散放，直擊你的胸膛與內心。是安潔莉姨婆去雞圈時發現這個不幸的人小兒的；她睜著一雙幾乎填滿整個琥珀色小臉蛋的骨碌碌黑色大眼望著她。那明顯是一雙人類的眼睛。安潔莉呆住了，停在原地，一腳跨在半空中，隨後才回過神來，大叫道：「黑夜裡有個孩子！」然後一把抱起小女孩，把她帶到室內。即使大雪以致人於死地的狂暴持續落下，小女孩身上卻連一丁點雪花也沒沾上。那一夜稍晚，安潔莉姨婆聲稱：「我差點兒以為是上帝在跟我說話……」然後她住嘴，陷入亂糟糟的思緒裡，感覺在空間與時間不停交互收縮扭曲的情況下，根本無法言說發現了一個包在白色襁褓中的新生兒，對宇宙曲線所帶來的震盪與騷動；猜測小女孩怎麼來的眾多可能性，以令人眼花的方式不斷分裂著、在雪夜裡隆隆嘶吼。但至少，她已經感應到了那些動盪，並決定將這一切的答案交託給上帝。

✿

安潔莉發現小女孩的一小時後，農場擠滿了來開會討論的村民，男人組成一支隊伍去追蹤足跡。他們跟蹤一串孤零零的腳印，從農場出發，往上爬走向東邊樹林，一路雪深及臀，但那串腳印卻輕盈得只印在雪地表層。接下來的事，大家都知道了：到達林中空地後，他們停止追蹤，帶著沉重的陰鬱心情返回村莊。

「但願……」小女孩的父親說。

沒有人再對此多說些什麼，但是大家不約而同想到那不幸的婦女或許……大家紛紛在胸前畫著十字。

小女孩在細緻的細亞麻襁褓布下觀察著這一切。她身上細亞麻布的花邊，是當地不曾見過的圖樣，上面繡著十字架，安撫了老奶奶們的心，還有兩個不知道何國語言的文字，把大家都嚇壞了。所有人都將注意力擺在那兩個字上，卻徒勞無功，直到瓊諾到來。瓊諾是信差，曾經上過戰場。在那場戰爭中，鎮上有二十一個男人一去不回，這也是為什麼在鎮公所與教堂對面有座紀念碑的原因。因為那場戰爭，瓊諾去過國土極南之處——人們所謂的歐洲——在這群營救小女孩的救援人員眼中，歐洲不過是鄉公所地圖上，標註粉色、藍色、綠色和紅色色塊的地方。畢竟在當時，即使村莊與村莊間相距不過短短三古里②，但是疆界嚴明，又怎能想像歐洲是什麼呢？

瓊諾剛剛抵達，滿頭滿臉的雪花，小女孩的母親為他奉上一大杯加了烈酒的咖啡。他看著光滑棉線繡成的文字，說道：「沒錯，這是西班牙文。」

「你確定是西班牙文？」小女孩的父親問。

瓊諾使勁點頭，濃烈的白蘭地香氣傳入鼻尖。

「那是什麼意思？」小女孩的父親又問。

「哪知道呢？」不會說蠻族語言的瓊諾答。

所有人都點了點頭，又倒了一杯酒來消化這個消息。那麼，這是個來自西班牙的小女孩囉？可真是出人意料啊！

✽

這段時間，女人們沒喝酒，而是找來了剛生完孩子的莒絲特。此時她正在餵奶，兩個小娃娃窩在她堪比屋外白雪的胸前。看著兩座像糖塊似的、令人想一親芳澤舔下去的美麗雙峰，眾人腦中全無一絲邪念，僅感覺世界洋溢著一股讓人遺忘戰爭的祥和之氣，因為那對哺餵的乳房上正掛著兩名嗷嗷待哺的小嬰兒。吸飽了奶，小女孩打了個飽滿又響亮的小嗝，於是所有人笑了開來，親密地拍拍彼此的肩頭。大夥兒放鬆了下來，莒絲特扣好內衣，整理好短衫，女人們則忙著把野兔肉醬抹在用鵝油重新熱過的一片片大塊麵包上，因為她們知道神父抗拒不了這美味的誘惑，也因為她們腦中計畫著要藉由信仰，在這個基督家庭農場裡養育小女孩。畢竟這裡和其他地區不一樣，一個西班牙小女孩突然出現在某戶人家的台階上，不會造成諸如種族歧視之類的問題。

「嗯，」小女孩的父親說，「我看呀，她看起來就像在自己家一樣。」他看著正對他微笑的妻子，又望向每位賓客。賓客們飽足的眼神則流連在火爐旁包著毯子的兩名乳兒身上。最後，父親終於看向被兔肉醬和鵝油哄得暈陶陶的神父。神父站了起來，走近火爐。

所有人跟著起身。

在此就不贅述鄉下神父的降福儀式了；那堆拉丁文會搞得人暈頭轉向，而這個當下，我們比較希望自己多少懂點西班牙文。不過，大家還是都站起身來，神父開始為小女孩賜福，而每個人

---

② 譯注：La lieue，法國古里，長度因省而異，一古里約等於四公里。

都知道下雪之夜便是恩典之夜。人們都記得先祖流傳下來的故事：在那場最後的戰役中，死於凍寒和死於恐懼的人一樣多，他們贏得勝利卻永遠痛苦地記得死者。最後一場戰役，當各個縱隊在昏暗月色中挺進，先祖已經凍到再也不知道童年走過的那些路是否真的存在過？而街角的那棵榛樹和聖約翰日③的人潮？不，他已經凍得麻木到什麼都不記得了，而所有人也都一樣。因為在那裡，天氣如此寒冷、如此寒冷……冷到讓人無法想像他們的命運。一夜厄運，酷寒擊垮了先前連敵軍都無法打倒的勇士；然而，一到拂曉，在經歷一切的不幸後，突然間，天空開始下起雪來。而這雪呀！這雪是世間的救贖，因為氣溫不再結凍，大軍立刻感覺到前額上點點回溫的雪花，緩緩帶來非凡的、神蹟般的暖意。

✽

小女孩不覺得冷，至少不比最後戰役中的士兵冷，也不比抵達林間空地、像獵犬般悄無聲息觀看眼前景象的男人們冷。稍後，他們卻無法清楚回想當時如同白晝般清晰的景象，而對於旁人所有的提問，也只能以一種搜尋混亂記憶般的模糊語調回答。大部分時候，他們只會說：

「小女娃站在該死的暴風雪中，但是活得好好的，身體也很暖，而且在跟一頭野獸說話，後來野獸就走了。」

「什麼野獸？」女人們問。

「喔，一頭野獸。」他們會這麼回答。

因為身處在這個充滿信仰與各種鄉野傳奇的地區，大家聽到這個答案就會毫不驚訝地接受，然後就只是繼續像看守耶穌聖墓般看緊小女孩。

一頭格外有人性的野獸——每個人在看到原本不可見的聲波，卻如可見物質般圍繞著小女孩打轉時，是這麼感覺的——而這未曾見過的景象，讓大家泛起一陣奇怪的顫慄，就好像生命突然在眼前裂成兩半，我們終於得以探頭一窺究竟。然而，我們在生命之中看見了什麼呢？我們看到許多樹、一座樹林、一些雪，或許還有一座橋，以及許多轉瞬即逝、目光來不及抓住的景色。我們看到繁重勞動與徐徐清風、季節更迭與辛勞苦難，而每個人僅看到存於自己內心的畫面：白鐵盒內的一條皮帶、種滿一大片山楂樹的田野一隅、備受寵愛的女人泛著皺紋的容顏，和正說著雨

③ 譯注：la Saint-Jean，每年的六月二十四日，是重要的天主教節日。

蛙故事的小女孩的笑靨。然後，就什麼也看不見了。救援的男人們只記得世界在一陣讓人幾乎站不穩的爆炸後倏地回到現實，之後，他們只看到林間空地已被薄霧洗淨，天空下起漫天大雪，小女孩則獨自站在空地圓心，四周除了她的腳印外再無其他痕跡。於是所有人下山回到農場，大家把小女孩安置好，在她面前擺上一碗熱騰騰的牛奶，男人們則迫不及待卸下獵槍，圍著屋裡的牛肝菌燉肉和肉醬雜燴，以及十瓶陳年老酒。

✿

好啦，這就是被巨大野豬蹄緊握著的小女孩的故事。說實話，沒有人能夠真正解釋背後的意義。不過，還必須提一件事。在襁褓背後，以優美西班牙文所繡的那兩個字，既無受詞，也難以意會。小女孩直到離開村莊、啟動了命運之輪後才會理解。在這之前，還得說另一件事：所有人都有權利瞭解自己的出生之謎。正是為此，你在教堂裡、在樹林中這麼祈禱著，並且將踏遍世界尋根溯源，因為你出生在一個雪夜裡，並且繼承了兩個來自西班牙的字。

Mantendré　siempre.④

義大利小女孩

那些不懂得從存在中解讀枝微末節神奇魔力的人，只會知道小女孩是在阿布魯佐地區⑤一座窮鄉僻壤的村莊裡，由鄉下神父和他目不識丁的老邁女傭撫養長大。

桑堤神父的住居是一棟高聳的建築物，屋底下有地窖，從屋子往下走則是一座李子園，午後陽光漸弱時分，大家總愛把衣物晾在李子園裡，好讓山風長時間將衣物吹乾。宅子位在村莊半山腰，村莊則陡立直衝天際，道路圍繞著山丘穿梭交纏，如同一團束緊線球裡的毛線。這團毛線球上擺了一座教堂、一間供食宿的小旅館，以及為六十個村民遮風蔽雨的石屋群。克拉拉在外奔跑

④ 原注：我會一直堅持下去。

⑤ 譯注：Les Abruzzes，位於義大利中部，分為阿奎拉省（l'Aquila）、泰拉莫省（Teramo）、基耶蒂省（Chieti）和佩斯卡拉省（Pescara）。

一整天後，總是穿過果園回家，毫無例外。她會在果園裡向四周圍籬內的生靈祈禱，祈求準備好回家的心情，然後從廚房進入家門。廚房是一間長形的廳房，天花板很低，連著一間儲藏室，裡頭飄散著李子酒、陳年果醬缸，和彷如地窖裡那經年不散的氣息。從黎明之初到夕陽西下，老女傭都在廚房裡滔滔不絕地說著寓言故事。面對神父時，她說這些寓言是從她老奶奶那裡流傳下來的；然而面對克拉拉，她說這些是薩索山⑥的幽靈在睡夢中幽幽吹進她夢裡的。而小女孩知道這個秘密是真的，因為她也曾聽牧羊人巴歐羅說過他親身從諸多高山神鬼處蒐集來的故事；不過，她之所以愛聽這些寓言故事，倒不是為了其中的人物與情節起伏，純粹只是為了欣賞說書人柔美的嗓音與動人的曲調，因為這名說書的粗野婦女，雖然大字不識幾個，卻擁有一副獨特的嗓音，腔調迥異於薩索群山偏遠鄉居的貧乏單調。婦人之所以沒有被歸為文盲，歸功於她僅會的兩個詞救了她：她會寫自己的姓名和村莊的名字；作彌撒時，她也無法讀出祈禱文，而是靠著記憶背誦出來。說到這裡，必須描繪一下當時阿布魯佐地區的山景，也就是克拉拉的庇護者們生活的地方：

位於兩片海洋之間的群山之中，八個月的雪季夾雜著暴風雪，即使夏季飄雪也非罕見。除此之外，一片貧瘠。這種真正的貧窮就像在其他貧困地區一樣，人們只能從事有限的耕種與放牧。

天氣好有陽光的季節，大家得把牛群趕到山坡向陽面的最高點才能放牧，雪季時則得把牲畜護送到普利亞地區[7]的陽光下。於是，這裡人煙稀少，雪季更是極為冷清。村莊裡只剩下吃苦耐勞的堅毅村民，賣力種植這種只生長在貧瘠土地上的黑色小扁豆，而英勇的婦女們在嚴寒中既要照顧幼兒，又要從事宗教活動，同時還得打點農場雜事。然而，即使風雪把這片土地上的人們雕琢得如同山脊岩石般堅毅，周遭景色的詩意也同時形塑了他們；如詩的美景讓牧羊人們在高山冷冽的霧氣中詩興大發出口成章，也讓暴風雪催生了如同懸掛在天空畫布上的小村莊。

正因如此，這名在落後村莊蕭條四壁中度過一生的老婦人，也同樣擁有一副來自明媚風景所賦予的絲滑嗓音。小女孩很肯定：就是這副嗓音喚醒她到這個世界的。儘管周遭每個人都信誓旦旦地告訴她，她當時不過是個被擱在教堂最上層台階上、餓壞了的小嬰兒，然而克拉拉卻對自己的信念堅信不疑；因為每天清晨老女傭向她道早安時，她總會重新經歷一遍這個歷程——一種巨

---

⑥ 譯注：Le Sasso，位於泰拉莫省。

⑦ 譯注：Les Pouilles，位於義大利南部。

大的空洞充斥感官、一種純白與虛無裝飾了匱乏，突然一聲樂音，曲調幽美、一如瀑布般直瀉而下，衝破了一切虛無。事實上，小女孩以一種近乎神蹟的速度學會了義大利文，但對於這樁讓她人生添上神奇色彩的奇蹟，牧羊人巴歐羅卻早有不同解讀，於是，在某晚圍爐時，他偷偷摸摸地對克拉拉低語道：「是樂音吧，小不點，嗯？妳聽到的是樂音吧？」聽到這句話，克拉拉抬起如冰河湍流般湛藍的雙眼望向他，以一記彷彿神秘天使在歌唱的眼神回應。而生活以彷如注入了往昔夢想（在這夢境中，人們知曉這世間總是恬靜中交雜著苦痛）的水流般，緩慢而強勁地流淌在薩索山區的山坡上；這樣的情景，唯有在一切都需要付出努力與時間之地，方可得見。夢想已被遺忘，人們活在無力與頑強交織的世界。所有人都辛勞工作、勤奮祈禱，並庇護著一個說話像唱歌、一個懂得和岩石與斜谷幽靈交談的小女孩。

𝄞

六月某個近晚時分，有人敲了神父家的門。隨後兩個男人邊拭去額頭上的汗水，邊走進廚房。其中一人是神父的弟弟，另一人則是車伕，從阿奎拉一路駕著一輛大拖車來此。拖車由兩匹馬拉著，車上有一個大型物件，用毯子與皮帶層層包住。早在拖車朝著北方道路駛來時，克拉拉的視線便一路追隨，因為她從午餐後就站在村莊上方陡坡的窄徑上，那裡可以同時飽覽兩座山谷的風光，天氣晴朗時還能遠眺佩斯卡拉與海。當車隊接近最後一個彎道時，克拉拉衝下斜坡，臉上洋溢光彩，閃耀著狂熱愛慕地抵達神父家門口。兩個男人已經把拖車停放在教堂門廊前、往上走到李子園。大家在那裡行吻頰禮，乾掉一杯大熱天裡總會準備的沁涼甜白酒，並搭配一些恢復體力的高熱量食物。接著，大家把晚飯時間延後，隨意用袖口背面擦擦嘴，再走回桑堤神父等著的教堂。為了把這架龐然大物安置在教堂中殿，並解開其上所有的束縛，另外又動用了兩名援軍，此時村裡的人漸漸四散在小教堂的長椅上，在這項意想不到的遺贈物抵達這裡之際，空氣中散發著一股柔和的氛圍。然而，克拉拉僵直且無聲地躲在教堂長柱後頭動也不動。這是屬於她的人生重大時刻！她知道，就像她發現北方道路上蜿蜒前進的車隊黑點時，所感覺到的一樣。如果老女傭在她臉上看出一種如新嫁娘般興奮與激動的神情，那是因為克拉拉感覺到像要踏入婚禮開場，那種既熟悉又陌生的心情。當最後一條皮帶解開、終於得見物件真面目的瞬間，一陣滿意的竊竊私語傳來，緊接著是如雷的熱烈掌聲，因為，那是一架美麗的鋼琴，烏黑且光滑得一如鵝卵石，即使長途運送與歲月拖磨，琴身卻幾乎完美無瑕，不見絲毫損傷。

𝄞

以下便是這架鋼琴的故事：桑堤神父出身阿奎拉一個富裕卻家道中落、子孫凋零的家族；他自己做了神父、兩個兄弟早夭，另一個弟弟亞力山卓則洗心革面住在阿姨家，打定主意終身不娶，為過往酒池肉林、荒淫無度的浪子惡習贖罪。這兩兄弟的父親在戰爭前過世，留給遺孀一大筆突如其來的債務，以及一棟對她這樣一夕之間一貧如洗的女人而言過於豪奢的大宅。當她全數變賣完家產、債主終於停止登門討債之後，她就搬到修道院過著隱居的生活，並在幾年後在同一座修道院內辭世。這是在克拉拉來到村莊前好多年前的事了。然而，就在她準備遠離俗世、終身遁入修道院之際，她將昔日榮光的僅存印記，帶到住在堡壘旁的妹妹家，妹妹雖已上了年紀卻仍小姑獨處。這是她從那群凶狠如禿鷹的債主手中奮力留下的。她請求妹妹為自己未來可能誕生到這世上的子孫後代，妥善保管這項物品。「我雖無法與他們相識，但是他們會接收到來自我的這份遺物，現在，我走了，祝妳一生幸福。」阿姨原封不動且詳實地在遺囑中記錄下這段話，並在臨終前將鋼琴遺贈給外甥後代，還加註道：「遵照她的願望去做。」因此，當公證人風聞有個小孤女來到神父家裡，便認為可以圓滿達成任務，於是請求亞力山卓護送遺產到哥哥家。由於鋼琴戰時長期放在閣樓，之後也沒人想到要把它搬下來，因此公證人在信上預告鋼琴抵達時需要調音。神父對此回應道，一年到鄰近村落巡迴一次的調音師已經接獲通知，會在七月初繞回村莊。

𝄞

人們欣賞著在彩繪玻璃下閃閃發光的美麗鋼琴，談笑著、評論著，盡情享受這個春末美好夜晚的歡愉。然而，克拉拉卻一句話也說不出來。她曾經在鄰村教堂的葬禮儀式中聽過管風琴的聲音，當時負責演奏儀式樂曲的是位上了年紀的女教徒，老太太重聽的程度與她拙劣的音樂技巧不相上下；不得不說，她使勁重壓彈奏出來的那些她自己根本聽不到的和弦，大概也難聽到讓人沒辦法記得住。相較之下，克拉拉覺得巴歐羅用山笛吹出的單調旋律，要好聽上百倍、音調更正確，力道也遠遠勝過用來榮耀至高無上上帝的管風琴重擊噪音。尤其是當她看見大拖車在下方九彎十八拐的長路上前進時，她的心跳如雷就已宣告了將有一件不尋常的大事發生，而現在，這個物體就近在眼前，那激動的情緒更以令人暈眩的速度不斷升高，克拉拉不禁自問如何能夠忍受等待的煎熬；因為啊，讓那些喜歡嘗鮮、想要先聽為快的人大失所望的是：調好音之前，誰都不能去碰那架鋼琴。所以，大家還是遵守神父指示，轉而著手準備在繁星溫柔照看下品嘗佳釀的美好夜晚。

總而言之，這場晚會十分盛大精彩。大夥兒在李子園中架起桌子，邀請亞力山卓的老友們共進晚飯。亞力山卓昔日是個英姿颯颯的俊美男子，即使在歲月刻痕下仍可瞥見猶存的風采，以及過往縱情聲色下清秀細緻的輪廓和略帶傲氣的臉龐。尤其是，他用一種平穩的語調說著義大利語，卻能絲毫不減其悅耳的旋律性。他總是說著那些與風姿綽約的美女間的風流韻事，以及那些在屋簷下抽著菸與詩人和哲人們論談的無盡午後。今晚，他從一段有著細菸與金黃醇酒的馨香沙龍過往說起，克拉拉並不明白當中的涵義，因為沙龍的裝飾風尚與進行方式對她而言如此陌生。不過，當亞力山卓談及某場音樂會的一樁神秘事件時，老女傭剛好開口打斷了他：亞力山卓，你要來點酒嗎？於是，這名在短短數年熾熱又豪奢的青春歲月中、將一生精華焚燒殆盡的親切男子，便起身到地窖中拿了幾瓶酒，然後用他以往搞砸人生的一貫優雅舉止開了瓶，唇邊掛著即使面對災難也始終不變的笑容。此時，一輪暖月點燃照耀了宅邸晚宴餐桌上被陰暗遮蔽的角落，因此有那麼一會兒，他在月光下變回了過去那名閃亮耀眼的青年，然後，夜的灰燼又重新覆蓋了眾人瞥見的神情。遠處只見點點燈火懸掛空中，其他人正一邊灌著夏季藏酒，一邊感謝上帝恩賜這美好和煦的夜晚——有著滿山遍野初綻的虞美人，和一個髮色比小草還要金黃耀眼的小女孩、一個很快就會跟著神父上鋼琴課的小女孩，就像城裡那些尊貴的小姐們一樣。啊……在繁重勞務巨輪毫不間斷運轉下的暫停與喘息啊！今夜是一個盛大難忘又意義非凡的一夜，所有在場的人都如此領會著。

亞力山卓隨著鋼琴運抵後在神父家住了幾天，也在七月第一波暑氣中接待了調音師。克拉拉跟著兩人來到教堂，靜靜地看著男子開箱取出工具。光是走音的觸鍵上敲出的前幾個音符，就已經讓她感受到一種結合了尖刀刺中般的痛楚與感官快感的消逝，當她的人生在象牙琴鍵與制音氈的反覆試音中翻轉時，亞力山卓與調音師仍在談笑著，絲毫未覺。接著，亞力山卓坐到琴鍵前，把一份樂譜擺在面前，開始演奏。他彈得很好，即使經過這些年的荒廢。一曲既終，克拉拉走到他身旁，用手指著樂譜，示意他翻頁。他略帶興味地對她微笑，卻被她眼神中的某種東西所撼動，遂依她所求翻動樂譜。他慢慢地一頁一頁翻著，然後又從頭再翻一次。當樂譜翻畢，克拉拉說：「再彈一次。」他便又重彈了一次曲子。彈完以後，沒有任何人開口說話。亞力山卓起身，到聖器室拿了一個紅色大坐墊，放在天鵝絨琴椅上。「妳想彈嗎？」他問道，嗓音沙啞。

𝄞

小女孩的雙手纖細優美，對一個十一月才慶祝完十歲生日的孩子來說，她有一雙大手，而且非常修長靈巧。她將雙手舉在琴鍵上方，像要開始彈奏樂曲前的準備動作，但是懸在空中停留了片刻，這時兩個男人感覺到有一股若有似無的風吹進了教堂中殿。隨後，她把手放到琴鍵上，頓時一陣狂風席捲教堂；一陣真正的暴風，吹捲了樹葉、發出了怒吼，如同一波又一波擊打在沿岸石塊上的浪濤所激發的怒號。最後，浪潮退去，小女孩開始彈奏。

𝄞

她彈得很慢，沒有看自己的手一眼，也沒有彈錯任何一個音符。亞力山卓幫她翻樂譜，她則以同樣無懈可擊的完美、相同的速度與絕對的音準，繼續演奏著，直到恍若煥然一新的教堂重歸寧靜。

𝄞

「妳是邊讀譜邊演奏出來的嗎？」在一陣長長的靜默後，亞力山卓開口問道。

她回答：「我只是看。」

「妳可以不看譜演奏嗎？」

她點了點頭。

「妳看樂譜只是為了要學？」

她又點了點頭。兩個男人互看一眼，顯得遲疑不決，像是有人給了一塊精巧易碎的水晶，而他們不知如何將它捧在掌心。水晶呀，亞力山卓・桑堤昔日常見識，那透明晶亮、令人目眩神迷的純粹！他深知它如何令人狂喜又令人枯竭，只是他爾後的生命，已經無法呼應昔日紙醉金迷的過去，唯有清晨小鳥啁啾的顫音或浮雲變化萬千的大寫意畫，才能再度激起往日時光的回響。然而，當小女孩開始彈奏時，他竟又重新感受到那痛苦，那股他甚至不曾意識到、深埋在他體內的悔恨……關於歡愉背後的殘酷，那簡短、遙遠而模糊的記憶啊！在他開口問「妳是邊讀譜邊演奏出來的嗎？」的瞬間，亞力山卓便已知道克拉拉會回應的答案。

𝄞

眾人請來了神父與女傭，並且把亞力山卓先前帶到村裡的所有樂譜都一併拿了過來。神父與老女傭坐在信徒區第一排的長凳上，亞力山卓要求克拉拉憑著記憶再彈奏一次樂曲。當她開始演奏時，這兩名剛到的人震驚不已，彷彿被一記重鎚狠狠敲在心上，隨著接下來克拉拉以兩倍的節奏加速演奏，老女傭已在胸前畫了不下百來次的十字。對克拉拉而言，此刻才是在慶賀她與鋼琴真正結合的婚禮！而她一本接著一本的邊讀邊彈出亞力山卓給她的樂譜。不久後，人們將會傳誦克拉拉演奏的方式，以及為何她精準的彈奏技巧並非這一連串七月婚筵中真正的神蹟。但在這個當下，我們只知道這神蹟與一本藍色樂譜有關——亞力山卓珍而重之地將它放在她的面前——而她深呼吸了一口氣，於是現場的人便覺察到一陣迷失在教堂腹拱下的微微山風。接著，她彈奏了起來……淚水從亞力山卓的臉頰滑落，他無意壓抑，任其流下。一幅影像閃過，如此珍貴，以致讓他永生難忘。在一閃即逝的影像中，有一張臉，映在一幅畫的景深裡，畫作裡是一名哭泣的婦女，胸前懷抱著耶穌基督。而他這才突然驚覺到，自己已經十年未曾流過淚了。

亞力山卓在隔天啟程，告知會在八月初返回。他離開，然後在預告的時間點回來。他回來後一週，一名高大微駝的男人敲響了神父家的門。亞力山卓下樓到廚房接待他，兩人像兄弟般相擁。

「亞力山卓，終於啊！」男人說道。

克拉拉一動也不動地站在後門口。亞力山卓牽起她的手，將她帶到駝背的高大男人面前。

「我向妳介紹皮耶妥。」他說。

兩人帶著相同的好奇對望了一眼，卻是為著不同的原因，因為皮耶妥已經聽說過她，她對皮耶妥卻一無所知。然後，視線始終不離克拉拉的皮耶妥開口對亞力山卓說：

「你要向我解釋一下情況吧？現在嗎？」

𝄞

這是一個美好的午後，許多人都坐在家門外。當三人沿路往下走向教堂時，大家看著這兩個男人，儘管其中有一個是大家都認識的，他們還是顯得很格格不入，不論是兩人的衣著或言行舉止。於是，當他們從眼前走過，大家都站起身來以若有所思的目光和思緒，追隨著他們的身影。之後，克拉拉彈奏了一段，皮耶妥便明白自己為何要從羅馬千里迢迢來到這個陡峭貧困的薩索山城。當她彈奏出最後一個音符，他忽然感到一陣異常的強烈暈眩，突如其來的踉蹌讓他險些站不穩，接著，一大堆畫面突然暴現又瞬間消失，而最後一個影像銘刻在他的腦海裡，即使在他離開村莊後依然久久不散。他帶著虔誠的敬意看著小女孩，如此纖弱，卻能展現影像再現的神蹟，透過她的面容，重疊浮現的是另一張女人的臉，一張在半明半滅、微光晦暗的被遺忘花園中，笑著的，女人的臉。

𝄞

她一直彈奏到日暮，直到巨大的寂靜鋪天蓋地覆上教堂穹頂。在這座教堂裡，一架落難鋼琴在她將滿十一歲的夏天來到她的生命中。您瞧，這的確是個神奇的故事，無庸置疑，然而這卻也是事實。虛虛實實，誰能分得清楚這一切呢？沒有人！至少，對那些聽過這名小丫頭故事的人們來說，小女孩不過是在阿布魯佐地區一座窮鄉僻壤的村莊裡，由鄉下神父和他老邁又目不識丁的女傭撫養長大。大家唯一知道的是，她名叫克拉拉・桑堤，而她的故事並未到此告終，畢竟皮耶妥遠道而來，可不只是為了聽一個小野丫頭彈彈琴，然後就像無事人一般返回羅馬。因此，在我們尾隨他們去到那座目前正如火如荼準備戰爭的大城市之前，還得再說最後一件事，也就是這位皮耶妥先生在克拉拉彈奏完最後一本樂譜後，在教堂深處告訴她的話。

Alleorfane la grazia.[8]

---

⑧ 原注：天佑孤女。

第二部

弓箭手

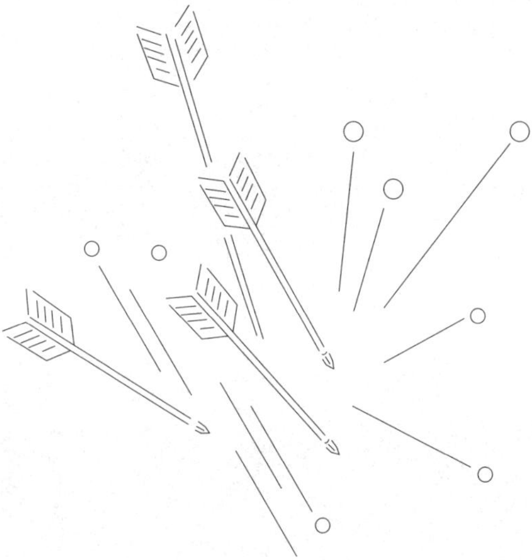

失根者最終結盟

安潔莉
黑色箭矢

小女孩被取名為瑪利亞，一方面為了向聖母瑪利亞致敬，另一方面則是為了紀念來自西班牙文的那兩個字。她在令人生畏的四位姨婆照料下於農場長大。這些婦人總是琅琅上口地念著禱詞，同時擁有上帝之眼。就像大家常說的，方圓百里內的大小事，沒有一件能逃過她們目光，雖然她們除了參加某位堂兄弟的葬禮，或是某個年輕姑娘的婚禮之外，幾乎足不出戶。印象中，足跡踏過最遠的地方從未越過國境。

✿

毫無疑問，這群婦人們就在老地方。最年輕的那位正邁入她的第八十一個年頭，當其他姊妹們討論著豬肉醃漬，或是鼠尾草烹煮熟度時，她就恭敬的安靜不語。小女孩的到來，並未對她們在虔誠祈禱與操持家務中度日的生活，帶來太多改變。那些事都是基督教世界中最具美德婦女的生活常規。她們照顧她的方式，就只是一早擠牛乳來餵她，並在不用曬艾蒿葉的閒暇時，讀《聖經》故事給她聽。讀《聖經》故事時，還會趁機教導她一一認識各種藥草。喔，照正確的順序來說，應該說是先教她藥草功效，其次才是道德教育。不，表面上看起來，小女孩的到來絲毫沒有改變這塊土地上人們生活四大重心，亦即信仰、勞動、狩獵與烹煮食物，以及圍繞這些重心進行的山中歲月。然而，實際上，她改變了時間。人們沒有在一開始就發現，那是因為這一切需要時間，她具備的能力本身也在她自己不知情的情況下展現、精進。不過，大夥兒著實度過了好幾個豐饒的春天、富足的冬天，卻從沒有人想到這會與當初那個雪夜有任何關聯。同樣的，老婦人們天賦能力的增進，在這樣一個婦女勤於禱告的地區，也只被看作是神的恩賜。沒有任何人曾想過，這些令人驚歎的老婦人所表現出的才能，需歸功於兩個西班牙文字。

❀

四位老婦中最多疑的是安潔莉姨婆，她是奶奶的姊姊。她的家族女性身材嬌小如鼠，意志卻堅定如牛。除了原有家族傳承外，安潔莉又自成一格具有另一種奇特的頑固，不是過人的聰慧，也令人難以理解。然而，由於安潔莉姨婆如流水般活躍，這讓她更加精明，憑著這個本事，她不用親身經歷就能知道天底下發生什麼事。打從一開始，安潔莉姨婆就感覺小女孩有某種神奇之處。野獸事件過後，男人們總是無法描述那是一頭怎樣的野獸，而安潔莉姨婆則確信那絕非野獸。她認為小女孩不只有神奇之處，還有強大法力，她對此不再有一絲懷疑，信心也隨著每天在蛛絲馬跡中找到的新證據而更為堅定。就如同那些老婦清楚知道的，即使三座山丘、兩座樹林就是她們所認識世界的全貌了，安潔莉姨婆顫抖著猜測，小女孩一生下來就註定走向不幸。於是，她每天都在晨禱前為女孩誦念兩遍〈聖母經〉與〈天主經〉，並且以她上帝之眼的眼角餘光，密切監督女孩一舉一動。就像俗諺說的，火候難以掌控時，就得勤加攪拌，免得爐上牛乳沸騰溢出。

✿

在東邊的林中空地事件後，已過了一年。今年一整年都十分祥和且幸福洋溢，彷如在夢中。然而，就在接近十一月尾聲的一個早晨，安潔莉姨婆用她的上帝之眼尋覓小女孩行蹤。天剛亮時，有人瞧見她還在食物儲藏室吃乳酪，然後旋風似地奔向樹林與課堂。有些人忘了他們碰到的這個小孩是個具有原始特質的生命體，轉換個方式想，只覺得這不過就是到鄰家串門子。事實上，鄉下這種人際網絡可比蜂巢組織還要緊密，且始終存在。然而，上帝之眼超越那些村民間的道聽塗說，它比較像是一種雷達，可以在暗晦不明之際，偵測出視線無法立刻可及的生物或事物。當然，安潔莉姨婆內心深處絲毫不這麼想。幾位老婦人若遇到好事之徒問及上帝之眼的事，她們大抵會一邊撥動念珠，一邊含糊地嘟噥幾句這是為人母者的第六感之類的話。因為對她們而言，法力即惡魔，她們不惜否認天賦來提防它，即使這股法力被證實並無一丁點不合乎基督精神之處。

✿

這個早晨，鄉村景色閃閃發亮。晨曦初上之際結了霜，四處劈啪作響。太陽從鋪著一層閃耀亮眼地毯的、如同光之海的平面倏地升起。當安潔莉姨婆以目光掃過結霜田野，並幾乎立刻看到小女孩就在田地東邊一棵大樹旁時，她對自己視力清晰絲毫不感訝異，並且有那麼一時半刻沉浸於凝視這幅絕美的真實景象，因為瑪利亞頭上的樹木掛著許多彷如鑽石稜角般的白色弧形。然而，欣賞這一切不是一種罪惡。這不是遊手好閒，而是讚嘆造物主傑作。在生活極為簡樸的那個年代，人們較容易從日常所見的雲彩、岩石，以及在晨霧中投射到地面的壯麗光暈中，感覺彷若以指尖輕拂過神的容顏。因此，安潔莉姨婆在廚房中，雙眼迷茫，嘴角含笑地看著小女孩站在神性之林邊緣的景象，直到她突然回過神來，才猛地跳了起來。怎麼會忽略了這一點呢？她瞬間注意到眼前的清晰不尋常，如寶石般發光的教堂拱門讓她忽略了小女孩並非獨自一人，而且正在離去的小女孩可能遇上了危險。安潔莉姨婆連喘一口氣的時間都沒有。小女孩的母親和其他老婦女一早就去參加葬禮了，兩小時之內都不會回來。隔壁農場只有馬歇洛太太在，因為整個村莊的男性今早都一起參加冬季第一次大型狩獵活動去了。至於神父嘛，雖然可以快步跑去神父家找到他，但是安潔莉腦海立刻浮現他塞滿鵝油的渾圓大肚腩（她暗自發誓，等會兒要為這個大逆不道的想法懺悔一番），實在不適合對抗宇宙黑暗力量。

✿

在那個尚未有令人墮落的暖氣房舍的年代，安潔莉穿上三件短衫，共七條裙子加上襯裙，另外再罩著一件厚重斗篷，僅剩的幾綹頭髮也緊緊包在綁帶帽裡，如此全副武裝後，才在這閃著詭譎光線的危險日子裡出門。這全身的總重量，也就是說老奶奶體重，加上她身上的八件冬衣、靴子、三條念珠、一條十字架小銀鍊，更別忘了她還在綁帶帽上披了一條厚毛呢頭巾，這一身行頭應該沒超過四十公斤。因此，她那已度過九十四個春天的身軀飛也似的穿越條條小徑，步履輕盈安靜到連平常鞋子踩碎地上霜花的劈啪聲都聽不到。她近乎寂靜無聲地從野地邊竄了出來，正是她先前曾以目光掃過的那片田野，她呼吸短促、鼻頭通紅。她一看見小女孩朝著一匹高大、映照出霧面銀光的灰馬喊叫些什麼，就立刻喊叫出聲，彷彿在說：「天上聖神、大慈大悲聖母瑪利亞呀！」，不過實際上也只是發出「噢、噢、噢、噢！」的聲音。黑暗緊接著籠罩大地。沒錯，一陣暴風撲向小女孩和我們這位不速之客。安潔莉姨婆險些失去平衡向後摔個四腳朝天，還好她手中緊緊抓著其中一條念珠，不論你們信不信，念珠在須臾間變形成了棍子。奇蹟。

✽

安潔莉姨婆於是在暴風中揮舞念珠，口中咒罵著那陣隔開她與瑪利亞的暗黑旋風。她的厚毛呢披巾與綁帶帽都被吹走，猶如蜘蛛網般的細線所編織成的兩個白色髮網直挺挺立在她頭上。她在與強風對抗中，絕望地搖著頭。「噢噢！噢噢！」她重複著，這次則像是在說：「別把小不點從我們身邊帶走，要不然我就跟你這壞蛋拚了。」憤怒老奶奶向前擲出的靴子，在暴風圈中開出一條路，有點像是摩西那樣，襯裙全翻了起來，最後一件則恰好與《聖經》上的紅海顏色相同。安潔莉看見靴子所劃開的缺口，便像頭小羊般跳了進去，落地時衣裙全蓋在頭上，一屁股栽進狂暴大漩渦中，渦流圍繞她周身不停拍打。阻擋了她的視線、讓她無法與小女孩相會的龍捲風，這會兒在這團混濁激流四周聚攏，並且像是鎖在蒸氣鍋裡那樣（她以一種永遠無法以言語形容的清明神智意識到這一點）。她瞪大近視的雙眼，杵著念珠化成的棍杖，試著起身、收攏襯裙。瑪利亞的衣裙在怒吼的漩渦中打轉，她對著灰馬喊了些什麼；灰馬則向後退至樹林邊緣，因為有一道會發出如雷巨響、還愈旋轉愈濃密的煙霧所形成的黑線，將他們隔開。然而，灰馬自己也被煙霧包圍，霧氣在牠有著光澤溼潤鼻孔的高貴頭部前輕輕跳動。牠非常優美，覆蓋著水銀般的皮毛，毛色映照著銀色絲線條紋，即使是安潔莉姨婆的大近視眼，也毫無意外在二十步外都看得一清二楚（不過，這比起念珠奇蹟已經不值得大驚小怪了）。小女孩口中繼續喊叫著，但是安潔莉姨婆聽不見。然而，黑色濃霧比灰馬想要靠近瑪利亞的努力更為強大，然後牠滿懷憐憫地對著瑪利亞的方向彎下頭，彷彿在安慰她，也在跟她道別。安潔莉姨婆從中不只看見悲傷，也看見希望，似乎說著：「我們會再相會的。」她很傻氣地（我們可是還身處閃電中）想好好大哭一場。

然後，馬消失了。

有那麼幾秒，這兩個被捲進黑暗漩渦中的靈魂看來前途未卜。然後，傳出一聲令人毛骨悚然的鳴叫，大片烏雲散去，黑霧像死神之箭般射入天空，隨後消逝在一陣狂亂中，田野重新恢復結滿霜雪的寂靜景象。此時安潔莉姨婆回過神來，以近乎令人窒息的力道抱緊小女孩，讓她緊貼著自己的大斗篷。

✿

當晚在農場召集了所有男人。婦女則準備著晚餐，大夥兒都在等小女孩的父親回來。他稍早已經短暫露過一次面（帶回了兩隻野兔，還向大家承諾會再帶肥美的豬肉回家），大家也已跟他敘述過當日發生的怪事，因此，在婦女們擺設十五人份的餐具同時，他離開去敲另外幾家的門。晚餐時每人通常會分配到一些湯、五花肉、半塊乳酪，還有歐杰妮準備的榲桲果軟糖。不過，今天大家忙著燉煮紅酒兔肉和做雞油菌菇餡餅，用的是剛剛才開的三罐今年產的雞油菌菇。瑪利亞默默地坐在一顆漂亮的梨子前，上面淋著蜂蜜，散發著蜜蜂整個夏天所採集的百里花香。大家試著開口提問，但又退縮了，為女孩瞳孔中閃爍狂熱光芒感到擔心，也猜想著她到底跟薄霧中的灰馬喊了什麼。然而，對於安潔莉所描述的經過，大家卻毫無一絲懷疑。晚餐就在鬧哄哄的喧譁聲中進行，大夥兒談論著念珠、暴風，還有十一月底的這幾天。在晚餐時間，安潔莉好幾次盡可能一字不差、鉅細靡遺地重複稍早發生的事。

✿

儘管她詳述許多細節，卻不完整。瑪利亞觀察著，坐在她的梨子前面，一語不發沉思著。她想著，安潔莉姨婆每當提到故事某段情節時，總會用眼角偷瞄她一眼。故事進展到黑霧化成細長、一看就知道會要人命的箭矢。只要看到那些箭，肯定馬上就了然於心。瑪利亞看到姨婆為了諸多原因，絕口不提在她胸口烙印下不祥預感的可怖景象，這對熱愛真相的姨婆來說是種內心折磨。她只說了：「霧就這樣朝天上散去了，天空忽然轟隆巨響，然後就變清朗了。」她說完這段話就閉上嘴。瑪利亞思考著。她想著，自己知道很多這群正直善良的人們所不知道的事，自己深深愛著他們，是傾盡一個十一歲孩子最深的愛，不只來自於孩童依賴大人的關係，也是因為她的不凡、難以言喻的神奇，而能理解他人。安潔莉姨婆之所以不提黑箭的致命力量，大概一方面是她擔心說出口就會變成預言，另一方面則是不想嚇壞小女孩，因為她不知道小女孩是否也清楚這件事。最後，還有一部分原因是，她也曾經是個充滿活力熱情的女人。即使現在的安潔莉姨婆看上去像個只要透過非物質的禱告就能滿足度日的乾核桃，但是在過去十年中，瑪利亞已經發展出能夠從影像看到過去的天賦，她看得出姨婆曾經如螢火蟲般美麗，不論外貌或內在都註定如風般自由自在。她看得見姨婆常常光著腳丫穿越溪水、看著天空作白日夢；但是她也看見時間與命運，從未完全流逝的痕跡，她看見安潔莉心中的火焰漸漸收斂、濃縮成內心被遺忘的一個小點。然而，發現並收容這個被遺棄在農場台階上的西班牙小女孩，喚醒了曾經流淌在她血液中的熱情回憶。這個回憶的重生，促使瑪利亞必須自由、熱情。安潔莉姨婆也擔心，如果自己提起那些死亡之箭，其他人會以為最好的解決之道是嚴密監控小女孩的生活。安潔莉認為自己可以保護她，至少她希望如此，而不是在小女孩身上綁上層層鐵鍊。比起那些單單一條念珠就可以擊退的箭，被關在屋內一個下午更足以要了這個小女孩的命。

✽

瑪利亞思考著，其他大人則熱切交談。紅酒使男人們神智已有些恍惚，對他們來說，神話動物也好，黑色濃霧也好，感覺都已經不那麼可怕了。不過，大夥兒還是不停歇地談論著，好決定是否要找來憲兵隊或驅魔師。還是，乾脆遵從祖先智慧，相信心思純淨，大地自會保佑所有人遠離惡靈。男人們只要看看坐在搖椅中的安潔莉姨婆就好，其他婦女把搖椅安置在那兒作為主位。

燉兔肉和紅酒讓安潔莉滿是皺紋的臉顯得紅通通的，在她新的勿忘草緞帶頭紗下，那些紋路就好似用打磨過的上好木頭所鑿刻出的高貴痕跡。是的，只要人們看一眼這位親愛的老奶奶，就可以瞧見我們這個地區所被恩賜的勇氣。然而，他們之中有些人會這樣想，是低地之鄉的這片土地造就出我們現在看到的、年老後坐在扶手椅中的這些女人。這些女人，儘管在爐火、花園、雞群、牛群、草藥與祈禱之間忙碌，她們在趕著營救無辜受難者於危難中時，仍毫不遲疑地戴上頭紗與念珠。我們的妻子真是賢慧呀，男人們啜飲一口酒時心裡這樣想著，還有，我們的家園真是可愛美好。但願雞油菌菇餡餅也一樣可口美味，不會與他們的誠懇讚美有所出入，因為來自低地之鄉的這些男人確實深愛他們的土地與妻子，而且認為兩者無法單獨存在，就如同男人屬於自己的土地一樣。他們將為了農務與狩獵所付出的勞力，視為一種感謝命運寬大為懷的奉獻。

✽

神父不喜歡大家談論驅魔師，而且通常不會錯過任何能夠教育信眾的機會。今天，這場對抗迷信之戰卻徹底淹沒在蜂蜜漬梨，以及搭配這甜點的一整杯美酒中。不過，神父是一位正直純樸的男性，雖然喜愛肉食，但為人寬厚仁慈（其他不斷吃肉造孽的人只能算是勉強可以忍受）。他在神學院畢業後、抵達村莊同時，就已經知道這片土地上的人們鮮少偏離信仰而行；因此，如果他想與村民融洽相處，最好慎選作戰對象。事實上，他正是這樣規劃的：與他們並肩作戰，而非針鋒相對，而這麼做為他帶來村民的敬重以及俗世的贈禮，像是兔肉醬、歐杰妮精心熬煮成珍饈的榲桲果醬。

在恬靜氣氛中，正當所有人沉浸在百里香蜜的甜美，以及葡萄酒佳釀的單寧氣味中，馬歇洛先生說出掠過他腦海的想法：

「自從小不點來了之後，我們每季都大豐收，不是嗎？」

在這個暖烘烘的房子裡，有已經進入夢鄉的老奶奶們、品嘗著晚餐酒、身體靠向椅背的男人，還有沉思中的瑪利亞，她雖然沒有看著任何人，卻觀察著一切。房間傳出一聲長長的歎息，就像是農場本身吸氣之後，在屏息等待前大大地吐出一口夜晚的氣息。滿室安靜無聲，僅有十五副身軀所發出的雜音，在伺機而動、專心的氣氛中蔓延。然而，我們感覺到在這股寧靜中有股強烈欲望，大家一動不動是在等待時機成熟。屋裡的人似乎只有瑪利亞置身事外，其他人則全神貫注如同繃緊的夏安族人獵弓（正在閱讀有關一位傳教士前往印第安部落書籍的神父，腦中浮現出的也是這個畫面）。在這個令人屏氣凝神的一刻，我們還無法得知結論會是什麼。

終於，馬歇洛憋不住氣了，清了清喉嚨，並以帶著些許懇求的目光望向神父。如同拋出甦醒信號，所有人同時發言，場面顯得激動而混亂。

「十一年來，我們的農作總是金黃耀眼。」村長說。

「雪總是下得正是時候，而且獵物就像從天而降似的，讓我們滿載而歸！」瓊諾驚呼道。的確沒錯，南方這塊土地的獵物是鄰近地區中最多的，多到捉不完，因為鄰近地區的居民沒有這麼多獵物，於是經常來此平息他們的沮喪。

「我們的葡萄藤也長得很好。」歐杰妮補充，「還有飽滿的桃子、梨子，像是在天堂似的！」說到這兒，她擔心地望了神父一眼，但是她心中的伊甸園就像這樣，金黃圓潤的桃子就像深情無邪之吻，還有多汁的梨子，引誘人忍不住要加上料理酒去燉煮（這才是真正的罪惡）。然而，神父心中有比天堂的桃子更重要的事，無暇顧及一位虔誠老奶奶想要以什麼方式來描述，就算她想像中的桃子是藍色的，甚至還會說話，這對神父來說也無關緊要。他特別注意到，自己的這些教徒確實面前明擺著直指向神秘魔法的推理。然而，他很困惑。作為一位鄉下神父，雖然未肩負著什麼重責大任，他學問卻異常淵博。他對於探險紀錄極有興趣，也曾在燈下，為紀錄中遠赴美洲傳遞福音的教會兄弟所受的痛苦潸然淚下。然而，他更感興趣的是藥用及香草植物，他每晚都以神學院學生般的工整字體寫下將植物乾燥的觀察，或是某一藥方的療效。他還有為數眾多的相關珍貴版畫、研究報告收藏。由於善良、好奇的特質，這些學養讓他有了質疑的能力，而不會在遇到每件事時只會揮舞他的彌撒經本。相反地，他會試著以富理性的審慎態度展開討論。然而，這片低地之鄉持續近十一年的豐饒，他也不得不承認那是事實，甚至超越現實，像是施了魔法似的。只要在鄉間小路上漫步一回，就可以看到樹上結實纍纍、耕地肥沃、大量忙著採蜜、授粉的昆蟲，還有瑪利亞夏日常常望著的、在天空飛舞的蜻蜓數量也變多了，蜂群的活力與密度更是其他地方看不到的。種種隱約感受到的好處，滿滿香氣襲人的果實、豐收的農稼全都集中在這個小鎮、周邊道路或是樹林；然而，到了某條隱形邊界，欣欣向榮景象就突然消失。那條界線對當地居民來說，比歐洲簽訂的條約更確實存在。那晚，我們記起兩年前一個春日早晨，所有人走出門外站在台階上，為一大片點綴著田野與滿布斜坡的紫羅蘭花毯而歡喜驚呼；還有四年前某個冬日，男人們凌晨準備在冷冽空氣中，戴上厚圍巾與遮耳帽出發狩獵時，驚訝地看著村裡路上滿滿的野兔往樹林跑去。這個景象就發生過那麼一次，但是在此之前又何曾有人見過呢！男人跟著野兔一直走到樹林裡，當時沒有人想到要在路上抓一隻，然後兔子就四散了，大夥兒也如常開始狩獵。然而，這就像是野兔在一切回歸常軌前，展現了牠們驚人的數量。

✿

神父因此覺得困惑。他內心原始的聲音，就像是狗嗅聞出獵物一般，感覺瑪利亞是這個世界的奇葩，卻非出自上帝之功。這個神秘之處，對一個只懂得透過書頁詮釋艾蒿草如何熬煮成藥，或是使用蕁麻膏當敷料的教會神職人員而言，似乎也感覺到新生小嬰兒的出現與這塊土地令人驚奇、得天獨厚條件間的關聯。他看著好似半睡半醒的小女孩，感覺她保持著明顯的警覺，他知道女孩聽著、看著周遭的一切，外表所露出的心不在焉與祈禱時神靈合一的狀態相似，靈魂與身體分離，卻以加倍敏銳的感官感受世界。

他深深地吸了一口氣。

「必須搞清楚這個神秘現象，」神父邊說邊用那雙仁慈的手舉起擺在剩餘蜜梨旁的小酒杯，「小不點是受神賜福的，我們會找出原因。」

對於善良村民們想目睹身上散發出直達莫爾旺山脈的薄霧的神獸，神父絲毫不加訓斥。他在做出這個結論後，也同時決定，下次有機會再找瑪利亞談談。他的談話完全達到了預期效果：每個人都相當滿意由教會權威人士承認了這起神秘事件，人們樂於藉由這奧秘現象得以餵飽牲畜，但箇中的意義卻遠高於牲畜興旺。大家也相當滿意神父附加的肯定語氣，總有一天，我們會直接從上帝那兒瞭解這一切背後的意義。因此，所有人對神父的結論都「相當」滿意，說出這個看法讓大夥兒都鬆了一口氣。然而，沒有人是「打從心底真正」滿意的。甚至神父自己就是頭一個：在解謎的過程中先合理暫停一下，讓大家喘口氣、靜下來看看之後會發生什麼事。但所有人都心知肚明，總有一天，生命中會出現許多紛亂與意外。大家都知道真正的信仰無關乎教派，而是相信諸多奧妙的串連，以及用質樸坦率的道理來抑止太過偏執的欲望。

古斯塔
死亡之音

九月初，瑪利亞所在法國農場發生那件大事前兩個月，克拉拉在皮耶妥護送下來到羅馬。

𝄞

離開故鄉山區對她來說極為痛苦，即使一路上景色壯麗也無法平息這個痛苦。就克拉拉記憶所及，每當要回神父住宅總讓她痛苦萬分；推開廚房大門前，她總要繞經圍起來的花園；這片種滿美麗樹木的小天地，對她而言與空氣同樣重要。比起惡夢中所有災難，她更害怕城裡一面面的牆。顯然沒有任何人類能夠像山那般觸及她的靈魂，猶如雪與暴風雨也存在於這樣一顆對幸福與降禍魔力都抱持開放態度的心中。然而，隨著兩人逐漸接近城市，這顆心淌著血。她不只看見在石塊的埋葬下屈服的土地，也看見人類對這些石頭所做的事：大堆表面光滑的石材堆疊起來直指天際，石頭在讓它們永遠殘缺不全的破壞下已沒了氣息。因此，在夜幕初升之際，喜悅的人們沉醉於再度吹來的陣陣微風中時，克拉拉只注視著一堆死去的石頭，以及一座活人們自願將自己埋葬其中的墳墓。

𝄞

拖車漸漸駛向一座山丘頂端，路上人煙稀少，克拉拉呼吸也順暢些。一整路，皮耶妥都小心翼翼地照料克拉拉，卻不特意與她交談。克拉拉也不發一語，就像平日一樣，全副心思被山、樂譜和音符占據。馬車經過細長松木夾道通往內部庭院的道路，松木比沒水的噴泉柱還要高，最後終於在一棟有著褐色高聳牆面的大宅前停了下來。牆壁頂端的忍冬藤蔓散發陣陣芳香，枝條垂落幾乎觸及地面石板。長長的透明紗簾則在暮色中從窗戶向外飄揚。他們被請進一間偌大的接待室，皮耶妥就在此暫別克拉拉。小女孩隨後被領著穿越好幾個大房間，每個房間的牆上都被畫作和雕刻淹沒。她一開始還驚恐地看著這些擺設，然而很快就轉為滿懷期待，因為她知道這種奇特的感覺，或許可以安撫自己看不見山林的悲傷。最後，一扇通往白色、空曠房間的門在她面前打開。房內的牆上僅掛著一幅畫。她被單獨留下，引領她的那個人告訴她，等一會兒有人會來幫忙準備沐浴、送晚餐，同時，在經過一日舟車勞頓後，大家會早早就寢，明天一早就會有人來接她去大師家。她帶著混合著尊敬與害怕的奇怪感受靠近那幅畫。我認識您，但是我不知道這是怎麼回事。過了良久。然後，房裡氛圍有些不同，微微恐懼占據克拉拉心頭，一切顯露在那幅畫的塗層之中。克拉拉眼前所見不再是平面畫作，而是另一個深度，為她開啟如夢似幻的空間。她已經不知道自己是睡是醒，時間流逝的節奏，與高掛在墨黑與銀白天空上白雲的流轉相同。她或許睡著了，因為景象產生變化，而她隱約瞧見一位在夏夜花園中倩笑的女子。她看不清女子容貌，但是她一定很年輕，而且非常快樂。然後女子消失了，克拉拉就只見到躍動的黑色亮光，之後就沉入夢鄉，沒有任何幻象。

𝄞

「我們要去見大師了。」翌日，皮耶妥對她說道，「他不是一位好相處的人，但是妳只要彈琴，這樣就夠了。」

音樂大師古斯塔・阿齊瓦提的練琴室在一棟美麗建築頂樓。建築物上有著許多窗戶，開啟每一天的陽光就從此注入，並將木地板變成光影流動的湖泊。大師坐在鋼琴前，看起來像是很年輕，又彷彿已屆高齡。在與他眼神交會時，克拉拉想起一棵樹，那是她每次覺得傷心時就會去的地方。那棵樹的根已盤根錯節深入土壤，枝椏卻仍如其他小樹般健壯。此外，它還有著覺察能力，藉此觀察著枝葉伸展之處；它也善於傾聽，克拉拉甚至毋須開口。克拉拉能夠描述出家鄉路上每塊石頭的形狀，也可以單憑記憶畫出每棵樹的枝椏，但是她眼中所見每個人的容貌卻猶如在夢境中一般，最後消融成毫無差別的模糊影像。然而，對克拉拉而言，這個靜靜看著她的男人就如同那些樹木，是真實、活生生的存在，她可以辨認出他的皮膚紋理，以及雙眼中令人炫目、幾乎有些刺眼的虹彩。她就這樣一直站在他面前。我認識您，但是我不知道這是怎麼回事。當他說知道她是誰時，克拉拉的意識突然裂開一道口子，然後昏了過去。突然，她注意到房間角落椅子上一個矮胖的身影。一個動作吸引了她望向那兒，她認為自己看到的是一個男人，個子不高，而且依她所見，有些微啤酒肚。那個男人一頭紅髮，打著鼾，頭歪向一邊靠在肩上。不過，因為其他人都對那人的存在毫不在意，她也跟著忽略他。

𝄞

接著，大師開口說話了。

「誰教妳音樂的？」他問道。

「亞力山卓。」她回答。

「他宣稱妳是自學而成的，」他說，「但是沒有人能夠在一天內學會。是神父幫妳上的課嗎？」

她搖了搖頭。

「是村裡其他人？」

「我沒有說謊。」她說。

「大人會說謊，」他回應道，「而孩子們會相信他們。」

「那麼，您也會說謊。」她說。

「妳知道我是誰嗎？」

「音樂大師。」

「妳想彈什麼？」

「我不知道。」

他示意克拉拉來坐自己的位子，調整了琴椅，坐到她身旁，並打開譜架上的樂譜。

「來吧，彈吧，」他說，「現在就彈。我會幫妳翻頁。」

克拉拉以目光快速地掃過翻開的兩頁琴譜。睫毛眨動了一下、兩下、三下。一個難以捉摸的表情閃過大師臉上。然後，她開始彈奏。彈奏得如此緩慢、如此悲傷、如此完美，她以無盡沉緩、無盡溫柔，以及令人驚嘆的完美彈奏著，使得在場眾人一片鴉雀無聲，即使她已演奏完畢仍沒人能說得出話來。他們認識的成年人之中，沒有人能夠以這種方式彈奏這首序曲，因為小女孩的樂音中帶有屬於孩童的悲傷與痛苦，加上成熟大人的沉緩與完美，令在場的成年人無不為此兼具青澀與滄桑的樂音著迷。

𝄞

一陣長長的靜默過後，大師要求克拉拉讓出位子來，並坐下演奏了一首奏鳴曲的第一樂章。曲末，他插入了些微更動。克拉拉兩眼失神地望向前方。大師要求她演奏一遍剛剛聽到的曲調。她照做了。他前去拿起樂譜。克拉拉照著樂譜演奏，沒有加上更動的部分，但是，在彈奏到那個小節時，她抬起頭看了他一眼。許多別的樂譜又被擺到克拉拉面前。她一頁接著一頁翻閱，睫毛眨動了一下、兩下、三下。一切在克拉拉每眨一下睫毛時，在被遺忘的大量夢境片段中，死去又重生。最後，彷彿在充滿激動的極度靜默中凝結。克拉拉只眨了一次眼，她擺定一本令人顫慄的老舊紅色樂譜，所有人都自心底深處打了個寒顫。她走到大鋼琴前，開始演奏一首〈俄羅斯奏鳴曲〉，這首曲子讓克拉拉彷如置身山巔般感到暈眩，讓在場聽眾相信人們就應該這樣生活與相愛，在如此的狂暴與平和中，帶著這樣的激情與狂熱，活在一個由土地與暴風色彩揮灑過的世界中，活在一個因黎明而湛藍，因風雨而晦暗的世界中。

經過片刻。我認識您，但是我不知道這是怎麼回事。

𝄞

有人輕敲著房門。

「誰？」大師說。

「行政首長，桑坦杰羅。」那人答道。

𝄞

克拉拉獨自留在房間，只有那個矮胖的紅髮男子陪伴她，但是那人一動也不動，也沒有任何要醒來的跡象。有人為她端來一些茶，和外皮有著橘色絨毛的陌生水果。那人又給了她一些新樂譜，並強調大師交代請她只挑選一首演奏。第一首曲子給她一種褻瀆的感覺，於是她立刻闔上樂譜，尤其那些音符與葬禮中管風琴流洩的低沉樂音極為相似。其他曲子都沒有讓她有死亡的感覺，但是儘管翻閱了許多份樂譜，卻沒有一首與〈俄羅斯奏鳴曲〉，或是亞力山卓在家鄉聖斯第芬諾小鎮教堂裡放在她面前的那份樂譜般，讓她深受撼動的曲子。最後，她發現一本薄薄的小冊子，首頁以某種無從得知的方式，流轉出滿是裝飾音的氣息。接續不斷的弧形如同羽毛飄動，甚至有著美麗絨毛水果的觸感。先前，當她彈奏〈俄羅斯奏鳴曲〉時，眼前是璀璨銀葉的耀眼樹林，夾雜著寬廣乾草地，跨越過溪流，最終她看見一陣風吹拂過一片麥田，田中麥稈在狂風中彎下頭，直到出現一聲野獸般的喊叫聲。然而，這首新曲子則顯現出如同亞力山卓的敘述中光輝燦爛、令人欣喜的景色。克拉拉感覺到必須要有深厚根源，方能呈現出此般靈巧輕盈，並思忖著此生是否有緣得見誕生出這份親和的微笑蒼穹。不過，她現在至少知道，世上某些地方的美麗是在溫柔中誕生。於此之前，她只認識苦澀與壯麗。她很喜歡溫柔的美，就在她透過一首歌頌土地的樂曲體會到一種不知名的水果滋味時。彈奏完一曲後，有那麼一會兒，她沉浸在對陌生大陸的幻想中，並驀地在午後的孤獨中微笑起來。

𝄞

一個小時就在這個光明燦爛的夢境中度過了，直到她聽見隔壁房間傳來壓低了音量的談話聲。在一陣嘈雜熱議中，她認出正要送走訪客的音樂大師的聲音。然後，她聽到陌生的嗓音。儘管聽不清楚那人說話內容，她站起身，心臟狂跳，因為那是死亡的聲音，傳出在她耳裡聽來如同喪鐘的警告。同時，在她觀看著的這幅雜亂無章畫作某一角，她吃驚地看到一團陰影遮蔽住一片恐懼與混沌。這嗓音加倍令人膽顫心驚，因為它非常好聽，而這個美好的聲音來自於一種古老、但當下已誤入歧途的能量。*我認識您，但是我不知道這是怎麼回事。*

「不得不承認妳彈得不壞呀。」她身後傳來的聲音說道。

紅髮男人萬分艱難地站起身，至少看來如此，因為他步履蹣跚地走近克拉拉，同時用手漫不經心地耙了耙頭髮。他有一張圓臉，雙下巴讓他看起來有些孩子氣，雙眼炯炯有神、充滿生氣，這個當下則有點鬥雞眼。

「我叫彼特。」他邊說邊向她鞠躬致意，並一股腦攤坐在木地板上。

克拉拉看著他，目瞪口呆。彼特則費勁站了起來，立刻又做了個致意的動作。

「大師雖然不好相處，但那個混球卻是個衰星。」他站穩腳步後說道。

克拉拉瞭解他說的是那個死亡之音。

「你認識行政首長嗎？」她問道。

「每個人都認識首長。」他摸不著頭腦地答道。

然後，他對著克拉拉微笑，說：

「真抱歉我看起來不太體面。我們這些人對酒精有些招架不住，這是體質問題。不過晚餐時的麝香白葡萄酒實在妙極了。」

「你是誰？」她問。

「啊，是呀，」他說，「還沒有人介紹我們兩個認識。」說完，又第三次鞠躬。

「彼特，聽候妳的差遣，」他說，「我算是大師的秘書。不過，從今天早上開始，我主要身分是妳的監護人。」

接著，他面帶懊惱的微笑道：

「沒錯，我完全同意，第一次見面就是酒醉後這副模樣，實在不是太好的印象。不過，我會盡可能讓自己討人喜歡，尤其是妳真的彈得很好。」

在羅馬的頭幾天就這樣過去了。儘管她每天都毫不懈怠地練琴，無暇顧及外面世界，她始終無法忘懷死亡的聲音。阿齊瓦提大師說過，要她每天清晨就來這個僻靜的練琴室，免得其他人知道這個他甫收為徒的音樂神童存在。

「羅馬人喜歡怪胎，」他對克拉拉說，「但是我不希望他們把妳看作怪胎。」

每日拂曉，彼特就到她的房間接她，帶她取道幽靜小路。然後，他就會離開前去沃爾普別墅。午餐時間克拉拉會在那兒再見到他；用過餐後，他把克拉拉留在內院的一間房間裡，那兒有一架練習用鋼琴，克拉拉繼續練琴到晚餐時刻，隨後在彼特與皮耶妥陪伴下用晚餐。大師則會在餐後與他們會合，陪伴克拉拉練習直到就寢前。克拉拉對於阿齊瓦提大師和皮耶妥兩人對彼特的包容感到驚訝。他們總是友善地跟他打招呼，也絲毫不在意他怪異的行為。不過，我們卻沒辦法說彼特表現得彬彬有禮。每天早上，他來叫醒克拉拉時總是氣喘吁吁、頭髮散亂、睡眼惺忪。克拉拉不再認為第一天的麝香白葡萄酒僅是例外，因為彼特常常被地毯絆住腳、在練琴時間倒在沙發椅上睡著，還微微滴著口水，同時間歇著發出模糊的咕嚕聲。他醒來時總一臉驚訝，像是不知道自己在這裡做什麼，然後才慢慢回過神來，試著搞定一切。他會認真地拉拉衣襬或長褲，但是通常起不了什麼作用，最後放棄嘗試，垂下頭來。當他終於記起克拉拉還在這兒，並試著要跟她說話時，總得要試兩次才能成功組成正確句子，因為他一開始說出口的字總是少了母音。也正因為這樣，克拉拉挺喜歡他的，雖然她不怎麼明白彼特到底為什麼要待在自己身邊。不過，當一名鋼琴家的新生活完全榨乾了她的精力，僅剩些許餘力可以關注羅馬生活的其他部分。

𝄞

音樂大師的課與她先前在腦海中揣想的全然不同。大師大部分時間都在跟她說話，就算大師給克拉拉一些樂譜，也從不教導她應該如何彈奏。他會問她一些問題，而克拉拉總是能夠答得出來，因為他問的並非克拉拉怎麼想，而是她看見了什麼。因為她跟大師說過，〈俄羅斯奏鳴曲〉喚起她心中乾枯平原與銀色溪流的景象，大師也就跟她談起北方大草原和那片滿布柳樹、冰雪的無垠土地。

「不過，巨人雖然擁有強大能量，卻也會拖慢他行動的速度，也正是如此，妳才會彈得這麼慢。」

他也問起克拉拉成長的村莊，她細細描繪著在兩幢房子屋瓦間隱約可見的山峰，她對每座山的每個輪廓、高低起伏都瞭如指掌。克拉拉非常喜歡和大師共度的時光，以致到了十一月初，也就是抵達羅馬兩個月後，失去家鄉山林陪伴的痛苦，對她而言已不再那麼難以忍受。然而，大師卻從未對她表現出任何特殊情感，她覺得大師所提的那些問題有某種目的，卻不是為了學習鋼琴所需，而是要幫助她迎接某個東西，至於是什麼，也只有大師自己才明白。她偶爾會有種預感，彷彿大師早就認識她了，雖然他們兩人是在今年九月才初次相遇。某日，他們在練習一首特別無聊的曲子，克拉拉以極快的速度彈奏，將自己的情緒流露其中時，他語帶不快說道：

「我從樂音裡明白你的心情了。」

她問了第一天到羅馬時所嘗到那些水果的名字，並說：

「不如給我桃子吧。」

他更加惱怒地看著她，但依舊在她面前放了一張樂譜，並作出以下評論：

「該死，這個男的是德國人，不過他作的曲子裡還是有桃子的成分在。」

在彈奏曲子以及重拾翩然舞動的樂音時，她思考著方才在大師怒顏背後所看見的，針對某個在空氣中背影模糊且快速飄動的人所投射出的激動情緒。如果說接下來的日子與先前並無二致，這些日子卻為那聲對某個鬼魂所發出的突如其來叱喝，帶來新的意義。

𝄞

大師也常常在晚餐後到皮耶妥家找克拉拉。鋼琴就放在內院寬敞的大房間內，練琴時，會把窗戶打開迎接屋外涼爽晚風。皮耶妥邊聽著他們練琴，邊抽菸或啜飲些酒，但是到課程結束前始終不發一語。同時，彼特則在一張大安樂椅上打盹兒或睡得鼾聲連連，一直到琴音歇止、靜謐突然降臨才會將他喚醒。然後，她會一邊讀著樂譜或是胡思亂想，一邊聽著他們幾人交談。接著，她就會被帶回房間，其他人則仍在夜色中閒聊。他們幾人的話音穿過沉睡的內院，持久不歇地伴著她入睡。就這樣，在十一月中某個夜晚，那天因為屋外大雨滂沱，練習室的落地窗是關上的。克拉拉一邊聽著他們交談，一邊翻閱著稍早有人帶來給她學習用的樂譜。她聽見阿齊瓦提大師說：「但是，他們最終有辦法用正確節奏彈出它嗎？」接著，她翻開了一張皺巴巴的古老樂譜。

𝄞

在頭幾行五線譜旁邊，用黑色墨跡寫著兩行字。

la lepre e il cinghiale vegliano su di voi quando camminate sotto gli alberi
i vostri padri attraversano il ponte per abbracciarvi quando dormite[⑨]

一開始，所有感官一片空白，克拉拉看著一圈寂靜如波浪般擴散，直到最後在靜默的壓軸中爆炸開來。她重讀了一遍那首詩，這次沒有再產生爆炸，但是有某些東西改變了，就好像空間一分為二，在一條看不見的邊界之上，有一個她想要前去的國度。儘管她懷疑這個幻象是否與那樂譜無關，她還是走到鋼琴前彈奏了那個曲子，樂曲讓空氣中飄蕩著溪流與潮溼大地的氣味，還有一絲尾隨在後的神秘與隱藏的情緒。

𝄞

當她彈奏完最後一個音符，抬起眼來時，她看見眼前站著一位差點認不出來的男人。

「這個樂譜從哪兒來的？」大師問道。

---

⑨原注：你們在樹下行走時，有野兔與野豬照看著；睡著時，你們的父親越過橋來親吻你們。

她指了指之前大師命人搬來的那一堆樂譜。

「妳為什麼彈奏它？」

「我讀了那首詩。」她說。

他繞過鋼琴走過來，從克拉拉肩膀上方往下看。她感覺到大師呼吸時吐出的氣息，以及他複雜的情緒波動。一股驚喜之情投射在克拉拉內心情感中，在這道突如其來的驚喜光芒中，她十分訝異地看見許多透明影像逐一映照在他高大的背影上。首先，是一群野馬，直到牠們早已遠去許久之後，她都仍能聽到馬群奔騰的聲音。接著，在灌木叢樹蔭底下，被陽光照耀得金黃閃亮的小徑，苔蘚上放著一顆大石頭。石頭上每個稜角、凹陷和與眾不同的裂痕，都是水流與時間所共同創造的產物。她知道這顆美妙且富生命力的石頭就是大師本人，因為這個男人與石頭間，經過一連串神秘變化後，無懈可擊地重疊在一起。最後，那些影像消失了，她重新面對著一位有血有肉的男人，那人正嚴肅地望向她。

「妳知道戰爭是什麼嗎？」他問道。「沒錯，當然，妳知道的……唉！有個戰爭在醞釀中，一個有史以來最漫長、最駭人的戰爭，是由前所未有強大、可怕的人所挑起。」

「行政首長。」克拉拉說。

「首長，」他說道，「還有其他人。」

「是惡魔嗎？」她問道。

「從某方面來說，是的，」他說，「妳可以說他們是惡魔，但名字不是最重要的。」

惡魔，在山中小鎮神父家被撫養長大的孤女，她先前早已聽說過惡魔了。而且在整個亞平寧山區，沒有人不知道此地經歷過的戰爭，每個人在提起死於戰爭的亡者時也總會在胸前畫十字。然而，在幼時聽說的這些故事之外，克拉拉相信自己瞭解為什麼惡魔會想挑起戰爭。一個人若是住在一座座比鄰排列的墓穴中，要他來解釋死亡之聲從何而起時，應該游刃有餘。她同時心想著，不知道眼前這塊活生生的石頭，也就是音樂大師，是否跟她看法相同。

「戰爭雖是在戰場上進行，卻是在行政首長們的屋子裡做出的決定。這些人都是操弄奇幻傳說的高手。然而，還有其他地方、其他奇幻傳說……我希望妳告訴我妳看到什麼、聽到什麼，告訴我妳讀到的詩句，還有作了些什麼夢。」

「就算我不知道為什麼？」她問道。

「要對音樂，還有詩有信心。」他回答。

「那首詩是誰寫的？」她又問道。

「我們的一位盟友。」

語畢，一陣長長的靜默。

「我只能告訴妳，那首詩是寫給妳的。但是我沒想到妳這麼快就讀到。」

這時，她看見皮耶妥在樂譜上四處找尋那首詩，但是從他看著樂譜的神色看來，克拉拉明白他什麼也沒找著。

站在克拉拉對面的古斯塔・阿齊瓦提朝著她微笑。

不久後，彼特就將她帶回房間，房裡窗戶緊閉，因為雨仍然嘩啦啦落個不停，固執地開著演奏會。

「他們總是不讓我做我的工作。」他在道別時這麼說。

「你的工作？」她問。

「是呀，我的工作。」彼特說，「他們每個人都這麼冷漠、嚴肅。我呀，我會在這兒是因為情感豐富又愛說話。大家就只是要妳整天彈琴，晚上又用戰爭呀、結盟呀這些事來煩妳。」

他慢條斯理地搔了搔頭。

「我是愛喝酒，可能也不怎麼精明。但是我呀，我至少知道怎麼說故事。」

他離開了，克拉拉則睡著了，至少她以為自己睡著了，直到，伴隨著從緊閉百葉窗篩進來、投射在牆上令人安心的亮光，她聽見皮耶妥從內院另一側傳來的聲音：

「小不點是對的，是惡魔。」

大師的聲音回道：

「那麼惡魔本身，又是被誰騙了呢？」

克拉拉隨後沉沉睡去。

𝄞

那是個奇怪的夜晚，奇怪的一覺。這天晚上的夢境有種前所未有的清晰感，讓人感覺是真實所見，而非夜晚的幻境。她能夠掃視夢中景象，一切皆一覽無遺，彷彿眼前所見真實存在一般。她探索著一個陌生鄉村內的道路，就像她走過的家鄉山坡小徑。雖然看不見山，這個地區依然有著令人印象深刻的魅力，而且她感受到富饒大地的力量，也欣賞了豐富多樣的樹木。即使這一切的柔和與美麗桃子的柔和不同，仍具有某種柔順，是山區人們所不曾體會的，這最終也構成了一種平衡，讓克拉拉驚訝不已，她以毫不貪求的毅力，從內心深處微笑著希求，終於在兩個月之內，她看遍了所有地理風貌、勞動者的美麗土地、討人喜歡的毛茸茸桃子，以及迥異於她家鄉陡峭高聳的山。尤其，讚賞著精心布理的圍牆時，她感覺到一股強烈的無形魔力，這股力量甚至超越讓富饒之地得天獨厚的力量，也將原本由茂密樹木與林蔭小徑組成的景色，變化為對樹葉與愛情的探索。她也看見了半山腰上的村莊，有著教堂與外牆厚實的房舍，足以想像此地嚴峻的冬季。然而，也感覺得到一旦大地回春，宜人季節將持續到秋季霜降為止，這可能是因為沒有崇山峻嶺，又或許是因為有豐茂的樹木，不過人們知道總會有一段閒暇時刻，讓他們工作之餘可以稍事休息。最後，她看見幾道一閃而過的陰影，不是背影或面孔；儘管她原想開口問問村莊的名字，以及樹上結些什麼果子，最終依然作罷。

就像是箭一般。她不知道箭從何處出現，也不知道它要往哪兒去，只見它飛過眼前，轉眼消失在路的轉角。儘管它的出現如此短暫，劃出的每道線條卻在她心上深深刻下痕跡，伴隨著令人痛苦的精準，讓她又見到那張眼神黯淡、輪廓瘦削、高貴的金黃色面孔，嘴角還濺出一絲血跡。她搜尋著線索，然後發現女孩在喬木林邊緣，有一匹高大的灰馬正往前行進。三百六十度完整全景亮了起來，並且在冰天雪地的鄉村景色上，重疊著霧氣籠罩的山景。兩個畫面並未融合在一起，卻像雲朵般彼此交錯：她看見交纏的景色，融為一體的天候狀況。天氣晴朗，同時從萬里無雲的天空落下一陣陣暴風雪。這時，一股龍捲風撲向這片景色。在凝結了動作與時間、眼前一閃而過的畫面中，克拉拉看見風暴極度扭曲、可怕漩渦，以及黑色箭矢在怒氣中向天空射去，同時有一位個子矮小的老婦人在她蓬亂的頭頂上方揮舞著手中棍棒。在半夢半醒之間，她看見另一幅景象，有個小女孩正在六個大人的陪伴下吃著晚餐，他們圍繞著女孩散發出閃耀、平和的光暈，這也是克拉拉生平第一次看見愛的真實體現。最後，一切都消失無蹤，克拉拉則待在黑暗房間的寧靜中保持清醒。早上，她向大師敘述睡夢中所見景象。說完後，她說出了那個陌生女孩的名字，因為它就這麼自然地脫口而出。

古斯塔・阿齊瓦提第二次對她微笑。然而，他這一次的微笑中帶著哀傷。

「每一場戰爭中總有叛徒，」他說，「從昨天起，瑪利亞不再安全無虞。」

阿齊瓦提宅邸
精靈首長機密會議

「叛徒是誰？」大師問道。

「我不知道。」主席說，「半數成員都有嫌疑。十個人裡面，誰都有可能。我沒感覺自己有被跟蹤，而且足跡也很快就都清除乾淨了。」

「我沒看到你被跟蹤。一定是有另一座橋、另一間小屋。」霧之屋守護者說，「得加強瑪利亞身邊的保護措施才行。」

「不，」大師說，「必須增強她的能力，還要讓克拉拉鞏固兩人間的連結。」

「我們一點也不知道自己在做什麼，」主席說，「可是卻把女孩們培養成戰士。」

「我們只能說，」彼特開口道，「你們連玩洋娃娃的時間都不留給她們，而且也不怎麼幫她們。」

「你在德蕾莎死後寫下的那首詩，」大師對霧之屋守護者說，「她今天發現了。我會把詩寄給瑪利亞。」

「這裡一首詩，那裡一頁譜，還有一大堆說明，」彼特說，「她們怎麼能夠瞭解野兔和野豬是誰呢？」

「瑪利亞在她十歲生日那天看見我了。」霧之屋守護者說，「野豬會開口跟她說話的。圍繞她身邊的人則如鑽石般經過千錘百鍊，比我們原先期望的還要好。」

「那你覺得克拉拉身邊的人如何？」彼特問，「沒有朋友、沒有家人、沒有母親。只有一個暴躁、捉摸不透的老師，還有永無止境的練習。別忘了克拉拉是你們這組小戰士中的藝術家，應該要好好呵護她的心和纖細情感。這些可不是像訓練新兵似的課程所能做到的。」

「克拉拉的生活中必須有位女性才行。」主席說。

「等皮耶妥覺得她安全無虞時，她們兩人就會相見了。」大師說。

他靜默了一會兒，隨後對霧之屋守護者說道：

「你有聽到她彈……對，我知道，她是你女兒，你早在我之前就聽過她彈琴了……多麼令人心碎……又多麼令人驚豔……」

瑪利亞
野兔與野豬

在經歷了灰馬和凌厲龍捲風所帶來的激動情緒後，農場生活又回復原有由野味、乳酪，以及林中奔馳所構成的鄉村步調。現下，農場景象以及鐘聲都宣告著和煦季節的遠去，人們於是得以寧靜地倚窗休憩，一邊看著棉柔雪花。這個冬天，就在人們想著得去劈柴為過冬預做準備時，白雪覆蓋了整片大地。好幾個劈啪作響的閒適早晨，就像是香甜脆餅一樣，讓那比愛情還要澄澈的天空散發出淡淡粉紅光芒。人們也會在彷若源源不絕的獵物上撒鹽，以保存這些上好野味。與此同時，大夥兒也不忘互相點頭、交換眼神，然後就又各自投入工作，沒有開口多說些什麼。

✿

關於打獵這件事，瑪利亞的父親某晚提出一個看法，讓她輕挑了眉。當時，大家正吃著以一匙加了粗鹽的鮮奶油調味、用餘火烹煮成的五花肉和甜菜。

「林裡獵物變多了，但是打獵時反而比較節制。」他說。

瑪利亞微笑了一下，繼續將頭埋進眼前那盤甜菜蒸騰的熱氣中。她父親是在田裡工作的，粗獷寡言，總是踏著有力的步伐，慢條斯理。他劈柴的節奏，整個小鎮上的人都可以輕易超越他。然而，比起敏捷的動作，與韌性相伴的規律更為引人注目。也因此，地方上的寡婦總偏愛請他幫忙劈柴，而他僅收取微薄報酬，是那些婦女原本打算給他的五分之一。他以這樣的節奏對待所有事物，就連內心情感也不例外。面對不幸與哀傷時，即使他承受著與妻子所生的兩個兒子都早夭的巨大痛苦，也不曾吐露心中的沉痛。然而，內心的悲苦始終殘酷地折磨著他，讓他比一般人花上更長的時間才平復。幸好喜樂降臨，瑪利亞就是上天賜給他最好的禮物，即使他從未強烈地表現出父愛，而是溫和展現在生活細節上，就像他整頓花園時也是不疾不徐地勞動，多年來他一直如同享受禮物般樂在其中。同樣地，他說話時也小心翼翼地不讓說出口的話破壞平和氣氛，而是自然地融入環境。這一切，瑪利亞都知道，也因此，她只以一個微笑回應父親在晚餐時天外飛來一筆的評論。

不過，他說得沒錯，大家打獵時的確變得比較節制。如果有人以為林中獵物繁盛，村民就會隨心所欲大肆獵殺，現實情況會讓那人大感失望。充斥整個樹林的豐富獵物，讓他們比起祖先更能滿載而歸，但鎮上的人反而採取更謹慎克制的態度，慎選自己的獵物。近幾年冬天，人們的確殺了幾隻在馬鈴薯田肆意狂歡、大飽口福的野豬，也在儲藏室裡囤滿醃漬過的食物，並且享用應得的佳餚，卻從不超過維持辛勤勞動所需體力的分量。帶著獵犬先行入林的人，感覺更像是使者，而非先發的偵察兵，大家讓他們以不尋常的愉悅和諧去安排狩獵位置，讓狩獵成為一種交流的新藝術。喔，當然，男人們不會搖著白旗走進林裡，彬彬有禮地祈求兔子自己跑來槍口前，不過也相去不遠了：人們帶著敬意將兔子趕出巢穴，不獵殺多於所需的量。其實，瑪利亞父親的評語其來有自，因為當天早上鎮民才將隔壁區獵人趕到鎮外。鄰鎮深受獵物不足困擾，總偷偷摸摸混進小鎮領區內的山坡。在那兒，他們抓到許多野兔、野雞，甚至還有幾頭鹿。那些獵人像野蠻人一樣埋伏，發出粗俗笑聲襲擊鹿隻。鎮民對這種笑聲感到反胃，也向他們鳴槍表達不滿。然而，最糟的是，這個舉動這次並沒有真的滿足大夥兒的男性虛榮心，男人們感覺遭到汙辱，他們其中一人（當然是馬歇洛囉）在大夥兒趕跑那些野蠻人、確認過樹林各個角落，回到農場時下了個中肯的結論：「該死的異教徒。毫不尊重工作價值。」瑪利亞的父親正是為此有感而發；然而，瑪利亞可以察覺到，父親從這天所發生事件得出的結論，絕不止於憤慨。

不過，在情感方面，瑪利亞倒是從未匱乏過。當地婦女十分慷慨，不只誦〈天主經〉、每天為她送上牛奶，持續不懈地想讓這個瘦弱（卻又那麼美麗）的小女孩身體更強壯些。小女孩有記憶以來，還不記得有哪一天自己回到農場時，桌上沒有熟肉醬的。不過，瑪利亞尤其偏愛當地牛乳製成的乳酪，而且不怎麼喜歡酒汁炒兔肉、燉肉，還有其他各種雜燴，這倒使珍奈大失所望，她可是鄰近幾個鎮內最好的廚師。瑪利亞走到廚房，一樣樣分別用起自己的那份晚餐：她慢慢啃著胡蘿蔔，再另外吃著大人們幫她烤的一小塊肉，上面僅撒了一小撮鹽和一點香薄荷。她的飲食習慣就是一點兒兔肉加上一點兒蔬菜，唯一能讓她破例的只有歐杰妮出色的手藝，她是這兒最擅於用花果熬煮果醬的人。有誰能抗拒得了她的成果呢？人們會把她做的榅桲果醬帶到隆重的宗教聚會或婚禮上，甚至泡成茶喝，這一切無不讓人感覺透著神奇魔力；也正是這些，才能說明大家為何在餐後會忍不住發出滿足的輕嘆。此外，歐杰妮對藥用植物尤其有研究，就連神父也常常向她討教，並且非常尊重她，因為她懂得的藥草及藥用療效知識令人印象深刻，這些都是傳承自好幾代以前的祖先智慧，神父本人則一無所知。不過，她總是優先選擇本地產量較多、且經過多年經驗證實療效的植物。從這些植物中，她選出三種似乎是最有功效的植物（至少在農場裡如此），分別為百里香、大蒜及山楂（她稱之為仙楂或鳥梨，經神父查證，這兩者的確是最常用來稱呼這種小灌木的名字）。瑪利亞熱愛山楂。她喜歡它那銀灰色、隨著歲月逐漸轉為棕色、粗糙的外皮，還有上頭細心妝點了淡淡粉紅的雅緻白花，讓人見之幾乎要感動落淚。瑪利亞也喜歡跟著歐杰妮在五月初一同採摘這些花朵，小心翼翼地避免壓傷花瓣，再放到裝飾得美如新嫁娘般的儲藏室陰涼處風乾；她還喜歡每天晚上在一杯滾燙熱水中，加進一匙花瓣沖泡出來的茶。歐杰妮信誓旦旦地說，這花茶對於身心靈都極有好處（這一點在現代藥典中已獲得證實），而且也能回復青春活力（倒是沒有一本書有記載）。總之，歐杰妮或許不到安潔莉姨婆的歲數，也沒有她的上帝之眼，但是在這位老奶奶面前，還是別想輕易矇混誆騙她。如果說安潔莉很早就感知到瑪利亞有神奇能力，歐杰妮自從樹林事件後，也愈發強烈地察覺到這一點了。某天早晨她在早禱過後走進廚房，倏地在用餐的大木桌前停下腳步。廚房寂靜無聲。其他老奶奶正在餵雞或是擠牛奶，瑪利亞的父親出門去查看果樹，至於瑪利亞，則還蓋著紅色的厚羽絨被呼呼大睡。歐杰妮獨自一人面對著大桌，桌上僅僅擺著一只陶製咖啡壺和一個水杯，以防有人半夜口渴，另外還有預備晚餐時使用的三瓣蒜頭。她使勁集中精神，卻只看到她想抹去的眼前景象，接著，她放鬆下來，努力要忘記自己看見的。

現在，她又看見桌子與昨晚無異，她是最後一個捻熄燈離開廚房的人；她細細品味這個仍然充斥著溫度的空間，不久之前，這個幸福的家庭剛在此用過晚餐；她在幽暗的角落多停留了一會兒，那兒僅有一些細碎光線微弱地亮著；她的目光再度投向桌上，那兒就只有擺在咖啡壺旁的一個水杯，以及被遺忘的三瓣蒜頭。她知道瑪利亞偶爾會在夜闌人靜的就寢時分在屋裡走動，而且瑪利亞半夜裡來過這裡，並將那些蒜頭換了位置，移動了幾公分，水杯也是，大概只動了零點幾公分。這五樣尋常物品微不足道的移動，徹底改變了這個空間，而且就在一張廚房的桌上，創造出一幅生動畫作。歐杰妮自知無法用言語形容，因為自己是個從小就在鄉村長大的村婦；除了教堂裡敘述《聖經》故事的那些畫作外，她從未看過其他的畫，而且，除了飛鳥翱翔之美、春日晨曦之美，還有明亮樹林中的小徑、受到疼愛的嬰兒笑聲以外，她就再沒有認識其他美的事物了。但是，她清清楚楚知道，瑪利亞用三瓣蒜頭和一個水杯所排列出的畫面，連神明都會為之讚賞。她這時也發現到，除了物品位置的改變外，還有一件東西，這會兒在陽光照射下方才引起她的注意，那是一小段常春藤，就擺在水杯旁。太完美了。歐杰妮或許不知道該怎麼形容，但是她擁有天賦。就像她能「看見」藥草在人體上會起什麼作用，還有治癒病人所需的分量多寡等，她也看見了在小女孩的布置下，元素所呈現的平衡、元素之間精巧的張力；而此刻，在如絲般柔美的黑暗深處，空間已被雕塑成一個由虛與實所密布而成的序列，並就此昇華。雖然還是難以形容，但是，由於純真心靈賜予歐杰妮的天賦，戴著綁帶帽在山楂茶中度過八十六個年頭的她，此刻獨自站在廚房中，心中充盈著藝術之美。

這天早上，瑪利亞早早下樓來，到儲藏室為自己切一小塊乳酪。然而，她沒有利用大人打獵前的時間到樹林裡度過片刻，而是回到廚房，她的作戰位置。當時，歐杰妮正拿銅鍋混合翻炒著芹菜的菜梗與菜葉，還有長春花瓣，以及幾片薄荷葉。這些是要用來幫助一位苦於乳腺阻塞的年輕母親的膏藥。瑪利亞在大餐桌旁坐了下來，桌上的蒜瓣位置則絲毫沒有移動。

「妳放了芹菜？」她問。

「放了芹菜、長春花和薄荷。」歐杰妮答道。

「我們自己種的芹菜？」瑪利亞問。

「我們自己種的芹菜。」歐杰妮又答道。

「妳在果園裡摘的？」

「我在果園裡摘的。」

「聞起來沒有野生芹菜那麼臭的？」

「聞起來比野生香得多的。」

「但是比較沒有效的？」

「這不一定，我的小天使，要看風的狀況。」

「那長春花呢？它們不會讓人有點憂傷嗎？」

「是的，它們讓人有點憂傷。」

「加入長春花不是要述說憂傷嗎？」

「加入長春花也是為了要有禮地說出它們的憂傷。」

「這些是長在樹林裡的長春花吧？」

「這些是兔籠後面那個堤防上的長春花。」

「效果會不會不像樹林裡的長春花那麼有效？」

「這不一定，我的小天使，要看風的狀況。」

「那這些薄荷呢？姨婆？」

「我的小天使，這些薄荷怎麼了？」

「它們從哪兒來的？」

「它們隨著風來的，我的小天使，就像其他植物一樣。它們隨著風來，風把它們放到上帝指定的地方，然後我們去那兒摘下，感謝上帝的恩惠。」

✽

瑪利亞很喜歡這樣的對話，對她而言，這些回答比教堂裡的那些說法珍貴得多。至於教堂裡的答案，是她為了某個原因刻意激起的。今天正要發生的事件，使得農場這個小小世界浸淫在異國氣息中，也將會使得原因更為清晰明白。大約十一點，瓊諾輕敲了廚房的門，老太太全都在裡面慎重地做著同一件重要工作。封齋期就快要結束了，很快就得要準備晚宴，彌補大夥兒齋期缺少的飲食。廚房裡飄著蒜頭與山產味，一只又一只內容物豐盛無比的竹籃占滿整張桌子，其中最可觀的就是今年第一批採摘的滿滿野菇。柳樹周圍的野菇全都摘來了，數量之多足以讓大夥兒吃上十天的香料燉菜和香噴噴醬菜。從四月底開始都會是此番景象。

大家馬上就發現，瓊諾是為了某件與他的職務有關的東西而返回，因為他還戴著信差帽，雙手拉著一皮袋等著分送的信件。大家讓他進到溫暖的屋內，儘管全都好奇得要命，還是先在他面前擺上一些細肉醬和一小杯當地產的酒，因為這件大事值得他們表現出敬意，而在這兒，奉上一點兒肥豬肉和一杯紅酒，就是表現敬意的方式。他幾乎沒碰食物。瓊諾禮貌性啜飲了一口酒，但是大家全都看得出來他一心專注在一件大事上，現在他有任務在身。靜默在廚房中蔓延開來，整個房間只聽得到燉煮著兔肉的那口大鍋底下劈啪作響的柴火聲。婦女們擦乾雙手、摺妥抹布，再整理了一下頭髮，然後，依然是在一片靜默中，拉過椅子一起坐下。

一段時間過去了，如同爐火上的牛奶般翻騰。

外頭開始下起了雨，傾盆大雨，沒錯，從一片烏雲中傾注大量雨水，滿足了堇菜及動物一日所需補充的水分；屋內，對於手中握著命運之線的這五個人來說，除了雨聲與柴火的嘶嘶細語外，就只剩下過於沉重的靜默了。因為，所有人都一致認為，是命運讓瓊諾一臉鄭重其事的表情，大家只在他談及那場戰爭時看過他這種神情。在那場戰爭中，他也是負責送信的傳令兵，就跟其他人一樣，聞著煙硝戰火、飽嘗戰爭之苦。大家看著他又喝了口酒，但是這次是為了壯膽，大家瞭解到他在開口前得找回一些力量。因此，所有人等待著。

「那麼，是這樣的，」瓊諾終於開口，一邊拉過領口擦了擦嘴，「我有一封信要送。」

他打開那口大袋子，拿出一個信封，放到桌子中央，好讓所有人都能輕易看到。老奶奶們一個個站起來，將身體往前傾。又是一陣靜默，就像在原始山洞中一樣空無、神聖的寂靜。在暴風雨帶來的昏暗中，信封彷彿是個小小光源般發亮。不過，老奶奶們目前只對以黑色墨水寫下的這幾個字有興趣：

瑪利亞

斜坡上的農場

信封上貼著一張大家從沒見過的郵票。

「那是張義大利郵票。」瓊諾打破寂靜，因為他看見老奶奶們吃力地想要看清那張小小的神秘方塊。

老奶奶們又一齊坐回她們的藤椅上。外頭，雨勢愈來愈猛烈，而且天色比清晨六點時還要暗。用小火在紅酒中燉煮的兔肉香氣，與雨水聲混雜在一起。這群人在農場屋內滿室芳香的環繞下，興致盎然地研究著眼前這封來自義大利的信。眾人在慎重思量與不知所措之中，又沉默了一段時間，然後，瓊諾清了清嗓子再度開口，因為他覺得已經留了足夠的時間讓大家查看信封。

「那麼，到底該不該拆開呢？」他的提問雖中性，卻帶著鼓舞的語氣。

戴著綁帶帽的老奶奶們互看了一眼，心裡想著同一件事：像這樣一件大事，得詢問全體家庭成員的意見。因此，在瑪利亞父親做完工作回到家、瑪利亞母親從城裡回來前，是不可能召集大家討論了。而瑪利亞母親到城裡妹妹家已經三天了，她妹妹的小女兒染上了肺病。（她帶上了一大袋歐杰妮熬製的藥膏，因為所有正規的醫生處方藥都沒有太大效用，而妹妹一家在小女孩明顯日益虛弱的絕望下，殷殷企盼著這袋藥膏。）也就是說，全副心思被義大利占據的四位老奶奶，心中都正計算著的，還要再兩天兩夜才能全員到齊。這不啻是天大的折磨。

瓊諾彷彿能夠聽見這些老奶奶腦海裡浮現出的各種托辭似的，又清了一次喉嚨。這次，他刻意用顯得堅定、慈祥的語氣建議道：

「說不定有什麼急事。」

連接義大利與低地之鄉的郵政系統雖然像個謎，但是我們至少可以猜想到，一封信是無法在三小時之內透過這個系統送達的。因此，在危急時刻不會優先選擇以郵件通知對方。尤其是，信封上既沒有地址，也沒有收件人姓氏。此時，迥異於雨聲與兔肉香，整個廚房突然染上一片焦慮之色，擔心著有什麼急事。安潔莉望向歐杰妮，歐杰妮望向珍奈，珍奈又望向瑪莉，眾人彼此交換眼神，直到每個人都一一抬起下巴共同輕輕側擺，那精準的節奏感恐怕連經驗豐富的合唱團指揮都要為之讚嘆。大家又如此擺頭持續了兩、三分鐘，瓊諾可以感覺到，老奶奶們的決心逐漸增強了。他現在雖然有點兒想吃一小塊肉醬麵包，卻不想打斷賞心悅目、和諧的下巴舞動。接著，大家做出決定。

「至少可以先拆開來，」安潔莉說，「不會有什麼影響。」

「沒錯。」歐杰妮附和。

「就只是拆開信封。」瑪莉說。

珍奈什麼都沒說，但也是這樣想的。

安潔莉站起身，走到餐具櫃前，從抽屜拿出一把小刀，這把刀曾經拆開過無數封從戰場寄回的信。她左手拿著來自義大利的信，從信封右側插入刀尖，開始割開信封邊緣。

✿

就在此時出現爆炸性的發展：門倏地被推開，門縫中隱約可見瑪利亞的身影，以及其後暴風雨下的鄉村景象；已經持續傾瀉半小時的大雨，如今更轉變為滂沱暴雨，雨勢猛烈到讓人只聽得見落在庭院的嘩啦雨聲。瞬間淹沒土地的暴雨不是不曾見過，但是像這樣的暴雨又完全不同了！雨水落下後並不是停留在地面，而是猛力撞擊，讓土地像是一面巨大的鼓，發出陣陣轟鳴。接著，雨又往天空方向反彈，像是一股間歇熱噴泉，隆隆作響。瑪利亞在門口站了一會兒，就站在茫然與驚人雨勢的喧譁中。然後，她關上門，向老奶奶們走去，朝著安潔莉伸出手。安潔莉還沒搞清楚狀況，便將信放到瑪利亞手上。世界驟地發生變化，突然回復平和，雨停了，四周重新恢復一片寂靜，伴隨著兔肉在酒汁裡嗶嗶剝剝的燉煮聲，這聲響使得每個人驚跳起來。安潔莉看著瑪利亞，瑪利亞也看著她。所有人不發一語，對於身處瀰漫著燉兔肉香氣的寂靜廚房中，感覺前所未有、無可比擬的愉悅。所有人又看向瑪利亞，她臉上有著未曾見過的慎重表情，大家感覺到她體內某部分起了變化。

「那麼，小不點？」安潔莉最終以些微顫抖的嗓音問道。

瑪利亞喃喃低聲說：

「我不知道。」

因為沒有人說話，她又補充說道：

「我知道那封信是給我的，我就來了。」

當命運之輪加速轉動時，該怎麼做呢？單純，酒汁燉肉咕嚕咕嚕作響的農場房舍中所凝聚的單純，它的美好之處就在於能夠全然接受自己無法掌控的事。瑪利亞所說的話已經滿足了數世紀以來的信仰，亦即這個世界比人類存在的歷史還要久遠，也因此，絕非每件事都能夠解釋。大家所盼望的，不過是小女孩安全無恙。方才天色大變時，所有人都從座位上站起身來。現在歐杰妮煮著山楂茶，而其他人則又坐回了椅子上，靜靜等待瑪利亞自己拆開信件。這一回，這封信不需要在利刃威脅下吐露內容。瑪利亞從拆開的信封中抽出一張折成四折的紙，紙張材質極為輕薄，墨色透過紙背，只有一面寫了下面這幾行字：

你們在樹下行走時，有野兔與野豬照看著；

睡著時，你們的父親越過橋來親吻你們。

瑪利亞不懂義大利文，但是就像她喜歡歐杰妮在對答中的答案一樣，這幾行字中也承載著整個世界的縮影，讓世界更富詩意，也更純粹。僅僅看著這些文字，她就能感受到它們的氣息。即使她完全不瞭解文字意涵，也能在耳畔聽見聖歌響起。目前為止，她聽見過的最美麗詩歌，是歐杰妮在熬煮堇菜和山楂這些大地獻禮時所發出的聲音，其中或許混雜些許兔肉與菜園的芹菜。她認為這些並不違逆神意，而是讓信仰有了比起教堂中拉丁文更為精煉的樣貌。然而，她甚至不知道該如何從口中發出音來的這些文字，又帶領她看見全新的詩之國度，同時在她心中形成一股新的渴望。

詩若是一種宗教信仰，瑪利亞就是每天力行的信奉者，就在她爬上樹梢、傾聽風吹拂過枝葉的窸窣聲時，都與它為伴。她很早就知道其他人在田野行走時既聾且盲，她側耳傾聽的交響樂音，以及欣賞的如畫景色，對他們而言不過是大自然發出的雜音，還有無聲無息的景象罷了。每當她穿越田野、樹林時，她總是感覺到大量以無法觸及的線條出現的物質，這些物質讓她知道物體的移動與輻射。如果說她很喜歡在冬天時到比鄰野地斜谷的橡樹那兒，那是因為那三棵橡樹也很喜歡冬天，並且勾勒出生動立體畫面，她可以看到、感覺到筆觸與線條，就像是一幅版畫名作在空中成形。而且，瑪利亞不只和物質對話，也和這片土地上的動物交談。她並非總是清楚知道這一切。從影像中看到過去的能力、感覺物品最適當擺放位置的天賦，還有預知重要事件的感知力，就像信件的到來，還有她若是不自己拆信會立即帶來危險等，最後，還有能夠與草地上、窪地裡和樹叢中的動物交談的能力，都在東邊林地的冒險事件後愈來愈增強。儘管她總是看見宇宙吸引人的流動，這一切卻從未如此清晰。她不確定這一切是不是神奇野豬讓她看見的畫面所帶來的，還是她的內在有某些東西在那一夜改變了。或許是得知自己如何來到這個村莊所帶來的激動心情，讓她意識到自己身體裡蘊藏的天賦，也或許是這個超自然生物的魔力賦予她新的天賦，並將她轉變成一個全新的瑪利亞，讓她體內的血液以不同的方式流動。可以確定的是，她與動物和樹木交談自如的能力與日俱增；她是藉著接收由它們發出的振動與流動辨到這點，而她就有如閱讀拓樸學般讀著這些訊息，且她只需稍稍轉化這些訊息，就能夠讓自己的心聲被聽見。很難形容那些無法讓人也親身經歷體驗的事情，或許瑪利亞運用波動的方法，就像其他人把棉繩摺疊、展開、收攏、打結、解開那般，她就這樣利用心靈力量按壓線條曲線，她的世界觀融入其中，將無言的話語蓄積如豐沛的水塘，讓各種對話成為可能。

✽

在所有動物之中，瑪利亞最喜歡和野兔說話。牠們周圍很容易就形成一圈內斂的光芒，而簡單的對話中，也總是能夠提供一些其他較為自傲的野獸不會去注意的資訊。在黑箭齊發的那一日，她也是找上野兔來打聽灰馬的事。聽過野兔說法後，她開始懷疑有某種保護已經消失了——這是怎麼一回事？又是為什麼？她也說不上來，但是野兔提到節氣改變，還有某種時而會來樹林裡飄蕩的陰影。尤其是，牠們雖然無法告訴她馬是從何而來的，卻感受到灰馬不能與小女孩會合時的沮喪。至於瑪利亞朝牠大喊的那個問題：你叫什麼名字？野兔們也沒有答案，但是牠們感覺到灰馬是迫於一股不友善，且很不幸地不容小覷的力量，而無法說出自己的名字。然而，瑪利亞愈來愈常在美麗的田野中，察覺這股力量留下的種種跡象。某個傍晚，她趴在荒地的草上，任由思緒隨著三月向晚無所不在的自然天籟奔馳，她突然像受到驚嚇的貓一樣，敏捷地跳了起來，因為樹梢的樂音驟然停頓，而且在極短時間內由令人顫慄的巨大寂靜所取代。她與死亡擦肩而過。而且，她深信這絕非自然現象，是一股力量刻意造成的，它竭力達成一個極為病態、極為黑暗的企圖，而且方才僅僅持續約三秒鐘的現象，將會以更強大的形式出現。瑪利亞也知道自己年紀太輕，無法理解巨大力量之間的相互較勁，但是她察覺到驚惶的騷動，而始作俑者無疑期待造成更深的恐懼。她沒辦法理解這個預感從何而來，但這使她衝向樹林找野兔們述說自己的不安，而且她確知是天上眾多力量的失衡導致這些前所未見的現象。

也正是這段期間，這個不若往年那麼奼紫嫣紅、綠意盎然的春日裡（因為降雨時期不完全符合人們期待，而對果園裡的杏桃樹來說，寒冷天氣又來得比平常遲），瑪利亞作了一個夢，醒來後有著既愉快又擔憂的複雜感受。

那首義大利文詩句已經掀起一股巨大騷動。沒有人能夠翻譯，而神父也以困惑神情看著它，因為他懂的拉丁文雖然足以讓他猜出每個字，卻無法讓他看懂完整意涵，也想不透這封信是如何郵寄到這兒。他很猶豫是否要將這一連串既無法透過理性，也無法透過信仰得到滿意解釋的事件呈報給教會高層，但他最終還是決定不要寫信給他們，先暫時將這陣子來一長串令人驚訝的事件記在自己腦中。因此，他從城裡買來一本精美的義大利文字典，刻畫著花瓣的紅色外皮，照耀著他秉持神職人員簡樸精神還在用著的那塊老舊磨損寫字墊。這個語言的音調讓他覺得很美，甚至超越了所有其他已知語言帶給他的快樂，當中也包含拉丁文，即使他也真切地喜愛拉丁文。他在開口說義大利文時，在口中就好像有一股甘泉，還有溼潤的紫羅蘭香氣，眼前則彷彿看到碧綠湖面上歡愉的水波。在翻譯完那首詩，並且思索了詩句是如何來到農場之後，他仍繼續研讀字典上的字，並在短短幾個月內打下了基礎，讓他能夠看懂定義旁有時會出現的名言佳句。即使在字典最後幾頁附錄有讓他複習的繁複動詞變化整理，也不能澆熄他的學習熱情。總之，在六個月內，神父已經能夠拼拼湊湊、結結巴巴地說義大利文，或許措辭不符合羅馬當地人的用語習慣，他的口音也不完全與標注的音標相吻合，但他終究靠著努力自學，獲得了無處可讓他練習的扎實知識。他向大家分享了自己的翻譯成果，但是大夥兒仍沒有多大進展，只是多了些推測和點點頭：大家相信這封信並非平白無故送到這兒來，也確實是要寄給瑪利亞。大家猜想著，究竟野兔和野豬為什麼會出現在詩句中。如果到樹林裡散散步呢？算了……大夥兒嘆了口氣。然而，無能為力並非寂靜無聲，這一切仍在靜默中縈繞著那些想著下次會有怎樣的騷亂，還有小女孩是否仍安全無虞的人心頭。瑪利亞亦然，她知道這一切，隻字不提自己的那個夢境。一匹高大白馬在薄霧中前進，然後經過身旁，她沿著一條扁平石子路，走在陌生樹木的林蔭下。此時樂聲響起。到底有多少個歌手，她不知道，甚至他們是男人、女人，還是孩子，她也說不上來。但是，歌詞她聽得一清二楚，並帶著虔敬的心在黎明的晦暗天色中複誦。一滴淚水滑落她的臉頰。

薄霧重生

失根者最終結盟

最後，當合唱樂音停止，她聽見一個聲音重複說著結盟，她隨後醒來，讚歎夢中音樂和那副既不稚嫩也不滄桑的嗓音中的悲傷，聲音中涵蓋所有歡愉與哀傷。瑪利亞不知道為什麼自己之前想知道那匹銀灰色馬的名字，但是有那麼幾分鐘，那對她而言，彷彿是這世界上唯一重要的事。同樣的，在這個早晨，沒有什麼事比能夠再聽到一次那個純銀嗓音更為重要的了。如果有一天必須離開村莊會讓她滿懷哀傷，她同樣也有預感，這一天會比一般孩子離開他們受到保護、寵愛的庇護之所的時間還早，那個聲音也讓她瞭解到，自己會毫不遲疑地離開，無論會有多麼痛苦、會讓她流下多少淚水。

她等待著。

蕾諾拉
充滿亮光

在發現了樂譜旁那首詩，並得知尚未浮出檯面的背叛將危及一位名喚瑪利亞的陌生女孩後，克拉拉好幾天不曾再見到大師。皮耶妥似乎也和大師一同出門去了，因為就在她被告知隔天一早要恢復上音樂課那晚，皮耶妥也突然又出現在別墅了。即使兩人就像第一次見面時一樣保持簡單互動，在各自回房前也只說了短短幾句話，克拉拉很驚訝自己再看到他時竟是如此開心。然而，這位有點兒駝背的高大男人的某些說話語氣與動作讓她覺得熟悉，就像是回到家一樣。她也吃驚地發現，在這段短短的時間內，光是些許瑣碎的親切舉動，對她而言，她在羅馬唯一接觸到的這兩位男性，已經變得比在此之前與她朝夕相處的每個人都還要珍貴了。這不是籠罩著農場內圍坐桌旁人們四周的溫暖光芒，而是野馬和樹林裡的石頭所創造、蘊含其中的情感，而這情感產生的共鳴一直延伸到皮耶妥・沃爾普身上。於是，克拉拉隔天早上就到練琴室去了，音樂課也像往常一樣進行。然而，就在她應該要離開時，大師讓人送上了茶。

「妳有作其他的夢嗎？」他問克拉拉。

她搖了搖頭。

「真正的幻象都不會憑空出現。」他說，「想看到這些幻象的人會控制幻象。」

「你看得見瑪利亞嗎？」

「有人告訴我她在哪、做些什麼。但是我沒辦法像妳一樣在夢中看見她，也無法像妳一樣，只要下定決心就能看見。」

「你怎麼知道我看得見？」

大師臉上出現某種表情，臉上每一寸肌肉、每一分毫的血液都像在宣告著那是充滿愛意的表情。

「我知道，因為我認識妳父親。」他說，「他擁有能夠看見幻象的強大能力，我相信妳也是。」

與看見詩句那一晚相似的一團寂靜氣泡在她胸口炸開，讓她感到難受。

「你認識我父親？」她問道。

「我很久以前就認識他了，」他說，「樂譜上的那首詩，是他為你妳寫下的。妳看見那首詩時，便被引領到瑪利亞那兒。」

過了一段很長的時間，這段時間內氣泡恢復原狀，然後又炸開十多次。

「野豬和野兔是我和瑪利亞的父親嗎？」她問道。

「是的。」

克拉拉感覺呼吸困難。

「可是我不知道該怎麼做。」她終於開口。

「妳彈奏時就會看得到。」

「我看到一些風景。」

「音樂會把妳跟地方還有人連結起來，這些風景都存在，瑪利亞也是真實存在的。她住在很遠的地方，在法國，一個我們原先以為能夠庇護她很久的地方。但是現在時間不夠了，妳必須相信自己的能力，還有妳音樂的能力。」

大師站起身，克拉拉明白今天早晨的練琴時光已經結束了。但是，到了門邊，他又對克拉拉說：

「今晚我會向妳介紹一位名叫蕾諾拉的女士。她昨天提醒我們，妳十一月就已經滿十一歲了，要我邀妳共進晚餐。」

當晚，大家啟程前往另一座山丘的山坡。大師親自在一幢美麗宅邸的階梯上迎接他們；大門前的道路旁，種了整排克拉拉在羅馬還從未看過的大樹。當時天色已暗，看不清花園，但可以聽見水流淙淙，小河底的石頭構成極富旋律的圖樣，讓她彷彿看見閃爍的螢火蟲，還有薄霧下的群山。她望向大師，感覺前面彷彿是另一個人，既不是音樂老師，也不是鬼魂賦予激情容貌的那個人，而是一個經歷極度痛苦的靈魂，痛苦如箭矢般都射往同一個方向。接著，她在大師的影子裡，看見了她：一頭棕色短髮，目光深邃，身材高䠷，一身或許顯得有些嚴肅的端莊穿著，脂粉未施，無名指上戴著一只做工精巧的銀戒。完美的樸實裝扮上，歲月所留下的皺紋更為她俐落的身線增添了風采。肩上的絲質布料毫無摺痕，也沒有任何圖樣，純白、整潔的領圍，露出帶點珠光的肌膚；樸實無華的鈕釦散發內斂光芒。這一切加起來讓人感覺像海天相連的海岸風光，色彩低調展現出的高雅，只有繪畫大師的傑作方可比擬。

蕾諾拉，除了是皮耶妥的妹妹，以及大師的妻子外，我們也必須介紹一下她是怎樣的一個人。沃爾普一家是歷史悠久的藝術品交易商，家境極為富裕。克拉拉還沒來沃爾普別墅之前，皮耶妥經常在自家舉行大型聚會接待認識的人，但克拉拉來了之後就停辦了，以免暴露她的行蹤；阿齊瓦提夫婦也不時在家接待許多當代藝術家，這些藝術家從初次拜訪大師那時起，就養成每日到別墅午餐，或是在用過晚餐後來閒聊的習慣。同樣的，出身沃爾普的蕾諾拉・阿齊瓦提身邊從不乏朋友。持續造訪家族別墅的賓客因此轉往她與大師的家。她在那兒也維持過往接待賓客的獨特風格；她不帶大家走直線穿越長廊，而是走幾何圖形的路線，所有人都配合著她彎曲的路徑；同樣地，大家也不與她「面對面」坐著，而是依照她指示的位置，圍坐在她身旁，為那個私人天地刻畫出一個無形領域的輪廓。用餐時，人們的眼神隨著蕾諾拉用手畫出的弧線在空間中流轉。然後，大家各自帶著從這位女性身上沾染到的些許優雅離開。她雖非特別美麗，卻予人十分高雅的感受。這個特質在藝術家齊聚的此處顯得十分特別，因為她既不是音樂家，也不會畫畫或寫作，卻每天與比她更有才華的人交談。她不旅行，也不喜歡變動。許多與她有類似命運的女子，最終不過流於附庸風雅，但是蕾諾拉・阿齊瓦提本身，就是一整個宇宙。身為註定要在所屬社會階層中無聊終老的家族繼承人，命運讓她擁有愛作夢的靈魂，具有另一個世界的能力。因此，在她身旁常常可以感覺到，朝向無止境他方的一扇扇窗打開了；也讓我們瞭解到，只有深入自己內心才能逃離牢籠。

𝄞

即使未曾感受過愛撫輕拂，每個人都生來就能感知到愛；即使還未曾愛過人，仍會經由跨越不同身體與年齡的記憶認識愛。蕾諾拉走路的方式並非一步步向前，而是滑動的，並在她身後留下如同船隻行過河面所激起的浪花，四周氛圍也總會轉化、重新成形，變得如同河岸邊的細沙般光滑，克拉拉的心也隨著她每一次滑行，更靠近了它始終擁有的對愛的認識。克拉拉一直跟著蕾諾拉走到餐桌邊，並回答她提出有關鋼琴，還有所上課程的問題；送上的餐點十分精緻，大家歡樂地慶祝克拉拉十一歲生日；最後，大家走到門階上，置身奇特的水流樂音中。就要在寒夜中踏上歸途，返回中庭孤獨的房間。但是，自從克拉拉來到羅馬後，她第一次覺得不那麼孤單了，因為她在蕾諾拉身上感受到與家鄉阿布魯佐的群山相似、從岩地與斜坡上源源湧現的脈動。長久以來，她刻意對這些脈動保持察覺；然而，就在彈奏過教堂裡的藍色樂章後，她在越過山徑與彈奏美妙作品時，也都能察覺到相同的脈動了。脈動不只來自她的雙眼或是鋼琴所連結的土地，也來自透過她被樂曲點亮的心靈與身體。然而，蕾諾拉的雙眼與動作中，也蘊含著這股土地與藝術的共同頻率；因此，對整個羅馬來說，大師會與這樣一位出色女子結為連理再自然不過了。只有克拉拉瞭解大師真正看到了什麼。

𝄞

但是她們兩人整個冬天都沒有再見到面。克拉拉在大師指導下辛勤練習。大師一再要求她提升預見能力，但是她什麼也看不見，不論是在夢中，還是白日。但是大師並未因此顯得焦急，只是專注於要她演奏一些對她而言，跟城裡石頭一樣死氣沉沉的樂章。她問起為何選擇這些窮極無聊的曲子時，他從不回答。但是，她學會了從大師反問的問題中找出解答的線索。於是，一天早上，當她為了一首讓她不停打呵欠的曲子向大師提出疑問時，大師皺起眉頭，並問她是什麼讓一棵大樹在光線照射下顯得美麗。她改變了彈奏曲子的節奏，樂曲因而增添了她原先未曾料想過的優雅。又有一回，有一首曲子讓她絲毫提不起勁而彈得了無生趣，曲調哀怨卻無法觸動人心。此時，大師問她雨中的淚水是什麼滋味，她於是以較輕盈的方式撫觸琴鍵，並隨之感受到琴音沉沉嗚咽的單調反覆之中，潛藏著純粹的憂傷。然而，四月的某個早晨，兩人在偶然間有了最重要的一次對話。當時克拉拉因為必須重複彈奏一首空洞的曲子滿心煩悶，索性停止彈奏。

「什麼都看不見，」她說，「就只有一群七嘴八舌的人來來去去。」

大大出乎她意料的是，大師打了個手勢，要她離開座位到他身旁，當時他正在桌邊喝茶。

「妳很有天分，但是妳認識的世界只有家鄉的那些山和羊群，還有神父跟妳說的一切。妳的神父對世界的認識，比山羊還少。」他這麼說道。「不過，有一位年老女傭和牧羊人會跟妳說些故事。」

「我那時聽的是他們的嗓音。」

「忘掉聲音，試著想起那些故事。」

大師看到她不解的眼神便補充道：

「在我的家鄉，人們也對故事毫無興趣，因為我們有來自土地和天空的樂音。」

在些許遲疑之後，他接著說：

「妳房間裡有幅畫，對吧？那幅畫是一名男子多年前畫的，他和我來自同一個地方，也跟我一樣，都對故事有興趣。今晚，再看看那幅畫，妳或許會看見隱藏在心中幽暗處的土地和風光，而你其實已經從老女傭口述的鄉野傳奇和牧羊人的詩歌中聽過那一切了。少了土地，靈魂是空洞的；但是少了故事，土地卻是沉默的。妳得在彈琴時述說故事。」

大師要克拉拉回到鋼琴前坐好，克拉拉從頭演奏那首嘈雜的曲子。她聽不太懂大師想說什麼，卻聽見隱藏在高談闊論、紛雜來去的聲音中，一個較深沉的聲音。

她抬起頭望著大師。

「記得故事。」他一邊起身一邊說道，「故事就是世界的智慧——這個世界，還有所有其他世界的智慧。」

當晚，大師到皮耶妥家陪著克拉拉練琴。這時是四月底，以這個季節來說，天氣非常和煦。在晚餐前一場小雨過後，中庭裡滿園的玫瑰和盛放的丁香花，散發出怡人香氣。克拉拉進到練琴室時，很驚訝地看見蕾諾拉也在那兒。

「我只是順道過來看看，很快就會離開。」她對克拉拉說，「只是想在你們開始上課前來抱抱妳。」

確實是如此。她一身外出裝扮，黑色紗質長洋裝上點綴著兩顆閃耀的淚滴狀水晶，襯得她的髮色與眼珠更為烏黑。這件洋裝與靜止水滴形墜飾的流暢線條極為雅緻，而蕾諾拉行雲流水般的手勢，讓人分不清眼前環繞在她身旁的是一條河流或一抹火焰。

「我知道我們不常陪妳談天，而且要妳獨自一人練琴。」蕾諾拉說道。

她轉身面向大師和皮耶妥。

「但是我對這些人有信心。所以，我來跟妳分享我心中的篤定和信仰，也想問妳是否願意為我演奏一曲。」

在這樣的夜晚，蕾諾拉像珍稀而恬淡的香水般散發出悠然的氣息，同時說道：

「我想聽妳在教堂裡第一次演奏的那首曲子，就是後來亞力山卓給妳的那份樂譜，我想應該是藍色封面的那首。」

𝄞

克拉拉對她微微笑。過去十一年，儘管克拉拉並未遇到任何重大變故或苦痛，微笑的次數卻不超過四次。雖然她很早就對自然有所感應，人與人間的親密關係對她而言卻仍很陌生。蕾諾拉看到了這個微笑，並抬起一隻手輕撫胸前。同時，克拉拉走向鋼琴，其他人也一一坐下。自那天舉辦的盛大婚禮儀式以來，她就再也沒有彈奏過藍色樂譜的那首曲子了。她記得大師說過有關故事的那段話。此刻，藍色樂譜的曲子歌頌著沉靜的湖泊，而她所跟循的軌跡在湖面上劃出了一道奇異的線條。有某樣東西在空中纏繞，隨後又在她的心中舒展開來。那與其說是一種記憶，不如說是一抹香氣，大地與心靈的音符漂浮於香氣之間，以一個夜間探險故事的形式呈現，而她的指尖正要訴說這個故事。於是，她就像第一天那樣，以相同速度、一樣慎重莊嚴地彈奏，只是她的雙手已注入了一股新的魔力，在清醒中開啟夢土。一盞油燈照亮了圍坐桌旁用餐的一家人。眼前景象竟像是透過水晶般澄澈顯現，讓克拉拉瞭解到那並非夢境，而是真實、在遙遠北方、瑪利亞所在的世界。隨著彈奏，她連結到一個巨大的萬花筒，她能用心在其中認出熟悉的虹彩，如同視距隨著每次振翅高飛而拉長的老鷹，她用眼睛逐漸看見更多細節。現在，她能夠細細觀察這些在第一次夢境中短暫瞥見的男男女女的面孔。大家在用餐時不怎麼說話，除了日常生活的一連串動作外沒有多餘手勢。所有人平靜享用著晚餐，在靜默中切下麵包、注意小女孩的所有需要，在女孩父親開口評論了一句後，所有人大笑起來，然後又埋頭繼續喝湯。在她彈奏到最後一小節時，所有人縱聲大笑，這時小女孩的母親起身到房裡暗處取來盛著蘋果的高腳盤。接著，克拉拉停止了演奏，眼前景象也跟著消失。

她抬起頭。蕾諾拉將手放在深色木桌上，兩頰滿是淚水。皮耶妥臉上也有著淚痕，而彼特看起來同樣深受感動，也清醒著。但是大師沒有哭。蕾諾拉走到她身旁，彎下腰，在她前額親吻了一下。

「我走了。」她說，一邊拭去淚水，「我很感謝妳今晚為我們帶來的一切。」

她轉向大師，又說道：

「從現在開始，還會有很多這樣的機會。」

稍晚，克拉拉在她的房間裡輾轉難眠。她感覺到自己內在有道缺口，就在為蕾諾拉彈奏時打開了，而且她想再回到瑪利亞所在的農場。她在一片寂靜中就這麼待了很長一段時間，任憑思緒隨著先前老女傭告訴她的故事片段漫遊；好一陣子之後，一層流動的模糊記憶，讓她徜徉於由薩索山區諸多小故事構成的偉大故事中。她沒有真的要跟隨或是重新建構這些故事，但是她現在看見這些故事有某種她可以改編為音樂的特質——創新的音樂，在外在的曲調與音色之外，加上傾訴成分，內容靈感部分來自於她與大師的對話；那項特質也是她抵達羅馬首日在房內那幅畫上所看見的，在令人陶醉的色彩上，交融著有畫面的故事。她看見老女傭一邊編織，一邊向她說著故事，說著一群在山中迷路的孩子，或是在深谷迷失方向的牧羊人的故事。她放任自己順著那既無特定方向也無結果的思緒而去，而這個思緒有著超越時間與空間的旋律。因此，透過故事與土地帶來的新擾動，先前那首曲子為她開闢出的通道，又在她的靈魂中開啟了，她甚至不費絲毫力氣就能留住那束光。喔，多麼明亮的光。此刻農場的小世界也正值夜晚，在安靜的餐廳中，木炭緩緩燒盡成灰。彷彿可以感覺到人們身旁那些石塊的力量，它們圍成一圈，保護著人們；也可以感覺到樹木透過枝幹力量深入牆中隱密之處。即使天色昏暗，礦物與生物的顫動仍繪出明亮的網絡，讓克拉拉驚嘆地望著眼前的線條影像，因為瑪利亞在那兒，異常清晰、動也不動，看著桌子，桌上有一個陶壺、一只半滿的水杯、幾瓣晚餐時被遺忘的蒜頭。就在這不斷快速顯現的影像中，瑪利亞的雙手移動了水杯，並擺上幾葉常春藤，就像重組了整個宇宙，克拉拉感受到巨大爆炸和冰山撞擊的劇烈衝擊，然後，一切重歸穩定、寂靜，深深散發出無上喜悅。這就是偉大開端的那一夜。克拉拉跟隨著瑪利亞越過沉睡的房舍回到床上，瑪利亞將自己包裹在厚厚的紅色鴨絨被裡。然而，在入睡前，她兩眼瞪得大大的，直勾勾盯著天花板瞧，克拉拉從心底感受到她投來的目光。這是音樂或是故事所產生的連結的魔力嗎？她有些心慌，就像是與一個人建立起至親情感，而那人對她毫無所求。回到中庭房間置身一片寂靜中時，這一天中的第二次，她又微笑了。就在沉入夢鄉前，她看到的最後一個影像，是農場的一張桌子，桌上水杯、陶壺和四周點綴著常春藤的三瓣蒜頭間恰到好處的張力，濃縮了宇宙的華麗與純樸。

𝄞

「我在彈奏時看見她了，」隔天一早，她這麼向大師說道，「而且晚上又看見一次。」

「但是她看不見妳。」

他聆聽著克拉拉向她描述晚餐情形、瑪利亞身邊的男男女女、大夥的歡笑，還有保護瑪利亞，且蘊含著生命力的那些石塊。接著，他們開始上課，是一首在克拉拉看來比草原還要單調平板的曲子。

「投注精神在故事上，忘了那些平原。」大師對她說道，「妳沒有用心傾聽樂曲要向妳述說的。不只是在空間、時間中旅行，最重要的是在心裡。」

克拉拉更細膩、緩慢地彈奏了起來，她感覺自己內心出現一條新通道，延伸出平原景色之外，繪出一張網，每個節點周圍纏繞著一個故事，透過音樂則可以解開一切。於是，她又看見瑪利亞了。瑪利亞在一片烏雲下奔跑著，雲的顏色如此濃重，以至於連雨絲看來都像是銀灰色的了。克拉拉看她像支箭似的穿過庭院，猛地打開大門，接著靜止不動了一會兒，面對著信差和四位嬌小的老奶奶，個個面露驚訝神色。最後，她踏進門內，伸出手抓住那封信。克拉拉看見天上落下的雨水突然變色、靜靜地蒸發了，太陽也重新露臉，瑪利亞則正讀著那張輕薄的紙，就跟在中庭演奏時拿到的樂譜上一樣，用相同方式寫著兩行字。

你們在樹下行走時，有野兔與野豬照看著；
睡著時，你們的父親越過橋來親吻你們。

克拉拉感受到瑪利亞發現詩文時的心情，抬頭望向大師，並讓兩個影像同時存在、交融，她看見此處與他方，異國農場與城市中的練琴室，就像被籠罩在光線下的點點塵埃。

「這是你父親所擁有的能力。」一陣沉默之後，大師說道。

她在內心看見一個不尋常、一閃即逝的人影，輕飄飄的，但是縈繞於心。

「你看得到我看見的？」她問。

「對，」他說，「我能和你一樣看到瑪利亞。看得到的那個人，也有能力讓其他人看見。」

「你把詩寄給她了？」她問。

「那首詩把妳們兩個連結起來。」他說，「但是，如果不是妳的音樂擁有將兩個互相追尋的靈魂連結起來的天賦，那首詩毫無用處。我們在賭，看起來或許有些瘋狂，但是每發生一個新事件，似乎都證實了我們沒做錯。」

「因為我看得到瑪利亞。」她說。

「因為妳看得見霧之屋外的瑪利亞。」他說。

「霧之屋外？」

「在霧之屋裡，我們的人都看得見。」

接著，她問了最後一個問題，同時心裡湧起一陣不尋常的波瀾，隨後又消散如夢。「我有一天會看見我的父親嗎？」

「會的，」他說，「我希望，而且我也相信會的。」

一頁新的篇章就此展開。她早上在練琴室中練習，結束後就回到中庭屋裡吃午餐，飯後則通常會午睡片刻。接著，蕾諾拉會過來喝杯茶，聽她彈琴。除了與這位義大利女士建立起情誼，她也對那位法國小女孩瑪利亞，還有她身邊幾位性格特異的老奶奶有了情感，那是因為克拉拉現在無時無刻都能看見瑪利亞的視野，她就像呼吸一般和瑪利亞共同生活。因此，和蕾諾拉共同度過的那些時光中，也交雜著遠方的農場生活，讓她感覺和那群勃艮第的老太太們，就像是和羅馬這位優雅女士蕾諾拉一樣親近。一整天，她跟著老太太們從廚房走到花園、從養雞棚走到儲藏室，跟著她們禱告、縫衣服、精心熬煮食物，或進行早晚誦經，同時克拉拉會仔細端詳那一張張被歲月與勞動所鑿刻出的滄桑容貌，她也透過一次次低聲重複那些不曾聽過的發音，記住了她們的名字。在所有人之中，她最喜歡歐杰妮。或許是因為她在餵兔子時和牠們說話的方式，就跟她禱告時向上帝說話時一樣。不過，克拉拉也喜歡瑪利亞的父親，還有像他這樣不善言辭男性的沉默。

而且，她瞭解到將他與歐杰妮還有瑪利亞連結起來的那份信任，乃深植於那塊土地，像埋藏於田野或林地下的連結慢慢拓展，並可能在某日透過他們的腳底向上竄出，重見天日。另一方面，小女孩的母親蘿絲卻是截然不同的典型，她說起話來如天空雲朵般虛無縹緲，而且顯得與農場這個小小世界有些格格不入。不過，從日出到日落，還有夜的孤寂中，克拉拉牢牢跟隨的是瑪利亞；是黑暗中睜著大眼，看不見她卻凝視著她的瑪利亞；是使得這片原野閃耀著無法言喻的光芒、在其間的每一次漫步都深深打動她心弦的瑪利亞。

𝄞

新的一年到來，這個一月極為寒冷，讓克拉拉憂心忡忡。在露出微弱曙光的這個清晨，她在練琴時向大師傾訴自己的擔憂。她鬱鬱地想著，這樣灰暗的天色還真是適合城裡死氣沉沉的石頭。

「我們的保護措施沒有問題。」大師說。

他再度透過克拉拉的視野觀看著，邊用手抹了抹額頭，嘆了口氣，霎時看來疲憊不堪。

「可是敵人可能比我們想像的還要強大。」

「天氣這麼冷。」克拉拉說。

「這就是他想要的。」

「是行政首長想要這樣的？」

「他也只是聽命行事。」

一陣沉默過後，他說：

「再過十天，我們要慶祝蕾諾拉的生日，晚宴上會見到一些朋友。我希望妳自己選一首曲子練習，那晚為我們彈奏。」

𝄞

到生日宴會之前，克拉拉都沒再見過蕾諾拉一面，但她時時刻刻都想著她。每天有一半的時間，克拉拉都在練習預計要在晚宴上演奏的曲子；另一半時間則花在看來惴惴不安、大步走在灰白土地上的瑪利亞身上。克拉拉沒有去練琴室，獨自在中庭琴房練琴，連皮耶妥都不見人影，讓她更為孤獨。直到有人來載克拉拉到另一個山坡那天，他才再度出現。然而，蕾諾拉生日當天一早，克拉拉就又有股與初抵這城市時同樣強烈的不祥預感，這讓她幾乎喘不過氣來。這段時間以來，彼特仍然一如往常，在搖椅中鼾聲連連，將煩惱拋諸腦後。然而，就在她沉浸於焦慮、複雜的思緒，準備好動身前往阿齊瓦提宅邸時，彼特穿著一身黑色西服出現了，與平時不修邊幅的模樣形成對比。他瞥見克拉拉驚訝的眼神，對她說道：

「不會太久的。」

因為克拉拉還是楞楞地看著他，他說：

「這身衣服真是令人不自在。我不知道會不會有習慣這種裝扮的一天。」

𝄞

天氣比起前幾日更為寒冷了，下著的小雨有著蓄勢待發之姿，氣溫則是冷到了骨子裡。小徑在夜色中蜿蜒，克拉拉聽見水聲在寂靜冬天奏出的美妙旋律。不知為了什麼原因，她的胸口揪得更緊了一些，但是她沒有時間多加思索，因為已經抵達宅邸石階前了，一個鷹似的熟悉身形正等著他們。他極為高雅，身著豪華燕尾服，胸前袋口配上一方絲巾。雖是盛裝打扮，一身華服卻能柔順地隨著他的流暢動作，彷彿第二層皮膚般與身軀自然貼合。大家看得出這個男人有著與生俱來的優雅氣息，渾身彷彿散發著極度的喜悅與永不熄滅的烈焰。克拉拉知道他之所以好看，是因為他的呼吸如樹木一般，雄闊的吐納大到讓他顯得既輕盈又率直。正是這般與陽光相合的呼吸方式，讓他以常人難以企及的流暢度與世界合而為一。他帶著融合空氣與土壤的和諧走進屋內，也就是這份和諧讓他成為出色的藝術家。可惜在不懂得崇敬偉大天賦的凡人貶撻下，他曾經失意落寞。然而，今晚，眼前的這個亞力山卓・桑堤，再度成為往昔意氣風發的他。

「嘿，小不點，」他低聲說道，「我們這會兒重聚的時間點真好。」

他接著說起一段故事。克拉拉並未專注在故事內容上，而是深深為他聲音中的喜悅之情感染。彼特在他們身後嘟囔著說些讓人聽不懂的話。她無法得知那是為什麼，因為他們已經到了燭光照得滿室生輝的大廳，而她的監護人彼特已如閃電般衝向盛滿琥珀色液體高腳杯的托盤。古斯塔和蕾諾拉正在跟十多位賓客談話，賓客們分別向克拉拉行了吻頰禮。她被以亞力山卓姪女，也是年輕鋼琴才女的身分介紹給大家。她很喜歡這群人。他們是非常親密的朋友，所有人似乎都認識亞力山卓很多年了，也很高興他終於回到他們身邊。她從四周斷斷續續偷聽到的對話得知，他們大多是藝術家。她很吃驚地發現，亞力山卓曾是畫家，而且好幾次聽到大家鼓勵他重拾畫筆，還有別再害怕黑夜。大夥啜飲著金黃香檳，說說笑笑，言談中混雜著嚴肅與幻想，她漸漸體會到一種無上幸福，這是她有記憶以來不曾有過的感受……這一群人志趣相投，而且全心保護一無所知的大眾……他們無論男女，因為都明白赤裸裸存在的自己有多麼脆弱，也因為知曉一項欲望陰謀，而讓他們藉由藝術連結起來……也正是相同的幻夢、一樣的痛苦深淵與渴望，讓他們決定有一天要以色彩或音符為墨，寫下他們自己的故事。

𝄞

蕾諾拉走過來和克拉拉說話，一群人也圍攏到兩人身旁，聽著克拉拉述說有關鋼琴還有與大師一起練琴的時光。然而，當大師來請她演奏時，她站起身，心臟噗通噗通跳，從一早就在糾結在心頭的預感更是瞬間放大了數倍，將她吞沒。

「妳要演奏哪一首曲子？」一位女賓客問道。

「我自己編的曲。」她說，同時看見大師眼底的驚訝。

「這是妳自己作的第一首曲子嗎？」一個男人也問道，他是樂團指揮。

她點點頭。

「這首曲子有曲名嗎？」蕾諾拉問。

「有，」她說，「但是我不知道該不該說。」

所有人都笑了，古斯塔則是饒富興味地挑起一邊眉頭。

「今晚是寬厚祥和的一晚，」他說，「既然妳接下來要演奏，妳可以說出曲名。」

「這首曲子叫做〈該死，這個男的是德國人〉。」她答。

大家爆出哄堂大笑，這讓克拉拉明白她不是唯一聽過大師說這句玩笑話的人。她看見大師也開懷暢笑，也察覺他帶著當時跟她說「我從樂音裡明白妳的心情了」時，一樣的情緒起伏。

𝄞

接著，她開始演奏，同時發生了三件事。其一，克拉拉的演奏征服了晚宴所有賓客的心，讓他們像是雕像般聽得出神；其二，拍打在花園岩石上的水聲變得更響亮了，而且完美地融入克拉拉的曲子中，她立刻就明白自己聽過這個樂音；其三，是一位意外訪客的到來，他的身影突然出現在門縫間。

𝄞

美如大教堂裡的天使，拉斐爾・桑坦杰羅微笑望著克拉拉。

霧之屋

精靈首長機密會議

「她知道石頭是有生命的。就算在城市裡，也沒忘記這一點。她鋼琴彈得真是出神入化。不過，她還是太孤單了。」

「有蕾諾拉在，而且還有彼特守著她。」

「他酒喝太兇了。」

「不過他可是比一整隊滴酒不沾的士兵還要強悍。」

「我知道，我看過他喝酒、看過他作戰、打敗一群不懷好意的委員。克拉拉的能力也在增強。但是，我們還剩多少時間呢？說不定我們甚至沒辦法保全自己的石頭。」

歐杰妮
戰爭的日子

四月過去了，在收到那封來自義大利的信之後，有好幾個月的時間，農場生活平淡乏味得像是白開水。一季過去了，另一個季節取而代之。瑪利亞十二歲了，天空沒有降下雪。夏天出其不意地來臨。從沒見過比現在更多變、更混亂的天氣，就像是天空不確定自己該往哪走似的。通常都在聖約翰日才來的暴風雨來得太早了。燠熱的夏夜為秋涼的黃昏取代，讓人感受到季節的變換，但沒多久，夏天又毫無預警地驟然回到大地，蜻蜓再度成群現身。

✽

瑪利亞繼續和樹林裡各種動物閒聊。有關黑影的傳言在野兔間傳得沸沸揚揚，牠們似乎比其他動物更敏感一些。不過鹿群中也在討論著林中資源因為受到某種東西損害而出現衰竭跡象，可是大家都不知道是怎麼回事，村莊裡的生活目前還是一如往常，沒人明白為什麼出現這些變化。

瑪利亞注意到一個令人吃驚的矛盾現象：田野日益衰敗，可是老奶奶們的天賦卻在增長。

✽

這一切到了一月底更加顯而易見，那是蕾諾拉生日當晚，珍奈一整日都在彷若煉金爐的爐灶前忙碌著，因為瑪利亞父親有一位兄弟晚上會帶著妻子從大南方前來拜訪他們。晚餐菜色有松露珍珠雞，搭配一小缽肝醬和酸辣燉菜（邊上飾以慢火煮成焦糖色的刺菜薊，即使配上醇酒，它的香甜汁液仍在喉頭久久不散），形成令人著迷的絕妙滋味。到了晚餐尾聲，大家開始享用佐有歐杰妮榲桲果醬的奶油塔時，整間餐室中就剩下一堆飽足、遲鈍，尚未消化的胃袋了。然而，兩點的鐘聲響起時，在安潔莉讓給馬榭和蕾翁絲過夜的房中起了一陣騷動，驚醒了整個農場。所有人在黑暗中摸索、點亮蠟燭，走到房間查看。房內，因肝病發作以及高燒折磨的馬榭痛苦扭動著，讓人擔心他再過不久就要被帶往另一個世界。歐杰妮當時正不停夢到許多積滿某種黏稠、淡黃沉渣的幽深洞穴，她因為從夢中醒來鬆了一口氣，然而她即將掉入另一個惡夢。她走得有些搖搖晃晃，一邊試著要扶正滑落耳邊的睡帽，就在看見馬榭痛苦地在床上翻滾時，她瞬間醒了過來，穩穩地踩在她厚實的羊毛襪上。歐杰妮醫治過整個低地之鄉各種不同疾病，人們為了各式疾病來詢問她的意見，離去時會跟她要一大排她親自調製的藥水、稀釋液、酊劑、糖漿、煎劑、漱口液、藥膏、軟膏、油膏、藥糊等，然而有些病患能逃過一劫並康復的機率微乎其微，之後歐杰妮會哀傷地參加他們的葬禮。不過，說也奇怪，這是她第一次面對一位正走在生死關頭的病患。危機一觸即發，無從躲避。她其實也無意逃避。恰恰相反，她心中有種感覺，彷彿自己一生所走過的路，都是為了帶領她來到眼前這痛苦的小房間。

✽

歐杰妮不像安潔莉一樣，有著生命熱火逐漸消退的充實內在生活。對歐杰妮來說，世界就是由一堆工作和日復一日所組成，生命的存在本身就有其意義。她每天早起晨禱、餵兔子，接著準備藥劑、再次禱告、縫補衣物、打掃、採摘藥草、在菜園中耕種。若是一切都能按部就班完成、沒有遇上麻煩，她就心滿意足、毫無一絲雜慮地睡去。然而，接納她被安排的世界的樣貌並不算是屈從。如果歐杰妮能對自己無從選擇的艱苦生活甘之如飴，那是因為她五歲時受到母親花園裡一片薄荷葉的啟發，之後她就開始過起始終不曾間斷的禱告生活。她當時感覺到薄荷綠色而芬芳的氣流在血管中流動，那不僅是透過她指尖觸感和鼻子嗅覺所結合的巧妙感官知覺，同時也在對她述說著猶如滔滔流水般豐沛的無聲故事。隨後，內心突然有股不可思議的靈光乍現，一幅幅畫面促使她帶著激動的心完成一連串舉動，而她的驚人之舉總是引來大人制止。直到有一天，她的臉頰被叮咬，所有人才瞭解到她用溼潤、辛辣的薄荷葉片往臉上摩擦，就是在塗抹能夠減緩不適的藥劑。她並未意識到這件事，也從沒想過其他人沒有領受過相同的祈禱。一開始，她與自然接觸時，就會聽到祈禱以美妙樂音呈現。之後，當她開始跟著大人上教堂，樂音裡充盈著意義，這些聖歌的精神也找到了呈現的面貌與字句；她就只是把歌詞寫在那些她早就耳熟能詳的曲子五線譜下方，薄荷帶給她的心靈饗宴更勝教義與上帝。就某方面而言，這是一種十分接近瑪利亞所感受到的，對自然讚歌的感知。這讓她也能體悟到藉由幾瓣蒜頭位置重組就能使農場餐室昇華到另一境界。正是因為她早已感悟到不可見的事理，讓她儘管出身如此貧寒卻活得這麼快樂。

然而，她生命中最大的悲痛是兒子在戰爭中失去性命，他的名字就此被刻在村莊紀念碑上。在法國飽受烽火漫天之苦的戰爭期間，她對於紫羅蘭無視人間悲苦，依舊照時序花開花謝而感到心碎消沉，得知兒子喪生時，樹林的美對她而言就像是種莫名的侮辱，即使《聖經》也無法解釋，因為實在難以想像伴隨著這樣的痛苦心碎，世界竟依舊如此絢麗。丈夫的死雖然讓她哀傷萬分，卻與喪子之慟不同，因為丈夫是像其他人一樣離世，像鳶尾花一樣凋謝，像鹿一樣熄滅了生命之火。然而，戰爭卻是全面爆發，無情的戰火摧毀了現實生活讓人痛徹心扉；戰後，人們隨處可見教堂般高聳宏偉的紀念牆，牆上銘刻著在美麗平原上捐軀的死者名單；而那些春天花束毫無隱藏的綻放正是一種矛盾，既刺激她的傷痛又支持她活到現在，那是連結起活著的人與他們土地的神聖交互作用。她的兒子仍在世時，她就已經別無所求了；當告示一出，宣布他再也不會從遠方戰場歸來，而且因為傷亡人數太多，又經歷好幾場大火，所以連遺體也不會送回，告示僅僅列出了一張沒有歸來的兵士名單，歐杰妮甚至再也想不起何謂渴望。

✿

然而，就在戰爭將盡的某個早晨，有人帶來鄰村的孩子，他已經病了數月，從早到晚咳得撕心裂肺。男孩被咳嗽折騰得筋疲力竭，她想不出其他方法，只有用手掌覆上男孩胸口才能舒緩他的痛苦，她試著感受病痛遊走的通道，同時也發現男孩肺部並無受損跡象，於是倏地瞭解到讓男孩受苦的，與讓她步向死亡的是相同疾病。她將力氣集中在掌心，放在那令人憐惜的光禿胸膛上，戰爭的力量在男孩胸口鑿出痛苦與憤怒的裂縫，她又輕撫了男孩臉龐，幫他抹上一些跌打損傷的藥糊；此時，她突然心中百感交集，感覺內心某些閘門豁然開啟，儘管帶著傷痕與憎恨，但打開的心門讓她有如重見天日，於是她笑著對他說：「會過去的，親愛的。」男孩母親兩天後捎來消息，說咳嗽已經停了，而男孩雖然沒說什麼，卻是不住地微笑。值此同時，歐杰妮也重新回到由草木讚歌所灌溉的生命軌跡中。不過，她在生命中融入了對於疾病以創傷形式出現的認識，從此她每一天都感覺到創傷黑洞吞噬著她所擁有的物質和愛。奇怪的是，這讓她更容易覺察到疾病的根源，但是她也感覺到自己某部分天賦受到壓抑，診斷的敏銳度和療癒能力形成消長關係。某一方增強，其他部分就減弱，即使她並不鑽研哲學，她也感覺到兩者持續的交叉成長，影響她作為療癒師的行動。

✿

為什麼命中註定的道路，會像海灘浮沙寫的字一般突然出現呢？生命在征戰之後返回常軌，所有人重回殺戮期間僅剩老人與婦女參與的田間工作。又過了幾個收穫季節、幾個冬天，還有了無生氣的漫長秋日，倖存者為死去親友哭泣，但是殺戮的可怖讓他們永遠無法得到安慰。然而，我們還是活著，還是對著夏日裡的蜻蜓微笑，田野上覆蓋著灰色石塊，石面上鑿刻著獻給墮入地獄者的幾個字：記著！記著！記著那將記憶化為灰燼的命運，那依然透過對已被鐵蹄蹂躪的愛情所下的詛咒，持續要求我們施捨更多回憶的命運！歐杰妮，她在走進垂死的馬榭的臥房時，感覺到瑪利亞默默退回陰影之前，輕觸了自己的肩膀一下。當下，就在那時，她從戰爭中回過神來。命運的道路……把蒜瓣移動個幾公釐，整個世界就大不同了；一個微不足道的小變動打亂原有的內在感受，並且永遠地改變了我們的生活。歐杰妮在看著痛苦的病人時領悟了這一切，而且她很驚訝地發現，就因為小女孩碰觸了一下，她已跨越某個極微小的空間，但是卻與她剛剛走出的痛苦拉開了極大的距離。好幾十年的戰爭，從她年老的肩膀旁掠過、被掃除——眼前是一位毫無敵意、有血有肉的垂死之人；歐杰妮走向一團混亂的床，將手放在她外甥的前額上。

✿

事實上，正在對餐桌上那隻珍珠雞，以及生命中其他鄙事（尤其是他以前偷過的一隻鴨）感到悔恨的馬榭，已經是個各種病菌匯聚的集合體了。感染從胃部開始，兩個小時內已經在裡面造成多如小山的大量膿血，十分滿意自己傑作的病菌突然又揮軍向外擴散。這時，病患身體開始感受到因為組織壞死而無力招架的痛苦。在突如其來的痛苦擴散刺激下，壞死持續透過血管及組織滲入每一處。然而，這正是所有戰爭的準則，這對歐杰妮來說再明顯不過了。她是一直到瑪利亞碰觸了她的肩膀，啟動根植於她這一身老農婦身軀中的意識時，才明白箇中緣由。瑪利亞這一碰，也教會她明白自己之所以能把戰爭創傷看得再清楚透澈不過，正因為她的那顆命運之星讓她註定要成為治療師。她的世界開始變得寬廣。幾十年憂傷歲月中占據她全副心思的東西，她心中的紫羅蘭總是全力抵抗著的爭戰，現在不過是權力紛亂中的一小部分。

✿

在一閃而過的念頭中，她很懊惱竟然花了這麼久的時間才意識到這一切，但是她也清楚所有天賦都無法強求，還必須學習憐憫與愛。同時，要啟迪靈魂必須透過悲傷與哀痛——沒錯，安慰近在咫尺，我們卻無法把握，必須仰賴時間，必須花上好幾年，可能還需要對方的慈悲。現在，農場裡已經快過三點了，一老一少兩個女人一起進入到一塊需要更多偉大與苦難的領土；與此同時，那位一生就只偷過一隻鴨的男人生命，掌握在這兩個分別是十二歲與八十七歲的女性手中，他命懸一線，一條在戰鬥的恐懼中將她們連結起來的線。

✽

歐杰妮閉上雙眼，在內心視角投射的畫面上看見一連串醫治動作，就像她五歲躺臥在高貴薄荷的醉人香氣中時那樣。她睜開眼，一語未發，因為瑪利亞已經起身走向廚房。從廚房回來時，手中抓著一把蒜頭、一束百里香，濃郁香草氣味飄散在房中。歐杰妮拿起擺在安潔莉床頭櫃上的小水罐，在罐中壓碎蒜頭、摻入百里香，然後將調製好的成品湊到垂死的病人鼻子前。他看起來已經無法自在呼吸，一隻發黃、布滿黑色凝結血塊的眼睛半閉著。歐杰妮在病人雙唇上塗了些黏稠藥糊，他抗拒了一下，但立刻就接受了，歐杰妮輕柔地打開他的嘴，放進一小份藥糊。

✽

您知道夢是什麼嗎？那不是由我們欲望所產生的空想，而是另一種吸收世界本質的管道；藉著夢，我們得以觸及真實，與薄霧所揭露的真實一樣，隱去雙眼可見的、彰顯出看不見的。

歐杰妮知道，不論是蒜頭或是百里香，都無法治癒已經擴散得如此嚴重的感染，然而她是帶著智慧成長的。智慧在那些離開了戰場的人耳邊輕語，告訴他們要完成一件事的能力是不受限制的，而且自然力量比任何力量都要強大。她也知道自己的療癒能力會召喚出另一種能力，更巨大、更駭人的能力；至於瑪利亞，站在陰影中、乃是至高力量神僕的瑪利亞，則是奇蹟的化身。歐杰妮轉過身去，叫喚瑪利亞。小女孩向前跨了一步，再次觸碰了她的肩頭。歐杰妮的身體因為這突如其來的力量而微微擺動。她體內湧出各種能量、各種反抗力量、各種湧動、各種風暴。她驚訝地顫抖了一下，以至於無意間改變了瑪利亞加諸她四周、打轉著的能量流方向。她在身為治療師的激動中重新站穩腳步，開始追尋自己的夢流往前行。她在發現一幅從模糊的閃閃亮光背景中跳脫出來的影像時，找到了夢流。百里香的芬芳，還有其他感官都慢了下來，彷彿是為了讓她慢慢走近一座紅橋，橋橫跨在深陷薄霧中的河岸兩端。多麼美麗的一座橋啊……可以感受到胭脂紅塗料下方的深色霧面木材有多麼高貴。然後，一連串不合邏輯、難以解釋的想法出現。但是所有的想法全指向內心的平和，那是這座連結朦朧兩端的紅橋要送給那些願意注意它的人的禮物。然而，這平靜是她向來就常常觸及的，這平靜將樹木與人類結合起來，讓植物以人類語言發聲。這座橋以她從未經歷過的強度與和諧，散發出一種撫慰人心的力量，為她指引出自然的道路。影像瞬間消逝，為時僅僅一個輕嘆就消失無蹤，就像是前所未聞的天籟，在短短幾秒鐘內已經被聽見了一樣。

平靜……這麼多年來，除此之外她還有何所求呢？在失去了一個孩子，孩子在榮耀的天空下化成模糊血肉之後，還有什麼可盼望的呢？她再度看見——今天早上見到這幅景象時，敏銳感覺尚且使她痛苦，現在卻像是回憶輕輕掠過一般——她看見某個夏夜，大夥兒為了聖約翰日後的晚餐在花園搭起餐桌，擺上夏季的大朵鳶尾花。熏人熱氣裡混雜了與園裡種植的蔬菜一同烹煮的梭子魚的香氣，她也聽見空氣中轟隆的蟲鳴聲；她又見到了已經不知道過了多少古老世紀不見的兒子：他就坐在她的對面，悲傷地對著她微笑，兩人都知道他已經與其他無數家庭的丈夫和孩子一樣，死在同一塊土地上；於是，她微微向前傾，溫柔地望著他，以一種無法被任何哀傷和遺憾掩蓋的聲音說道：去吧，我的孩子，永遠記住我們有多麼愛你。歐杰妮原本有可能在這一刻，在圓滿、單純的幸福中死去，就像虞美人花和夏日蜻蜓一樣。不過，還有一個孩子等著被她從死神魔爪中拉出來，而且，她也並不是聖歌會永恆禮讚的那種高貴靈魂。她知道畫面與歌聲的出現，是為了讓她完成自己的使命；為了這個使命，她將睡帽擺正、用手指壓碎幾瓣蒜片，並在冬夜裡再度見到兒子。

✿

就在這一刻，瑪利亞將手從歐杰妮肩上拿開。同時，歐杰妮感覺、瞭解，並意識到一切。她潛入病人體內，看見他被自己夢中那種黏稠的黃色物質感染，其所散發出的臭氣與戰爭期間充盈在空氣中的味道一模一樣。這是一種壞死，企圖破壞、瓦解一切，壞死的蔓延則一點一滴將所有活著的、給予愛的都吸走。有那麼一刻，她被淹沒了，因為敵人顯然比自己這個鄉下的蹩腳治療師所擁有的貧乏能力與天真無知要強大得多。然而，她也充滿力量，當瑪利亞碰觸她肩膀時，一道新的光芒從瑪利亞手上傳入體內。戰爭……我們都知道戰爭以強取豪奪為鐵律，迫使正義的一方也必須加入戰局。但是，假如所有人都在田野的草地上坐下，然後在太陽初升的純淨空氣中放下武器，那又會是怎樣一番局面呢？附近的鐘聲敲響了凌晨三點鐘，這時所有人從夜晚的惡夢中醒來。突然間開始下起了雨。現在，這終身順服紫羅蘭與植物氣流的老婦人唯一能做的，就只有全心全意的禱告。畢竟，期待以犧牲三名無力抵擋大批人馬與砲彈的士兵來換取勝利，無異是空想……說到底，如果不是為了得到和平的話，療癒是什麼呢？如果不是為了去愛，活著又是為了什麼呢？

✽

在卑微弱勢者看不見的地方，發生了決定性的重大狀況。黑暗軍團正建造起堡壘，彷彿是以沾著擴散性感染源的馬刺深深插入病人血肉，讓病人病況迅速惡化。面對這情形，歐杰妮沒有將她的可用之兵推上前線，反而讓他們坐了下來。她靠著天賦看出一條可讓蒜片與百里香在病人腸子與血液裡行進的路線，她的夢境冥想則切斷黏稠的液體，在腸壁上抹油，讓敵人難以插入尖刺。她更加全意地投入夢境，想像在既有的尖鉤底部塗抹香辛料，直到這些鉤子被壓碎的蒜片與百里香葉片清除乾淨。與此同時，兩者的藥效注入敵人先前鑽出的孔洞，它們益於身體的有效配方癒合了傷口。她十分興奮。如此容易就能運用藥方、直接塗抹在患處，令人吃驚的是看見了如何藉由夢的神秘力量加速治療，而這個過程是自然發生的。然而，她也感覺到，自己的天賦正一點一滴地流逝，更看到總有一天，她必須因為夢境能量耗盡而放棄一切，而那一天正愈來愈接近。這時，她看見一朵鳶尾花。她不知道自己是在哪兒看見它的，它就在那兒，卻又不在任何一處；她看得見那朵花，但是它卻又是看不見的；它散發出強烈的存在感，但是歐杰妮無法確定它的位置，也抓不到它。這朵鳶尾花比花園中的小，白色花瓣上襯著淡藍色斑點，紫紅中心有著橘色雄蕊，它也散發出某股歐杰妮一開始無法辨識出成分的清新感覺，她後來才忽然明白，那是童年的氣味。就這樣……她現在知道為什麼無法看見鳶尾花，雖然它是這麼顯而易見，她也瞭解了自己要如何完成任務。讀著花朵用香氣代替文字所寫出的童年歡樂時光訊息時，她不禁嚇了一跳，然後伸展了承載純淨與單純天賦的身體，當瑪利亞第二次碰觸她的肩膀，她的精神回到被她遺忘的八十七歲軀體中，而且她在這個軀體中重生，帶著前所未有的存在感。她看著身旁一幅顏料表層上過柔性亮光漆的畫。房內悄然無聲。安潔莉跪在老舊的栗木禱告椅上，她總是拒絕將這把椅子換成教堂前幾排會看到的、覆著美麗紅色天鵝絨布的椅子。她專心一致地祈求著，沒注意到自己的睡袍翻起了一角，蓋在簡單斜紋收邊的棉長褲上。蕾翁絲坐在丈夫馬榭身旁的羽絨被上，她以聖母般的慈祥摩挲著他的雙腳，珍奈和瑪利亞擋住了對另外兩位老奶奶來說開得過大的門口，恐懼比起年齡更為沉甸甸地壓在她們身上。歐杰妮量了馬榭的脈搏、拉開他一眼的眼皮。他呼吸微弱但是均勻，而且眼中的血塊已經消失了。為了安心起見，她將最後一匙蒜頭與百里香的混合物送進馬榭嘴裡。她突然覺得自己好老、好累。然後她轉過身來，突然面對著瑪利亞。

✿

她黝黑雙眼中噙著滿滿的淚水，同時握緊蓄積悲傷的雙拳。歐杰妮為她感到一陣心酸，神秘的力量無法改變瑪利亞的女兒心，那是一顆與所有小女孩都相同的心，第一次心碎會讓她們的心淌血許久。她以一個或許已為兒子死過上百次的母親的溫柔對著瑪利亞微笑，並做了個手勢，這手勢裡含有她對鳶尾花童年所幻化的天賦自覺與莊嚴。然而，瑪利亞仍不停留下淚水，雙眼飽含苦澀與哀傷。然後，她向旁邊走了一步，與歐杰妮的碰觸於是中斷。時間在悲傷中不具任何意義，同時房間裡一片如釋重負的氣氛，所有人從禱告椅、羽絨被等戰鬥位置上起身，給予彼此慶賀的擁抱，一邊得意地撥動念珠，一邊讚美歐杰妮長久以來的堅持，她總是宣揚蒜頭與百里香的妙用。然而，經過兩個意義非凡的雪夜後，這群鄉下人不必計算二加二等於多少，也能明白小女孩擁有神奇力量，還有不是每天早上都有會說話的野豬從天上掉下來、憑空出現繁盛收穫季節，而這些人腦中現在又在想著些什麼呢？現實上，顯而易見的事實與信仰並不衝突，人們說服自己要具備能力才能見到偉大天主，因此並不太擔心如何使自己所相信與所看見的事實彼此相符。尤其是，大家在當下有了比宛如初生嬰兒般打著呼的馬榭，以及走到廚房喝一杯犒賞自己的咖啡還要緊急的任務——確保瑪利亞受到妥善保護。從一開始，安潔莉就對必須這麼做的理由堅信不移：瑪利亞擁有非常強大的力量，而且她會不停地吸引世上其他力量到身邊。沒人發現歐杰妮一口也沒碰她的咖啡，她一直坐在那兒，受到歲月侵蝕的雙唇出現作夢般的微笑。

「好漫長，也可以說是好短暫的一晚。」在放下咖啡杯時，瑪利亞父親終於開了口。他對著在場所有人微笑，也只有他能用這樣的方式讓時間重回平淡、平凡與平靜，讓日子重新回到規律的正軌。

這時，我們聽見村裡敲響了祈禱鐘，在這段期間內，幸福農場的炊煙冉冉升向天際，重拾以山楂花與愛所滋養的日常生活步調。

拉斐爾
僕人們

喔，如此俊美、金髮如此耀眼、身材如此高大；眼眸比冰河還要湛藍；這名雄健男子有著陶瓷般的輪廓；靈活瀟脫的身形，而且在左頰上，有個討人喜歡的酒窩。然而，這個出色容貌最光彩奪目之處是那一抹微笑，如同太陽下灑落在大地、帶著虹彩的雨絲。是的，天使中最美的一個；事實上，我們會暗自懷疑，在沒有這個使萬物回春、充滿愛的允諾之前，自己是怎麼活過來的。

𝄞

拉斐爾・桑坦杰羅看著克拉拉直到曲子結束，然後在重歸寂靜時轉向大師。

「我冒冒失失的不請自來了。」他說，「打擾了一場朋友宴會。」

她以前聽過一模一樣的嗓音，一模一樣的粗暴沿著死亡河畔迴響、擴散。

「我想向妳表達敬意。」他對蕾諾拉說道。

她站起身，伸出手接受他的親吻。

「啊，我的朋友，」她說，「我們都老了，不是嗎？」

他微微欠身。

「妳永遠都這麼美。」

他走進室內時，所有男人都站起身來，卻沒有向他致意，僅維持表面的尊敬，臉上不懷善意。古斯塔他呢，則是走近克拉拉。但是動作變化最明顯的是彼特，他舉杯喝掉麝香白葡萄酒後，立刻陷進沙發中，對行政首長拉斐爾的到訪無動於衷，同時卻又像頭看門犬般身軀挺直，唇上掛著勉強的笑，間歇還夾雜著幾句不懷好意的低聲咕噥。

𝄞

大師和行政首長眼神交會時，琴室炸開成一束金褐色星光，克拉拉過於驚訝而陡地站了起來；同一時間，整個空間閃耀著發亮的細塵，呈現雙圓錐形，不知名的記憶片段在其中舞動——圓錐體來自兩個男人，然後交會成一點，那兒匯聚著他們的能力。彼特，似乎是唯一看得見錐體的人，並凶狠地低聲咆叫，高抬著鼻頭，一副戰鬥中的模樣。然而，首長看著大師，大師看著首長，兩人都沒有對開始交談表現出一絲遲疑；聚集在此的所有人一語不發，即使恐懼仍完美地保持靜止、靜默。終於，亞力山卓臉上展現一道全新光芒，使他顯得更年輕、機警，而克拉拉在生出一股新的憂慮同時，也喜歡自己眼前看到的，就像是預先嘗到了重大事件以及最終決議將帶來的苦澀。

「多麼快樂的一群人。」拉斐爾最後開口說道。

然而，他臉上的微笑已經消失。像是要邀請所有人作證似的，他對著眾人做了個手勢——啊，真是親切優雅——然後補充道：

「多麼希望還有其他像你們一樣的委員會，而且各委員會之間還彼此結盟。」

古斯塔微笑，並說道：

「委員會是自然而然產生的。」

「委員會是被打造出來的。」拉斐爾答。

「我們就只是一群藝術家罷了，」大師說，「我們只是依循著星星的指引前進。」

「不過，每個人都需要勇氣，」行政首長說，「藝術家也是人。」

「由誰來審判人類的命運呢？」

「由誰來審判人類的不合邏輯呢？星星不帶有勇氣。」

「但是它們擁有智慧。」

「弱者才需要智慧，」行政首長說，「強者只相信事實。」

接著，沒有等大師開口回話，他逕自走向鋼琴，看著克拉拉。

「瞧，另一個小……」他低語道。「妳叫什麼名字？」

克拉拉沒有回答。

彼特從沙發中發出低吼。

「或許是個啞巴才女？」

大師將手放上克拉拉肩頭。

「啊……原來在等指令呀。」拉斐爾說。

「我的名字是克拉拉。」女孩說。

「妳的父母在哪兒？」

「我跟亞力山卓叔叔一起來的。」

「誰教妳彈鋼琴的？毫無疑問，畫家可以是好老師，但是我不曉得他們還能讓石頭唱歌。」

在錐形光束中出現一幅影像，大樹枝葉彎垂在黑色石子路上方；大師說過的話又在耳畔響起：在霧之屋裡，我們的人都看得見；隨後，光束又變回一堆令人不解的投射影像匯聚。

行政首長若有所思地望著克拉拉，克拉拉感覺到他的困惑。

「你們追尋的是多麼不切實際的空想，你們都瘋了？」他說

「吟遊詩人正是以空想滋養自己。」大師友善地回應道。

「一群無憂無慮的天之驕子，」行政首長說，「其他人辛勤工作，就為了讓你們可以繼續作夢。」

「可是政治本身不也是一場夢嗎？」大師以平緩、有禮的語調接著說。

行政首長開懷笑著，彷彿閃耀著所有美好事物所帶來的喜悅，同時看著克拉拉說道：

「小心點，美麗的小姐，音樂家都善於詭辯。不過，我確信我們很快會再見面的，而且到時可以盡情談論音樂帶給他們的這些笑話。」

從彼特所在的沙發中傳出了帶警告意味的聲音。

行政首長轉向蕾諾拉欠身致意，但是他的動作卻使克拉拉感到心驚膽顫。這個致意的動作絲毫不帶任何尊重，甚至短暫地流露出一絲冷酷恨意。

「天呀，可惜我該告辭了。」

「沒人攔你。」彼特以清晰可聞的聲音說道。

拉斐爾沒有看他。

「看來你四周都是愛作夢的人和酒鬼呀？」他問大師。

「還有更糟的同伴。」古斯塔說。

行政首長臉上掛著毫無喜悅的微笑。

「每個人都會認出自己同伴的。」他說。

他說完便作勢要離開，但就如同刻意安排一般，皮耶妥在這一刻進入屋內。

「首長，」他說，「我以為你在其他地方，結果卻在自己家找到你。」

「皮耶妥，」行政首長說，語調裡藏著與之前和蕾諾拉說話時表露出的相同恨意，「我很高興讓你料想不到。」

「人數優勢，我就怕這樣。不過，你要走了？」

「我的家人們正等著我。」

「你是說你那群同夥？」

「我兄弟。」

「整個羅馬都在談論他們。」

「這只是開始罷了。」

「我想也是，首長，我陪你回去吧。」

「奴才，一直都這樣，」拉斐爾說，「你什麼時候才能獨當一面？」

「跟你一樣，我親愛的兄弟，跟你一樣。」皮耶妥回答，「不過時間終會給像我們這樣的僕人應有的報償。」

彼特滿足地冷笑。

拉斐爾最後看了克拉拉一眼，像芭蕾舞伶似的輕輕聳了聳肩，彷彿在說：我們有的是時間。

「永別了。」他說，並且以極度優雅的姿態離去，讓人瞥見在黑色衣著下準備迎接戰鬥的完美軀體。

𝄞

克拉拉感覺到，像是暗沉岩石旁的水中的一點光線那樣，在拉斐爾帶著自己影子離開前，這位作為僕人的天使背後有道奇異光暈。然而，就像影像出現在眼前後，仍停留在視網膜上久久不逝一樣，其中一道黑影衝擊著她的腦海，回溯與拉斐爾的相遇過程，克拉拉看見自己在彈奏某些段落時，拉斐爾臉上的表情。因此，就如同死亡之音讓她驚恐，她被瞬間因醜陋而毀滅的美所淹沒。在短短一望的眼神中，帶著如此深的高貴、憤怒與痛苦，在占據她內心視野的影像中有著非常耀眼的光輝……風雨將至的天空，在薄霧籠罩的山谷上方升起，而在蔚藍天空中流動的雲朵下方，隱約可見石頭砌起的各家花園。她感覺舌尖上有雪和紫羅蘭的味道，同時混雜著樹木、林道的濃縮氣味，既不可思議，卻又非常熟悉，像是某個消失的世界的味道都融入她口中，以手指輕拂過心頭尖刺時，她第一次看到血流出。混雜了極度的喜悅與悲傷，由苦痛利刃層層劃出無止境的憂傷；也是一種對舊夢的懷想，憎恨在其中咆哮、增長。最後，她看見天上被隱形弓箭射出的鳥群，她知道自己透過拉斐爾之眼，看見他所失去的，以至於她對於導向災難與死亡之路的厭惡，融合了一種近似於愛的激情。因此，在兩個男人面對面的幾分鐘內，沒有一句對話，也沒有動作，卻充滿張力，就像是兩人正進行著某種極為專精的戰鬥藝術，無須接觸即可得知結果。她也看得見轉換代謝的核心，從中發出相同太陽能波，讓她知道這兩人其實來自同一世界。不過，大師散發出岩石與河岸的光暈，行政首長則如同箭矢般出現，透明的箭羽最後化為焦黑的羽毛，同時他的內心扭曲變形，使他逐漸背離自我，而這顆曾經美好的心，如今卻有了撕裂的傷口。

行政首長離開後，大師的朋友們繼續晚間閒聊，而從他們的對話中，克拉拉能夠更清楚地想像羅馬政治局勢。她毫不意外大師即使並未在政府機構任職，仍扮演著舉足輕重的角色，但是她很驚訝所有人都知道他有著不為人知的一面。

「他沒有任何懷疑，」皮耶妥說，「他認為勝利勢在必得。」

「但他還是想把你延攬進自己的陣營。」名叫羅伯特的交響樂團團長對大師說。

「那是威脅，不是懇求。」亞力山卓說，「他在所到之處都放出狗了，而且在議會上施加了所有壓力，但是義大利不過大戰中的一顆棋子。」

「亞力山卓・桑堤，蹩腳畫家，卻是個精明戰略家呀。」一位女賓客語帶挖苦與一絲溫柔地說道。

所有人都笑了。但是在這混雜了友情與恐懼的笑聲中，克拉拉察覺到與亞力山卓內心蘊藏的相同決心，這份決心與她自己內心的激動同樣令她感到害怕。她看著這群深受命運之神眷顧、舉止風雅的男男女女的臉，她看見意識到不幸的臉，在不幸之中搖曳著他們的藝術之火，以至於命運在讚嘆與靈魂的疲乏間擺盪。她也看見一群愛好和平的人，接受了站上戰鬥位置的時刻來臨，同時從這個決定中，生出一種引力，使得當下一切無比美好。由此，她瞭解到，沒有一個人是出於偶然來到此處，而且，藉口慶祝蕾諾拉生日而聚集起來的這群人，是大師像挑選樂譜、在她的路途上安排好桃子、被愛的女人那樣所組織起來的。然而，她還是思索著，到底是什麼讓他們成為起身作戰的菁英，因為在這個和樂的軍團中，並無一人是那種破曉時分踏上傍晚染成血紅的戰場的一般戰士，但他們卻是大師最主要的軍官，組成一個大家庭，在晚餐桌下掩藏著武器及力量，而她也對自己也是其中一員感到驕傲。

𝄞

「上一場對戰已經結束了，」大師說，「而且我們輸了。我們對議會已經沒有任何影響力，他們會在冬天結束前票選出主政者。」

「我們得做好準備。」歐塔維，有著蒼蒼白髮、空洞眼神的男人說道。亞力山卓跟她說過他是知名作家。

「是時候該把你們的人藏起來了。」皮耶妥說。

「要怎麼保護克拉拉？」羅伯特問道。同時她看見所有人都同意她在這場戰爭中有著決定性的地位。

「提供保護的人是被保護的。」大師說。

最後，除了皮耶妥、亞力山卓和彼特外，所有賓客都離開了。

「妳已經被盯上了，不能再去中庭。」蕾諾拉對克拉拉說，「妳今晚就睡這兒。」

接著，她緊緊擁抱了克拉拉後離開了。皮耶妥和亞力山卓各為自己倒了杯烈酒後，找到位子開始晚上最後一場談話。彼特消失一陣子後，揣著一瓶麝香白葡萄酒現身，帶著親切關懷倒了一杯酒。

「首長也看得見我看到的嗎？」

「他最後發現了，」大師說，「雖然我一直站在妳身邊。不過，我不認為他完全瞭解。」

「我看到你們兩人之間的光束。」她說，「有一條石子路，兩旁的樹跟你院子裡的一樣。」

「石頭是妳生命的重心。」他說，「妳會很常看見這條路。」

從他說話的聲音裡，她聽出大師很以她為榮。

「我聆聽了你流水的樂音。」她說。

皮耶妥微笑了，就像他當時在鋼琴樂譜上搜尋詩句卻一無所獲時那樣。

「妳從現在起就待在這裡。」大師說，「拉斐爾在採取行動前會想要知道的，我們還有一點兒時間。不過得要加強警戒。」

「我會安排一些人，」皮耶妥說，「不過我們已經有些應付不來。雖然有眼線盯著，拉斐爾還是收到警告了。」

「另一個女孩是誰？」亞力山卓問道，「首長好像已經知道她了。我猜你今晚想跟我們談的就是她吧。」

「我主要想跟你談的是她，因為你很快就要去見她了。會是一段漫長而且危險的旅程。」

「可以知道她的名字嗎？」

「瑪利亞。」克拉拉說。

不過她沒有心情多說，因為她心中突然警鈴大作；她倏地站起身來，身後跟著大師，還有從靠墊中躍起的彼特。

𝄞

喔……煩惱難眠的夜！在遠方的農場中，馬榭從無法平息的痛苦中醒來，整個農場的人都聚到他悲傷的房中。克拉拉看見老奶奶紛紛走向受苦著的馬榭床邊，瑪利亞和她的父親則早已在那兒，他們比其他人早感覺到死神已對其中一名成員虎視眈眈；她看見被病痛折磨得憔悴不堪的馬榭，也像他們一樣感覺馬榭正在死去；她看見歐杰妮在發現病人那一刻，像是被打了一記耳光般清醒過來，直挺挺踏在厚羊毛襪上。眼前不再是那個被歲月與勞動壓垮的老婦；在她滄桑的臉上彷彿反射出刀光，是她藉以勘估病症的利器所發出的光；走近垂死病人身旁的是另一個女人；她是如此美麗，使得克拉拉因為看見這絕美卻易逝的景象而揪緊了心，為這不知經過多少錘鍊而成的景象而揪緊了心。接著，她見證了一連串在靜止時間內進行的治療行為，在這段時間內，危險的感覺也逐漸升高。當瑪利亞將手放上歐杰妮肩膀時，克拉拉感覺自己深陷入一股巨大力量岩漿中，她很害怕會迷失其中、永遠淹沒。但是，她知道自己的位置就在瑪利亞與歐杰妮旁邊，她們剛剛一起跨越了可見世界的邊界，克拉拉急切地在風暴中尋找出路。大師說過的話——在霧之屋裡，我們的人都看得見——又出現在她腦海中，她就像在汪洋大海中看見木筏般試圖緊緊抓住。於是，她看見他了，她的一生也全都浮現眼前。多麼平和呀，一瞬間……在升起的薄霧中，紅橋和一隻昂著頭的天鵝朝她轉了過來；隨著橋漸漸靠近，她認出橋拱頂端的背影；她知道那是擔任神聖擺渡人的父親。然後，背影消失了，橋在一絲優美歌聲中靜止不動，克拉拉查看每個視角。她可以讓瑪利亞繼續催化力量；她已傳遞了訊息，並維持可見世界。

「太不可思議了。」大師喃喃道。

疲憊的兩人。過沒多久，他們看見瑪利亞看不到的鳶尾花。

克拉拉看著隱形的花，花瓣有著難以形容的童年色彩，視野的另一端，歐杰妮接受了交換協議，而在羅馬，兩個男人憑空出現在房裡，大師對亞力山卓說：

「你明天一早就隨他們出發。」

接著，對克拉拉說：

「現在要讓她看見妳。」

霧之屋

精靈首長機密會議

「太不可思議了。」主席說，「人類世界中視界和力量的結合。」

「瑪利亞是催化者，」霧之屋守護者說，「克拉拉是擺渡人。」

「紅橋的力場中出現了變化。」

「是薄霧的力場中出現了變化。霧氣不只改變了通道樣貌。」

「可是其中有交易。」大熊說，「而且艾略斯看得到我們所看見的。」

「這會搞亂一切的行動部署。」松鼠說，「是時候過去了。」

「這麼快，」議長說，「希望我們都準備好了。」

「橋已經打開，」霧之屋守護者說，「你們可以過去了。」

克拉拉
帶上念珠

瑪利亞，在紅色羽絨被下，哭泣著。

✿

已經好幾個星期了，她腹部翻絞，隱隱預感有個身邊這些深愛的人都未曾經歷過的極大考驗等在前頭。這讓她感到恐懼，就如同她知道的某些悲慘事件，直到多年後仍陰魂不散糾纏著人們。不只如此，現在已是一月底，天空只勉強飄下一些雪花。氣溫非常低，冰天凍地一整夜持續到冷冽清晨降臨，寒風如刀刃般刺骨。然而，不管是冬至之前或之後都沒有降下瑞雪，但低地之鄉的這片土地卻已經結凍。瑪利亞走遍這片凍結的低地，動物群很擔心面對愈來愈明顯的陰影威脅，卻無處可逃。大自然的樂音還是偶爾會消失，就像三月那個傍晚一樣，樂音消失彷彿是種致命攻擊，讓瑪利亞憂心忡忡，她也沒再見過古怪野豬和銀色駿馬。太早了，她帶著愈來愈深的擔憂這麼想，同時渴望能繼續過著受到這塊土地上樹木雋永刻紋祝福的快樂生活。

✿

因此，當她走進那個輕率偷了小家禽，而且付出慘痛代價的垂死病人房中時，突然有個預感讓她明白，一連串的災難已經展開首次襲擊。她碰了兩次歐杰妮的肩膀，並讚賞著她以精進的技巧治癒病人的療程。她知道歐杰妮看見橋了，也明白訊息含意，她也看見歐杰妮如何厭棄戰爭並離開前線，讓自己與樹木的樂音調和。瑪利亞無須思考或集中精神；相反的，她讓自己沉入前所未有的軌跡所產生的生動感官中，那些軌跡在老歐杰妮心中波動擺盪，同時，她操弄著受到限制的音波，如同捲起的毛線般拉伸出不同幅度；第一次先是將它們解開，第二次在可能範圍內大大地攤開來。這跟她平常與動物說話時所做的沒什麼不同，只是想和野兔閒聊時，她只做輕微的扭曲，現在則要無限放鬆。這個相異點來自於，動物與自然的關係不像人類一樣疏離，人們聽不見自然的偉大讚歌，也看不見輝煌壯麗的圖畫。所以，她將和弦橋指給歐杰妮看，就在她將手放上歐杰妮肩膀時，橋的影像就在那時出現。這幅影像從何而來？她不知道。但是一切來得如此容易、迅速，釋放這些力量、讓自然流動發生僅是水到渠成；同時令人不解的是，以這種方式減輕痛苦、治癒傷口，竟然不是人類日常生活的一部分。

✿

看見橋的當下，歐杰妮聽見來自天上的讚美詩歌。不過，她不像瑪利亞一樣可以聽見歌詞：

那天，就在兩朵濃墨般烏雲間流逝
那晚，就在一片輕薄的霧氣中嘆息

歌聲繚繞這一刻，世界的清透令人目眩神迷，同時霜雪在其中紛飛，絲滑表面在流動霧氣中間歇閃爍。瑪利亞認得這首通道與雲朵之音的歌。它會在夜晚出現，在夢裡；然而，白日裡也會在她邁過小徑時響起。她於是停下腳步，折服於不可思議的驚駭中，幾乎令她渴望當下就此為它而死。接著，歌聲和畫面消失，她離開去找野兔，希望得到一點兒安慰，因為，在歌聲停歇後，總有那麼一秒，除了這首歌、這片霧外，她覺得對一切都提不起勁。最後，世界重新變得一片清朗，紫羅蘭和樹葉舒緩了她的痛苦。她繼續前行，心裡一邊思索著，方才所見的恩典是夢境，還是另一種現實。同樣的，她在夢中也看見奇異霧色。旭日從被蒼鬱樹林覆蓋的背斜坡谷上的小橋後升起。我們身處木屋中，牆板上諸多偌大開口讓屋外風景像是一幅幅瑰麗畫作。覆著薄塵、凹凸不平的橡木地板，在細碎光線照射下如彗星般閃耀，在地板上放著一只素樸陶碗，瑪利亞很渴望能輕撫那不規則、帶粗粒的表面。但是她不能靠近，因為她知道這麼做會在細塵上留下破壞痕跡；她於是放棄了，以極度渴望的崇敬眼神望著陶碗。

是的，歌聲又更清脆了，更令人心碎、更雄壯，而這不厭其煩的提醒，讓她透視對角出現一片既美妙又令人驚駭的景象。因為被夢境的不安與薄霧所淹沒，在決定性的那一刻，她沒有看到鳶尾花，但是她突然聽見上百支號角齊發出低沉有力的聲音，既動人又哀傷，以致現實景象受樂音震動，並在圍繞定點打轉、向內吸附。她怎麼做到的？她怎麼會不知道？在紅色厚羽絨被下，她落下滾滾熱淚，但是並不因此覺得好過些，因為歐杰妮讓她看見的鳶尾花，無法安慰讓她以失去摯愛作為交換條件所帶來的痛苦。

✿

歐杰妮回到自己房間。她坐在床沿，握起令人疼愛的小女孩的手，那隻小手被淚水浸溼，緊緊握住自己乾枯、布滿皺紋的大手。

「哭吧，小不點，」歐杰妮說，「但是不要悲傷，我們一起加油。」

她輕拂小女孩額頭，這個在雪夜來到村莊、帶給他們滿滿喜悅的孩子，她多麼希望可以張開雙臂、在其中攤開白布幕，上面播放著一幕幕幸福影像。

「不要悲傷，」她再度說道，「看看妳所做的一切，不要悲傷，我的小天使。」

瑪利亞霎時直起身。

「我做的一切！」她喃喃道，「我所做的一切！」

「妳所做的一切！」老奶奶又說了一次。

她覺得自己是個不善言詞的可憐農婦，無法分享奇蹟。瞬間靈光乍現，她明白了為什麼教堂中那些話語、歌詞，可以聯繫起一顆顆的心、聚集起眾多信徒，她理解了用言語讚頌那無法解釋，為連結、孕育一切的源頭賦予名字的天賦，而最後看見自己內在珍寶，雖然無法描述帶斑點的鳶尾花以及聖約翰日的夜晚，但是仍然可以重建她看見、感受到的一切根源。於是，她看著瑪利亞，臉上帶著使她整個人容光煥發的笑，簡短地對瑪利亞說：

「妳治癒了我，小不點。」

同時，她想著，兩次，都是一個孩子將她從成人的暴力中解放。

✽

瑪利亞心中有些什麼碎裂了，就像是冰霜外層靜悄悄地粉碎飛散，然後落在水銀般的光澤已有些斑駁的絲絨上。絲絨的光影間有星辰和飛鳥無聲地滑過的墨黑天空，還有一條承載著身世之謎的河流，那個她與生俱來就被賦予能夠卸下老婦人重擔能力的秘密。她的淚痕已乾。她看著歐杰妮，以及這張她深愛的、年華老去的臉上被時間刻畫出的溝壑，換她對歐杰妮微微笑，同時輕撫她的手，因為她看見老奶奶心中的歡愉，發現卸下重擔的靈魂的模樣。歐杰妮點了點她那顆如同放在貯藏室木條架上隨著時間發酸的蘋果的頭，拍拍眼前美麗、神奇的小女孩的手。她感覺輕盈、驕傲，帶著往昔對所有事務的欣喜渴望，這樣蹦散的興致，就像在令人愉悅的燈影戲劇場裡看到宛若由天堂摘取的，以及採收期向晚時分在和暖微風吹拂過的斜坡上摘下的多汁蜜桃，令人垂涎欲滴。味覺感官尚未遭到悲劇破壞前，萬物原有的滋味重回歐杰妮口中，帶著一股恬適，讓她被淚水淹沒，淚水同時沖刷過她內心滿布廢棄物的沙灘，使它變得潔淨、光滑，如同秋天裡完美無瑕的梨子外皮。她的記憶越過童年時常在那兒作夢的果園，在蜜蜂盤旋的舞動中，記憶與世間的無盡渴望連結；在死去前，她得以用童年眼光重新觀察這個世界，這對她而言，像是蒙受了她一生未曾停歇地榮耀其偉大的天主的至高賜福。走吧，是時候了。帶上念珠、緞帶、禮拜日與夏至冬至晚餐會的盛裝衣裙，去和其他死去的人相會；在向果園的涼爽道別之前，唱出暴風與上天的讚歌。歐杰妮準備好了；只剩下把那些該留在這個世界的流傳下來，然後永遠地關上屬於小房子的紀元。她站了起來，伸手拉門，一邊轉過身對瑪利亞說：

「妳好好摘下山楂花。」

接著，她就走了。

✽

瑪利亞獨自一人待在剛剛展開的新紀元的寂靜中。在果園與花朵的平靜中，世界重組。她背靠著牆，接收在她已然不同的生命中盤旋的各種感受。她看見至今構成她生命的各部分，如何重新以一種無法量測的偉大秩序排列，她已知的每一層上，重疊著並行、交錯、相互碰撞的宇宙，深遠地令人暈眩。世界變成一系列向天際延伸的圖象，依循著複雜的建構方式變動、消逝、重建，就像她十歲見到的神奇野豬那樣，既是馬，也是人，互相影響、消融，利用薄霧作為令人遐想的屏風。她看見一些城市，路與橋在金色霧氣籠罩的清晨中閃耀，霧色在幾聲連續噴噓中分解，然後慢慢在城市上方重新聚攏。有一天我會看見這些城市嗎？瑪利亞想著。她隨後在這片景色中睡去。她先是看見湖光山色，還有蜂群和果園，園中植物因陽光照射而有些枯黃，還有山坡上一個村莊，房舍沿著像是貝殼上彎的曲線般分布。一切都很陌生，一切都很熟悉。眼前景象改變了，來到一個有著如清澈流水般木板的大房間。一個小女孩坐在某個讓人想到管風琴的樂器前，但是她所彈奏出的樂音不像是教堂彌撒時的曲調，美妙的音樂，並不宏亮，也沒有穹頂造成的共鳴，它的質地與瑪利亞發現那只引起慾望的碗四周的金色薄塵相同。然而，樂音中也傳遞著述說悲傷與寬恕的強大訊息。有那麼一刻，她僅僅是讓自己走入旋律闡述的故事中，然後，鋼琴前的小女孩停止演奏，她聽見女孩喃喃說著一段無法理解的話，聽起來像是無聲的警告。

最後，一切都消失了，瑪利亞醒了過來。

皮耶妥
成功商人

克拉拉看著在房裡冒出，投入彼特雙臂中的兩個男人。

「漫漫長夜的好朋友！」第一個人說。

「真高興再見到你，老頑童。」另一個人拍拍他的背說。

接著，兩人轉向亞力山卓，比較高、深棕色皮膚、黑髮的那個人欠身說道：

「馬居斯，任您差遣。」

「玻律斯。」另一人也欠身說道。克拉拉饒富興味地觀察著那人跟彼特一樣火紅的頭髮。

他們跟大師差異很大，雖然她察覺他們的說話節奏、語調間有著某種家族共同點，她也看出每個人身後有相似本質，在大師身上以成群野馬形式呈現，自稱馬居斯那人的本質較為寬厚、陰鬱，他身材高大壯碩，比皮耶妥高出一顆頭；另一個的本質則是神秘、高貴，他沒有比克拉拉高多少，而且看似輕盈如羽。

亞力山卓似乎對他們的出現毫不訝異，好奇，明顯充滿善意地端詳兩人。

「我很抱歉出發時程這麼匆忙。」大師說。

「她在哭，」玻律斯說，「可是我們無法改變要發生的事。」

克拉拉明白他看到了瑪利亞。此刻，歐杰妮正走進小房間，坐在心愛的小女孩身旁，微笑著，拉起她的手。克拉拉揪緊了心。

「會發生什麼事？」她問。

「有很多事我們都還一無所知，」大師說，「但有件事是確定的。」

「歐杰妮沒有能量了。」她說。

「能量可以交換，但不能憑空創造。」大師說。

「我再也看不到她了？」她問。

「是的。」他說。

「那在另一段生命呢？」

「世界可以有很多個，但生命只有一個。」他說。

克拉拉垂下了頭。

「她是有意識地做了這個選擇。」他補充，「不要為她難過。」

「我是為自己難過。」她回應道。

不過大師已經開始主持行動會議了。

「瑪利亞住在法國一個小鎮，敵人會開始對那裡動手。」他對亞力山卓說道。

「我們來得及抵達嗎？」

「來不及。你會在戰鬥結束後抵達；不過，若是她能存活下來，你就把她帶到安全的地方。」

「這個安全的地方在哪兒？」

大師露出微笑。

「我並非戰士。」亞力山卓說。

「嗯，你不是。」

「所以你不會送我送去作戰。」

「不會。不過還是有危險。」

這一次，換亞力山卓露出微笑。

「只有絕望才嚇得倒我。」他說。

接著，他又變得嚴肅：

「希望瑪利亞可以活下來。」

「我也希望。」大師說，「因為這麼一來，我們就不需要悲傷流淚，而且，如果我們沒瘋的話，說不定真的可以扭轉命運。」

克拉拉看著瑪利亞，同時試著瞭解該怎麼做才能讓她也看見自己。然而，那個法國小女孩讓自己身邊流動著無盡的孤獨銅牆。

「妳會找到通道的。」玻律斯說。

五個男人都站起身，克拉拉感覺比冬日的玫瑰叢還要哀傷。但是亞力山卓轉過身面向她，笑著對她說道：

「妳看得見瑪利亞，不是嗎？」

她點點頭。

「也看得見她身邊的人？」

「沒錯，」她答，「我看得見她看到的那些人。」

「那麼妳很快就會看見我了，」他說，「而且我會知道妳看著我。」

踏出房門前，馬居斯走近她，手探進口袋中，將某樣東西握緊，慎重地交給克拉拉。她攤開掌心，馬居斯在她手上放下一顆非常柔軟的小球。馬居斯把手抽走時，克拉拉驚奇地發現那是個直徑十公分左右的球體，上面覆著一層類似兔毛的毛皮。這顆球有些特別，有些地方比較平，有一側比較凸，即使不太規則，卻還是個好看討喜的圓。

「能有個祖靈陪伴著妳會比較好。」馬居斯說。

「妳父親路過我那兒時，把它交給了我。當然，它不會動。」

接觸到球體時內心覺醒的感受，使她忽略了對方提及自己父親。

「我該怎麼做？」她問。

「隨時把它帶在身邊。」他答，「它只要沒有接觸到我們之中任何一人，就會死去。」

毛皮散發出的頻率讓克拉拉心醉神迷。像是有人向她低語，但是那聲音聽起來又像是孩子發出的咿呀聲，或是一串模糊不清的句子，其間混雜著柔和、奇特的低吼聲。皮耶妥走過來端詳著她掌中的球體。克拉拉抬起頭，與他的眼神交會。雖然已經住在中庭好幾個月了，他們卻從沒遇到過。然而，就在低頭望向球體同時，他們瞥見各自內心裡若隱若現的深海。

𝄞

皮耶妥・沃爾普經歷了三十年的地獄，以及另外三十年的光明歲月。地獄生活的回憶歷歷在目，他恭敬地保存這段記憶，僅是為了慶賀其後光明的三十年。每天早晨，一起床，他就又看見自己的父親，再次憎恨他又原諒他，重新經歷一次幼年生活。面對如此劇烈的痛楚，如果他不曾學會忍受痛苦，和用一個動作自我療癒的能力，他或許已被逼瘋，更何況他壓根沒離開過他出生、成長的房子。而且，即使他更動了擺設，牆面依舊如昔，一路看著他憎恨、迷失，曾經生活其中的鬼魂，仍在中庭飄盪。為什麼羅貝多・沃爾普不疼愛這個他熱切渴望的孩子呢？他是個優雅的男人，他愛好美麗事物與興隆生意，因此很喜歡自己的工作；出於他對人們的瞭解，他的談話方式不會高深難懂，他也從不做違心之論；或許他整個人正是在這樣一種矛盾狀態中，既不屑淺，也不深奧。然而，當父子兩人第一次見到彼此時，他們就註定要全然地相互厭惡——如果有人驚異於一個如此稚嫩的靈魂竟能這樣厭棄他人，希望他們記得，童年就像夢境，身處其中時會明白一些我們尚未知曉之事。

𝄞

十歲時，皮耶妥在街頭像個郊區地痞流氓般與人鬥毆。他長得魁梧強壯，同時又擁有有助於強化感官的節奏感。但是，他戰無不勝卻也飽受責罵，而他母親艾芭也因為憂傷而日益虛弱，就連隨後誕下的女孩也無法撫慰她。又過了十年，皮耶妥在街頭學會了所有戰鬥技巧。二十歲時，他不知道自己是個危險人物，還是頭狂暴的野獸。他在夜裡邊朗誦詩句邊與人互毆，激動地讀著、悲傷地戰鬥，偶爾回到別墅，小心翼翼地避開父親，看著母親落淚，看著妹妹長得愈發亭亭玉立。他一語不發握住艾芭的手，直到她停止啜泣，接著在一樣的寂靜中鬱鬱離去，他的整個人生被禁錮在這寂靜中。十年的絕望時光，就像他有時在自己內心聽到的聲音一般轉瞬即逝；他的母親日益老去；蕾諾拉則如花綻放，她總靜靜看著他，臉上帶笑，彷彿在說：我等你。然而，當他想要對她回以微笑時，卻因痛苦而全身僵硬。她握住他的手臂，然後帶著弧線離去，當時在她身旁就已存在著隨著她動作打轉的弧線。然而，就在她要跨出房門那一刻，她又望了他一眼，眼神中依舊說著：我等你。這份堅定支持著他，也折磨著他。

某天早晨，他醒過來時意識到所有時間線已改變。正當他要走進別墅時，一位神父走了出來，告訴他，他的父親正邁向死亡，所有人一整夜四處打探他的消息。他走到羅貝多的房間，艾芭和蕾諾拉在那兒等著他，兩人退了出去，留下他獨自面對命運。

當時他三十歲。

他走近那張床，床上躺著的是他十年來未曾再見過、垂死的人。簾子被人拉上了，什麼也看不見，他用雙眼搜尋著人形，然而他的胃部卻接收到一種猛禽的目光，在昏暗不明中如寶石閃耀。

「皮耶妥，終於。」羅貝多說道。

他深受震撼，自己竟還能認出這個早已被遺忘的嗓音中每個抑揚頓挫，他想著時間空隙被痛苦填滿，而且痛苦一如最初那個早晨那樣清晰。他什麼也沒說，但是仍向前進，因為他不想當個懦夫。即使正在邁向毀滅，他父親的面容與往昔無異，只是雙眼中閃爍著一股狂熱，讓他知道父親會在傍晚前死去；父親眼中有另一抹光芒，讓他懷疑這是否僅僅因為疾病。

「三十年來，我每一天都想著這一刻。」羅貝多接著說。

他笑了。一陣乾咳讓他胸部像快被撕裂般喘不過氣來，而皮耶妥看見他的恐懼。有那麼一秒，他以為自己沒有任何感覺，然後一陣憤怒席捲了他，因為他瞭解到死亡不會帶來任何改變，他必須以這個父親兒子的身分活到最後。

「我常常很擔心死前沒辦法再見你一面。不過，命運還是自有安排。」

他開始痙攣，好長一段時間都沒再說話，皮耶妥既沒移動，也沒挪開視線。這個房間呀……黯淡薄霧降下籠罩著床，同時如具破壞性的颱風般打轉。他強迫自己維持不動時，看見自己一生所經歷的事件湧現。他又看見那些臉孔、可悲戰鬥中流下的鮮血，一首詩的詩句也浮上心頭。是誰的詩呢？他不記得自己讀過那些句子。痙攣停止，羅貝多又開口說話。

「我早該明白命運會安排一切，你終會來到我床前看我死去、看著我告訴你為什麼我們從未愛過彼此。」

他面色槁灰，皮耶妥心想他大限已至；然而，一陣沉默後，他又振作起來。

「一切都寫在我的遺書裡了，」他說，「發生的事件、經過、結果。但是我希望你知道我沒有一絲懊悔。我是有意識地做這些事，之後也不曾有任何一刻感到後悔。」

他抬起手，做了個像是賜福的手勢，只是因為過度疲累而無法完成。

「就是這樣了。」他說。

皮耶妥依然沒說話。他捕捉著羅貝多話音停歇時響起的一個微弱音調。不由自主的恨意如暴風般席捲他的靈魂，有股無法克制的衝動，讓他想親手殺了這個瘋癲的父親。然後，這股感覺逝去了。隨著一股和上一刻才占據了他、想殺死父親的渴望一樣自然又不容抗拒的力量而逝，而當這一切散去，他知道自己內心有某部分打開來了。痛苦與憎恨仍一如往常，但是他心中感覺到另一人死去之後帶來的結果。

終於，羅貝多眼神中閃著某種他無法理解的光芒對他說：

「好好照顧你母親和妹妹。這是我們的任務，唯一任務。」

他緩慢地呼吸，看了自己兒子最後一眼，然後死去。

公證人要求晚上來見他們。皮耶妥是他父親財產的唯一繼承人。他們走出公證事務所時天色已暗。他抱緊母親，親了親妹妹。她看著他的眼神彷彿在說：你終於來了。他對她笑了笑，說：明天見。

翌日早晨，他回到有著中庭的別墅。

他踏遍每一間房間，一幅一幅地研究那些畫作。僕人們一個個走出廚房、走出他們的房間，在他所到之處，大家喃喃說著節哀順變——但是他也聽見終於。每幅畫都在跟他說話，每件雕塑都低訴著一首詩，這一切對他來說都如此熟悉、讓他感覺幸福，彷彿他未曾憎恨、未曾離開過這個地方的幽靈。他停在一幅畫前方，畫中女人啜泣著，胸前懷抱著耶穌基督，他終於理解自己一直以來所愛的，同時瞥見自己將會成為一名大商人。同一天下午，大家將羅貝多埋葬入土，即使時序已來到十一月，陽光依然猛烈。他在葬禮上看見所有羅馬知名藝術家以及具影響力的人物。大家在彌撒結束後向他致意，他看見大家對於由他繼承遺產毫無異議。在這些致意中流露著敬意，他也知道自己看起來與從前不同了。小混混在一夜間死去，他現在只想著那些畫作。

然而，他的恨意仍在。

在墓園裡，他看見蕾諾拉後面一個男人站得直挺挺，望進他的雙眼。他的眼神中有某種特質讓他十分欣賞。當蕾諾拉走向他時，她對他說：「這位是古斯塔‧阿齊瓦提。他買了那幅大畫作。他明天會來見你。」

皮耶妥握了握那個男人的手。

經過一段短暫沉默。

阿齊瓦提說：

「真是奇怪的十一月天，不是嗎？」

𝄞

翌日一早，公證人請皮耶妥單獨到事務所，並交給他一個信封，裡頭放著兩張紙，是羅貝多堅持他務必要等到獨自一人時才能讀。

「不遵守這個遺願的人，或許會招來厄運。」他補充道。

皮耶妥走出事務所便打開信封。他讀著第一頁信紙上父親的告白，第二張信紙上則有一首他親筆所寫的詩。他受到極大衝擊，感覺自己從未離地獄這麼近過。在別墅裡，他找到正由蕾諾拉陪著的阿齊瓦提。

「我不能把那幅畫賣給你。」皮耶妥對他說，「我父親不應該把它賣給你的。」

「我付了錢了。」

「我會還給你，而且你隨時都可以過來看它。」

阿齊瓦提之後常來拜訪，兩人也成為好友。某天，在看過畫後，兩人坐在中庭房間裡，談到米蘭邀請阿齊瓦提去擔任樂團指揮的事。

「我會很想念蕾諾拉的。」皮耶妥說。

「我註定將留在羅馬。」阿齊瓦提說，「我會四處旅行，但是我會在羅馬生活、死去。」

「為什麼你要強迫自己留在你大可以逃離的地方？羅馬不過是個充滿墳墓與貪汙的地獄。」

「因為我沒有選擇。」年輕的大師這麼說，「這幅畫註定將我留在羅馬，就像它讓你可以離開羅馬一樣。你很富有，而且你可以在所有大城市從事藝術品買賣。」

「我留下來，是因為我不知道該如何寬恕。」皮耶妥說，「所以我在往日擺設中遊蕩。」

「你得要寬恕誰？」阿齊瓦提問。

「我的父親。」皮耶妥說，「我知道他做了哪些事，但是不知道原因。因為我不是基督徒，不明白一切，我就無法寬恕。」

「那麼，你還是受已經忍耐了一輩子的折磨所苦。」

「我有別的選擇嗎？」他問。

「有，」阿齊瓦提答，「如果能夠理解原因，我們比較容易寬恕。但是無法理解時，我們可以為了不再受苦而寬恕。你每天早上都不問原因地寬恕，而且隔日早晨也要重複地做，最後就可以不帶憎恨地活下去。」

接著皮耶妥問了最後一個問題：

「為什麼這幅畫限制了你？」

「要回答這個問題，我得先告訴你我是誰。」

「我知道你是誰。」

「你只知道自己看到的。但是我今天要跟你說我看不見的那一面，而且你會相信我的，因為詩人總是知道什麼是真的。」

經過一夜長談，天色已破曉，皮耶妥說：

「所以，你認識我父親。」

「我就是為了他才來看這幅畫。我知道他做了哪些事，還有這讓你付出了什麼代價。但是我還不能告訴你他這麼做的原因，也不能告訴你為什麼他對我們這麼重要。」

𝄞

這是兩人互望處上方的祖靈的魔力嗎？或是在夜晚危急處境下新生出的惺惺相惜？一分鐘流逝了，或許，自從克拉拉抬眼看著皮耶妥開始，然後，雖然她無法說出發生了哪些事、看見哪些人，她看進了皮耶妥的內心。她看見皮耶妥當時必須戰鬥、放棄、受苦和寬恕，他曾憎恨，而他也學會了愛，但是痛苦僅僅短暫離開他，不一會兒又捲土重來；就和她在瑪利亞心中感知到的一樣，瑪利亞無法原諒自己指引了歐杰妮那座紅橋，還給了她交換能力的機會。人的內心於克拉拉而言，就如同用大寫字體寫出的文章般一目瞭然，而她也知道該如何將它們連結起來、讓它們平息，因為她已經擁有透過彈奏述說的能力。她將祖靈放在琴鍵左側，當她敲下第一個音符，感覺它彷彿與之唱和。接著，她將滿腔的欲望注入指尖，述說起關於寬恕與結盟的故事。

𝄞

皮耶妥流下淚，大師則單手放在胸前。克拉拉一邊彈奏一邊譜曲，從雙手流洩出動人樂音，那是一個住在山上的小女孩，想要對另一個居住在斜坡上、果園間的農村小女孩訴說的話，是從她身為孤兒的內心汲取出的樂音。從最源起的虔敬開始，她們唱誦了多少次？自從克拉拉譜下最終結盟的讚歌後，平原上有多少場戰鬥、多少面旗幟、多少個士兵？當瑪利亞在夢境中發現、聽見一位有著純淨岩石輪廓的小女孩時，皮耶妥流下滾燙、療癒的淚水，讓他喃喃唸出父親寫在紙上的詩句——這時，他看見內在憎恨的酸楚凝聚成一個難以形容、看不見的痛點——接著，六十年來的痛苦永遠消失了。

讓十字架的苦難歸於父親

讓慈悲照拂孤兒。

阿齊瓦提宅邸
精靈首長機密會議

「她的成熟令人激賞。」大師說，「還有她純淨得無與倫比的心。」

「但她只是個孩子。」彼特說。

「譜曲時與成年天才無異，」大師說，「而且繼承了她父親的能力。」

「一個失去雙親，而且在愚蠢神父和駑鈍老婦間過了十年無聊日子的孤兒。」彼特嘟噥著。

「這十年間有樹木、岩石，還有老女僕跟牧羊人巴歐羅的故事伴她成長。」大師說。

「還真是好得不得了。」彼特嘲諷道，「那又為什麼不讓她有個母親呢？在暗夜中給她一些亮光？她有權利知道。她不能這樣摸黑前進。」

「我們自己就是摸黑在向前走，」主席說，「而且我很擔心她們。」

「已知事實成為想像原料，而想像則釋放權力。」彼特說。

「我們到底是怎樣的父親？」霧之屋守護者問，「她們是我們的女兒，我們像磨劍似的鍛鍊她們。」

「那就讓我動手寫下故事吧。」彼特說。

「照你想做的去做吧。」主席說。

彼特露出微笑。

「我得來點麝香白葡萄酒。」

「我真想嘗嘗看。」馬居斯說。

「你會愛上的。」彼特說。

「保鏢、說書人、酒鬼。真是個性情中人。」玻律斯說。

「我完全搞不懂發生了什麼事，」亞力山卓說，「不過我覺得很光榮。」

馮斯瓦神父
這個世界

翌日，歐杰妮就在一月的夜裡離世。她安詳地睡著了，沒有再醒來。珍奈擠完牛奶回屋裡途中，沒有聞到廚房傳出早晨第一杯咖啡的香氣讓她有些吃驚，而去敲了歐杰妮房門。她找來了其他人。瑪利亞父親在黎明前的晦暗天色中砍柴，嚴寒黑夜彷彿碎裂成好幾塊尖銳的冰。然而，頭戴毛帽、身穿獵裝的他，以自己的方式規律、平靜地劈著柴，寒意拂過身軀，就像他生命中其他事件一樣，不留情地侵襲著他，但是他無意留心。不過他偶爾還是會抬起頭，嗅聞被冷空氣覆蓋的大地，思忖著自己曾經歷過這個黎明，卻想不起來是怎麼一回事。瑪利亞母親來喚他。在晨曦亮光中，她的淚珠像是幽暗、流動的鑽石般閃耀。她將歐杰妮過世的消息告訴他，並輕柔地握住他的手。他的心都碎了，此時他覺得她比所有女人都要美麗，他回握她的手，無須言語。對於該由誰去通知小不點這個消息，他毫無一點猶疑，由此即可看出這位父親的性格。安德列，是這位父親的名字，他走進瑪利亞房間，看見小女孩比振動雙翅的燕群還要騷動。他點了點頭，以一種難以形容的方式坐到她身旁，展現出這位貧窮農夫天生的王者風範——正因如此，人們總認為小女孩會在約十二年前來到這個看來老舊不堪的奇特農場絕非偶然。有那麼幾秒鐘，瑪利亞動也不動，甚至像是沒了呼吸。然後，她打了個微弱的嗝，接著就跟所有小女孩一樣，即使是那些會跟奇幻野豬和銀灰馬兒說話的女孩們也不例外，她絕望地嚎啕大哭，就像一般十二歲孩子一樣盡情流淚，一旦到了四十歲就難以如此了。

✿

哀傷瀰漫整個低地之鄉，歐杰妮在此度過快九十個年頭，其間經歷了兩場灰暗的戰爭、受到兩次喪禮的折磨，也治癒了無數的人們。她過世後第三日所舉行的彌撒上，周邊六個區裡所有健全的男女老少都來了。許多人必須等在教堂外台階上直到儀式結束，但是所有人都加入了送葬行列到達墓園，大家四散在墓碑之間聽神父禱告。正午時分的嚴寒天氣中，高懸天空的烏雲飄過人群上方，讓大家開始期待這些雲會帶來大雪，讓嚴冬稍稍回暖，而不是像現在這樣，無止境的天寒地凍，讓每顆心疲憊萬分；所有人，身著大衣、手套、葬禮用黑色禮帽，悄悄在心中呼喚雪花落下，心想，比起神父以含糊的教會拉丁文講道，皚皚白雪更能榮耀歐杰妮。不過，大家仍肅靜地等待聆聽《聖經》章節，因為歐杰妮是個虔誠信徒，其他人也是，儘管這個生氣蓬勃的大自然裡，大家享有狂野的自由。大家看著神父，他清了清喉嚨，披著潔白祭衣，挺著為了迎接寒冬嚴峻考驗而準備的圓滾肚子，在開口前沉默靜心。他的彌撒並未偏離講道與禮儀，同時表彰了一位精通藥方的老婦人，所有人都備受感動，僅僅因為聽起來一切理所當然。

✽

馮斯瓦神父時年五十三。他自十三歲投入神職，便將生命奉獻給耶穌與植物，未曾思考過這兩者之外有何意義。他並不明白天命是如何來到自己生命中，也不清楚投身宗教是否真是最合適的一條道路，儘管這在當時是最自然的選擇。他為此做出許多犧牲，其中不能算是最微不足道的犧牲之一，就是捨棄能夠讓樹木、道路道出非天主教語言的直覺。他忍受了修道院及院內荒誕之事，而當他在自己的事奉階層裡，因為自己感知方式不同而得不到回應時，也經歷了身為神職人員的慌亂。他就像在驟雨中行走般度過這一切，保護著自己不被信仰穿透，那份信仰是他為這群自己負責看顧的村夫野婦所保留。假如他並未因為教廷言論的不一致而受煎熬，這是因為他愛著上帝的同時，也愛著那些他向其傳達上帝話語的人。此時此刻，馮斯瓦神父看著人們聚集在這塊小小墓園，埋葬一位終其一生待在農場的貧窮老婦人，他感覺某種東西在體內翻騰、想要大聲傳達出來。他不擔憂，只是有些困惑，這跟在念珠奇蹟事件與那幾封來自義大利的信之後，那個阻止他提筆寫信給教會高層，而讓他去和瑪利亞談談的感覺類似。當時瑪利亞重複說著跟幾位老奶奶相似的言論，語氣中帶著難以理解的天真，這讓神父相信，即使她還知道些什麼，邪惡在這顆晶瑩澄澈的心中也毫無立足之地。神父看著擠滿人的小墓園，一面面墓碑整齊排列，埋葬著這麼多簡樸的人，他們一生只懂得農村與幹活。他心中忽然閃過一個想法，這群住在寧靜、一成不變土地上的人，除了豐沛雨水與茂盛蘋果外別無所求，他們從未受可怕的人心疏離所苦，就像他還是修道院士時在城裡感受到的。如牛群般壯碩厚重的烏雲，層層籠罩墓園，今天園中站滿了比椴樹還要多的人，在這樣的徵兆下，馮斯瓦神父明白，自己是受到祝福而得以領受這群卑微人們奉獻給那些能夠接受自身不幸與痛苦的人的獻禮。每晚當他在紙上記下當日栽培蜜蜂草與艾蒿的工作成果時，總是能感覺到這些雙手深入土壤、頭頂豔陽的人們的熱情，他們雖一無所有、毫無與命運抗衡的能力，但是懂得他人最單純的榮耀。

他對歐杰妮的記憶已全然不同，這份記憶彷彿落入未知的時間與空間裡無限地分裂再分裂，而此刻他的靈魂得以透過老奶奶的視角，如同進入了開天闢地之始的大地清明視野，漫遊在這個未知的時空。他不明白自己的認知能力是怎樣改變，直到葬禮這天之前，他也從未以這樣的角度看過世界。那是個更寬廣、更開闊的眼光，讓他看到這片艱困的不毛之地其實被賜予了滿滿的純真與恩惠。

是的，所有人都在，整個村落、整個地方上的人、整個大區域的所有人；穿戴著比自己從土地裡辛苦獲取的所得還要昂貴的葬禮服飾，因為他們無法想像在這一天不戴上羔羊皮手套、不穿上高貴布料洋裝。黑色禮帽下的安德列・孚爾，站在從結凍土地上費力掘開的洞旁。馮斯瓦神父看見所有人都在他身後，看到自己也是群體代表、精神領袖，透過自己的角色，發揮了勝過大人物法條、命令的功效，使得團體自然凝聚，每個人也更以身為其中一員為榮。在他左手邊是一語不發的瑪利亞。他感覺有朵花在胸腔綻開。他在這個嚴寒月分的光線中環視周遭人群，這天氣即使對早已習於冷冽冬天的人們來說都難以忍受。他看著這群謙卑、高尚的男男女女，他們不受刺骨寒風影響正在低頭沉思，他胸中的花苞持續盛開，一直到讓他發現了新的自我認知領域，他自身如漩渦般擴張開來。然而，這一切都源自於這方狹小的原始鄉下墓園。一陣凜冽寒風拂過死者長眠之地，吹起幾頂禮帽，孩子倏地起身抓回，立刻回到長輩身旁。此時，馮斯瓦神父開始道出儀式禱詞。

主呀，請成為我們的救贖，
在備受煎熬的人生中，
直到庇蔭綿延，直到夜晚降臨，
當世界紛擾消停，
願生命激情平息，
願此生使命已成。

他閉口不言。寒風驟然減弱，墓園也隨之靜默，只剩虔敬細語和霜雪的窸窣聲。他想開口繼續完成禱詞：主呀，慈悲仁愛的主，請賜給我們寧靜的永臥地，得享真福、安息，奉主耶穌名。然而，他卻辦不到。天呀，他就是辦不到。至於原因呢，也有助於我們瞭解這位神父的性格；原因就在於，他想不起主耶穌和所有聖人出現在他獻給逝去的姊妹禱文中有何意義。就只有花朵不斷膨大、展開，最終完全占據了這既微小，卻又彷若無邊無際的血肉之軀，其他一切都是虛無。馮斯瓦神父深吸了一口氣，在自己內心尋找那朵花下錨之處。他聞到紫羅蘭和松香的氣味，一股強烈的悲傷襲來，讓他一陣噁心。然後，這個感覺消失了。最後，一切又重歸靜謐。然而，他感覺自己彷彿不再透過濾鏡看著墓園、人們和樹木，就好像有人幫他洗淨了長久以來積滿塵土的窗戶。太美妙了。因為他不尋常地好長一段時間都沒出聲，大家抬起頭一臉吃驚地望著他。尤其是安德列，他在神父臉上看見某樣東西，讓他用自己那寡言者深不可測的目光詳加審視了幾秒。兩人目光交會。這兩個因為命運而在這塊艱苦土地上相遇的人，身上幾乎沒有共同點；一個是笑意盈盈、熱愛義大利文和美酒的神父，一個是只與瑪利亞還有自己農地說話，沉悶而神秘的農夫；這兩人並無相似之處。總之，文人的宗教與鄉巴佬的信仰並無甚相似之處，僅是因為必須結合成一個群體而相互瞭解。但是，今天很不一樣，這兩人的目光彷若初次交會。兩個男人，一人連結起這塵世上有著共同命運的靈魂，另一人則在今天明白了，並將用語言榮耀愛的連結。是的，就是愛。除了愛，還會有什麼能夠在這個烏雲密布、寒風刺骨的時刻，將一個人帶到離自己居所這麼遙遠的地方呢？然而，投入愛的人不會太將上帝放在心上，就像神父今天的情況一樣，他忘卻上帝、忘卻諸聖者，憑藉著他無法理解的奇蹟，在被愛所照耀時，才真正看見了這個世界。在開口講最後的禱文前，他再看最後一次眼前這群謙卑的人們，全都等著他給出告別的信號；他看著每張臉孔、每個容貌，最後他回歸自身，找到昔日那個在溪邊野地玩耍的小男孩身影，然後才開口。

✽

「弟兄姊妹們，在這塊土地上，我和你們共同生活了三十年。三十年的農耕和艱苦生活，三十年的收穫季和雨季，三十年的四季變換與一場場葬禮，也有三十年的新生兒誕生與一場場婚禮，還有你們屬靈生活中的無數場彌撒。這片田園是你們的，是上天所賜，讓你們得以嘗到辛勤工作的苦澀滋味，以及勞動所帶來的無聲回報。這片土地毫無疑問是屬於你們的，因為你們在它身上奉獻心力、寄託希望。這片廣大無垠的土地是屬於你們的，你們已逝親友在此安息，先於你們付出工作成果。這片土地是屬於你們的，卻不成為枷鎖，因為你們不求回報，而是感謝它將自己視為僕人、子孫。我和你們共同生活在這片土地上，而今天，在三十年的禱告、講道，三十年的教誨、彌撒之後，我請求你們接納我，成為你們的一員。我原先是盲目的，而我現在乞求你們的寬恕。你們很偉大，而我是渺小、卑微的；然而，我在自己衰弱時，是貧乏而勇敢的。你們，卑微的人、土地的子民，日出而作，辛勤地耕種一個個溝渠，你們是身負非凡任務的戰士，養育後代、使土地蓬勃發展，並在為子孫產出佳釀的葡萄藤新枝下死去——在這位希望我像你們一樣擁抱塵土、石塊的女性墓前，我最後一次懇求你們將我納入你們之中，因為今天早上我明白了服侍所帶來的真正喜悅。因此，在我們為歐杰妮落淚之後，在我們一起分擔痛苦之後，我們環顧這片屬於我們的土地，賜予我們樹木與天空，葡萄藤與花朵，跟這片與此時此刻一樣真實屬於我們的地上天堂。在這兒，我們可以得到我心從此渴求的唯一慰藉。這是屬於人們的時刻，我堅信不移：無論死亡，無論生命，無論智慧，無論力量，無論現在，無論未來，無論星辰，無論深淵，無論任何生物，都無法與愛分離，那份愛就在我們的土地，來自我們的土地。現在是那些懂得樹木的尊貴與森林的恩典的人們的時刻，是那些懂得採集、療癒與愛的人們的時刻。最後，願榮耀歸於他們，世世代代。阿們。」

群眾齊聲道阿們。

✿

所有人互望一眼，試著消化方才不尋常的禱詞。大家試著依序回想剛剛的字句，但是浮上腦海的，不過是一段段習以為常的老生常談，很難說是哪一段帶來了這個出乎意料的古怪感覺。不過，大家其實心知肚明。由於所有字句都是從全世界的美汲取而出的句構、韻腳，神父的講道讓每個人都強烈感覺到詩意的吹拂。站在種滿椴樹的墓園裡非常冷，但是藉由觸摸不到的火光，大家得以取暖，火光中有日常生活中一切的美好事物、溪流、玫瑰，還有天空的咒語，就像羽毛一樣輕拂過每個人身上的傷口。大家早已習慣那個傷口，但是總想著或許有一天能夠被治癒，永遠地癒合。或許……至少，我們現在經歷過那麼一次非拉丁語的講道，禱詞更貼近可親的、溫柔地自成一格的這片土地。空氣中飄散著葡萄藤香氣，以及些許散落的紫羅蘭花香，在僻靜山坡上方的天空則以水墨潑洗過。這是屬於他們的生活，就如同當下的時光，人們在交談中慢慢散去，互相打招呼、行吻頰禮，準備踏上歸途。這時，大家首度感覺到腳下如此踏實——很少有人能夠立刻明白，上帝其實就是那慈祥的大地。

馮斯瓦神父看著瑪利亞。花朵盛開至他內心深處的每個角落，這讓他確定了一件事：是因為她，花才會如此綻放，並且洋溢著令人意想不到的喜悅；也是因為她，阻塞水流的障礙物才能一一漂離；也是因為她，時間終於改變了進程，四季環繞著她流轉變換。他抬起頭看著盤據天空的烏雲，如同船隻纜繩般穩固。安德列把一隻手放在他肩上，感覺到一股磁力流動，兩人知道有某些無法以理性解釋的事發生了，但是他們的心卻可以清楚知道，還有他們的愛也可以。安德列將手抽回，人們目瞪口呆地看著這兩個方才找到彼此的手足，所有人熱切地等待接下會發生什麼事。大家也仔細地觀察著天上的雲，所有人都覺得那些烏雲似乎傳遞著不懷善意的訊息，不過在墓園裡發生的這一切，值得所有人冒險。然而，彷彿一切都結束了，因為馮斯瓦神父賜福信眾，並示意挖土工人鏟土覆上棺木。瑪利亞在父親身旁微笑著，後者取下帽子望著天空，雙目微閉，彷彿有陽光暖洋洋地照在臉上，但實際上天氣卻寒冷至極。接著，小女孩朝墓穴方向走了一步，從口袋中掏出一些淡色的山楂花，花朵緩緩落在棺木上，並未隨風飄向別處。

✽

不過，安德列・孚爾似乎還不打算離開墓園。他朝神父打了個手勢，這時瑪利亞也正望著以不尋常方式漸漸暗下來的天空，因為烏雲沒有遮住光線，卻讓它變得黯淡、微弱。神父轉過身，看著安德列手指的方向。在田野南邊的地平線，石板牆外凝聚了一整排由煙或是雨所組成的黑影，移動速度雖慢，卻是和朝地面壓低的烏雲一起前進。因此，不論水平或垂直範圍，空間都變得緊迫，如果沒有依著小山地勢建起的村莊，所有人就會被團團圍住。幸虧有這個村莊，如果天空持續壓向田野，大家還可以穿過小山逃跑。這時，已經不只有安德列和神父注意到事情的進展，大家都遲疑了一會兒，尤其是那些要往南走的人。瑪利亞走到父親身邊，兩人互換一個眼神。眼前看到的到底是什麼？沒有人能夠明確說出。不過大家都明白，現在已經不是問為什麼的時候，而是要知道怎麼為戰鬥做準備。男人們，至少是那些在地方上有威望的男人，一起在安德列身旁圍成圓圈，其他人則在風中等待著。馮斯瓦神父站在他的右手邊，在場每個人都毫不意外地瞭解這動作象徵：我是他的後盾。於是安德列開口說話，所有人都知道是該做出決定的時候了。幾分鐘後，所有人四散、各自行動。往東、西，還有北方走的人迅速啟程，不再回頭觀望。其他人則分成好幾組走向各個農場，另有一組人到教堂去為大家帶回熱紅酒和厚蓋毯。最後，十多個男人護送小女孩和三位老奶奶回馬歇洛的農場，因為大家認為農場四周有圍牆易於防守，而且所處地勢較高，能夠清楚看見四面八方的動靜。所有女人們和小女孩被安排圍坐在每個農場都有的那樣一張桌子旁，忙著討論她們所感受到的，希望能贏得戰役。

離戰鬥只剩下一點兒時間了，瑪利亞知道這一點，她對著羅蕾特・馬歇洛微笑。那是一位豐腴的婦人，有著圓滾滾的肚子，由於動作緩慢所以看起來很有威嚴。她仍保有燦爛少女時代那張光滑沒有皺紋的臉，還有如燈塔般引人注目、用髮髻盤攏的青絲，大家不厭倦地欣賞著這位婦人，她那無止境又柔和的滑步，使得受到世間無可計數苦難所折磨的心能夠安歇。而且，瑪利亞很喜歡緊挨著她的裙襬，嗅聞裙子底下縫的幾個小口袋裡的馬鞭草氣味；這個氣味散發著樹木、糧食的浪漫故事，讓我們疑惑，這片土地雖然都住著村夫野婦，哪裡有少了一分優雅呢？

「小不點呀，剛剛真是一場美麗的葬禮。」她對瑪利亞說。瑪利亞則報以微笑。

這些話說得恰如其分，搭配她如凝脂般白皙光滑的容貌，讓所有苦痛平息下來，抹去了陰鬱。她在小女孩面前放下一塊自家牛產的乳酪，還有一碗熱氣蒸騰的牛奶。瑪利亞對她笑了笑。整個房間充滿咖啡香，混雜了些許雞鴨剛進烤爐的氣味。男人們都留在屋外，三位老奶奶和瑪利亞母親則安靜地休息著，平復上午的所有情緒。大家看著馬歇洛太太，她張開雙臂準備切開一塊大圓麵包，每個動作因而看起來更為高傲、篤定。這段時間是屬於女人們的；屬於那些知道男人們在戰鬥前需要在家裡找到什麼的女人們。她們存在屋裡的每寸空間，與每個角落、每根梁柱結合，她們不斷分裂，直到整個家成了個顫動的胸脯，能散發出性的各種最純潔樣貌。而農場，受到婦女光芒的影響向外繃緊，女人們伸展軀體直到屋舍梁柱，讓梁柱顯得更為嬌媚婀娜。不論誰來到這個地方，都能感受到這兒由女性主宰，並為人們帶來歡愉和快樂。

亞力山卓
先驅者

在治癒奇蹟出現那晚的隔日清晨，亞力山卓、玻律斯和馬居斯一同踏上前往法國的路。克拉拉徹夜未眠。今天是歐杰妮在地球上的最後一天，當所有人相互道別時，羅馬正下著雨。在石階上，蕾諾拉悲悽地攬緊她。皮耶妥站在她身旁，面無表情、一語不發。彼特看起來異常憂愁。

「我不確定你們到村莊後會看到什麼景象，」大師說，「但是一路上，你們不能被看見。」

「不能被看見？現在整個羅馬都受到監視呀。」蕾諾拉問道。

「皮耶妥的人會在外面接應他們，」他答，「他們會偷偷出城。」

所有人互相擁抱。然而，臨行前，亞力山卓屈膝蹲在克拉拉跟前，雙眼與她對望，低聲說：

「有一天，我會跟妳說一個我所認識的女人的故事，她名叫德蕾莎。」

他抬起頭望向大師。

「我在想……」他喃喃道。

他們在雨中離去。然而，在消失於小路盡頭前，亞力山卓轉過頭來，向她打了個手勢。是祖靈的力量嗎？她感覺自己像是初次認識這個男人。

𝄞

到了宅邸中，克拉拉和彼特待在一塊兒。通常，彼特只要獨自一人時就開始打盹。然而今天早上，他若有所思地看著克拉拉，而克拉拉也覺得他今天似乎對酒精更為節制。

「德蕾莎是誰？」她問。

「妳對鬼魂知道多少？」他反問。

「他們和我們生活在一起。」她說。

「不對，」他答，「是我們跟他們活在一起，不讓他們離開。所以，我們得要跟鬼魂講述正確的故事」

她沒有回話，內心裡有些東西改變了。

「我今天不能跟妳說德蕾莎的故事，」他說，「但是我會跟妳說一個故事，把妳帶進她的故事裡。」

他嘆了一口氣。

「不過，我得先來一小杯酒。」

「說不定不要喝比較好。」她說。

「我不這麼認為。」他說，「人類在喝酒時能力會減弱，但是對我來說，能力會增強。」

他起身為自己倒了一杯深紅色的酒。

「我應該是唯一一個天賦會被酒精喚醒的。」他說，「為什麼？神奇的謎團，迷霧呀。」

「但是，你們到底是什麼呢？」她問。

「這是什麼意思？我們是什麼？」

「大師、玻律斯、馬居斯和你。你們都不是人類，對吧？」

「人類？當然不是。」他沮喪地說道，「我們是精靈。」

「精靈？」她驚訝地重複道。「有酗酒的精靈？」

他神情顯得有些苦惱。

「我沒有酗酒，我只是不太能適應酒精。其實我們都是。難道就應該因此而放棄好東西嗎？」

「你們那兒，大家都會喝酒嗎？」

「才不，」他有點迷失地回道，「所以我才會在這兒。」

「你是為了喝麝香白葡萄酒才留在這兒？」

「我是為了麝香白葡萄酒和人們的對話留在這兒。」

「精靈世界裡沒有有意思的對話嗎？」

「有呀。」他說。

他用手摸摸額頭。

「這比我想的複雜多了。」他說。

「在你們那兒，大家整天都做些什麼呢？」她努力試著幫他，問道。

「很多事呀，很多……詩歌、書寫、林中漫步、石頭造景花園、美麗的陶藝、音樂。我們也讚頌晨曦和霧色。我們喝茶，很多很多的茶。」

最後這句話似乎讓他滿腹傷感。

「我沒辦法一一告訴妳我們喝哪些茶。」他仍沉浸在憂傷裡，總結說道。

「那談話內容呢？」

「談話內容？」

「也像大師那樣嗎？」

「不、不，大部分精靈沒有那麼崇高的願景。我們就只是普通精靈而已。我們那兒也有節慶，不過不太一樣。」

「什麼不太一樣？」

「大家不說故事，而是唸一頁又一頁的詩，歌唱許多贊歌。不過從來沒有鬼魂或是找尋松露的故事。」

提到這件事，他似乎精神一振。那是前一晚，某位賓客在廚房開了頭，一段發生在托斯卡尼森林裡的冗長故事。

「所以，你是為了酒，還有找松露的故事而留在這裡的？」

「大師是為了故事把我找來。不過酒也對整件事很有幫助。」

「你在上面那兒很無聊嗎？」她又問道。

「說『上面那兒』不太對。」他嘟噥道。「我在那兒的確有點無聊，不過這不是重點。一直以來，我都一無是處。然後某一天，大師問我要不要到你們這兒來。我來了，喝了酒，留了下來。我是屬於這個世界的，所以我才能跟妳說亞力山卓的故事，因為我們都一樣是不得志的人。」

「大師叫你跟我說亞力山卓的故事嗎？」

「不完全是這樣。」他答道。「事實上，是我建議應該跟妳說說屬於妳的故事，其中也包含了很多人的故事。如果妳停止問問題，我就開始跟妳說亞力山卓的故事。」

於是，他從容地坐進那張他平常在上面鼾聲連連的沙發，並為自己倒了第二杯酒後，開始講起故事。一把不尋常的利刃隱約顯露在他圓胖的線條底下，他的聲音也前所未有地柔和。

「亞力山卓的故事始於四十多年前，在阿布魯佐區阿奎拉市一幢美麗宅邸中。他和母親同住在那兒。他母親是位獨特的女子，生性愛好旅行。每日睜眼僅能見到自己的花園，讓她憂傷而日益衰弱。她生命僅存喜悅來自自己的小兒子，因為亞力山卓的俊美無與倫比。整個省區，從沒見過如此完美的容貌，而且這個孩子的內在彷彿與外貌相輝映，因為他講得一口優美義大利文，那兒的人從未聽過這樣的抑揚頓挫，而且他在年紀極輕的時候，就嶄露音樂、繪畫天賦，超越所有教師往常所見。到了十六歲，他已經無法從任何一位老師身上學到東西。二十歲時，他在母親的淚水與期望下啟程前往羅馬，到了皮耶妥家。他父親生前專門將從北方道路運到阿布魯佐的東方掛毯賣給羅馬富人，曾跟他提起過皮耶妥。」

他停頓了一會兒，為自己斟上第三杯酒。

「你很會說故事。」克拉拉說。

「比妳那個老女僕說得還好嗎？」他問道。

「對，不過你的嗓音沒有她的優美。」

「那是因為我口乾舌燥。」他說，同時又飲下一口阿瑪龍尼葡萄酒。「妳知道好聽故事的秘密是什麼嗎？」

「酒嗎？」她猜道。

「是詩意，還有不要過分在意事實細節。不過，可別對內心開玩笑。」

接著，他一面帶著情感注視著杯中紅寶石，一面繼續道：

「於是，亞力山卓就在他二十歲的激盪、騷動中，踏上前往羅馬的路。」

「我看到一幅畫。」她說。

「妳能夠看進我的心？」

「我看到你描述的。」

「好極了。」他說，而且沒有喝酒。

「這是我父親的能力嗎？」

「這是妳父親的能力，但也是妳的天賦。這幅畫是亞力山卓給皮耶妥看的第一幅畫。皮耶妥從來沒見過如此與眾不同的畫。他很瞭解藝術市場，知道自己正在見證奇蹟。那幅畫沒有畫出實物。墨色揮灑出優雅的線條，向畫布上緣延伸，像把叉子，外側兩齒較短，長短不一的三齒則由底座連結在一塊兒。奇怪的是，如果我們細細觀察，就看得出來要畫出這些線條，只能同時朝同個方向描繪。然而，皮耶妥看出那是一個字，而且他很疑惑亞力山卓怎麼學會這個語言的。可是，問過亞力山卓後，發現他並不懂這個字。『你就這樣寫下了山字，卻不知道自己寫了什麼？』他問道。『我寫了山？』亞力山卓答道。他一臉迷惑。他來自阿奎拉，對外面的世界所知有限。不過他卻寫下代表山的字，皮耶妥認識這個字，因為他曾經去過使用這些符號的國度，而且認得一些。同樣的，我們的人也都認得這個字，因為這是我們很久以前就採用的一個語言，同時也是因為山上的石頭對我們來說非常重要。皮耶妥問亞力山卓是否還有其他幅畫。他有。接下來幾個月，他畫了許多幅畫。每幅畫都令人讚嘆。他來到羅馬時孑然一身，短短兩年間卻已經比他父親還要富有許多了，而且所有人都愛他。女人愛慕他，男人欣賞他。在團體中、在賓客間，他總是最耀眼迷人的那個。我不知道他什麼時候睡覺，從沒看過他離開晚宴餐桌。他總和皮耶妥聊到長夜將盡，一早又坐在他的畫架前以顏料或炭筆產出一副副傑作。他不需要有寬敞畫室。他就住在沃爾普別墅裡，在他面向中庭的房中作畫，那時房裡還沒掛上那幅妳見過的畫作；他就窩在一個擺滿畫筆的小角落，在那兒面對著白牆畫畫。當然，他那時已經喝酒喝得很凶了。不過在這些圈子裡，每個人都喝酒，而且亞力山卓盡情作畫、歡笑，所以沒有人預測到這樣的日子有一天會結束。接著，他遇見了瑪妲。」

克拉拉在彼特心中看見一個女人形象。深陷的黑眼圈，巧妙地為她增添了堅毅與優雅；極淡的金棕色捲髮，還有一對如搪瓷般光亮的眼珠，清澈眼神中彷彿盛滿無限憂傷。

「她的年紀比亞力山卓大，而且已經嫁作人婦。亞力山卓愛過許多女人，不過瑪妲是他的靈魂伴侶。然而，儘管瑪坦深愛著這個出色的年輕男子，卻仍然深陷在人生中滿載的哀傷裡。很多人也認為隨後發生的一切與此有關。不過，我認為真正原因不是我們想的那樣，因為就在同一時期，皮耶妥讓亞力山卓看了現在妳房裡的那幅畫。他記得亞力山卓之後一直靜默不語，接下來那個月，他一幅畫也沒畫。他把自己關在畫室裡，卻沒有動過畫筆，看起來像是他不再相信自己所畫的東西了。他每天晚上總在喝酒。」

他像是想起自己也渴了似的，又斟上一杯酒。

「在看過皮耶妥那幅畫後，亞力山卓還是畫了最後一幅畫作。」他繼續說道，「它的底色是亞麻色，上面有一片很大的色塊，色塊兩頭則有著猩紅色蠟筆畫出的兩條水平線。色塊內有多處非常暗沉的黑色，其他部分則是褐色，像是上了漆似的帶著光澤，一點點若隱若現的閃動光芒，就像是在色塊上添加了細碎樹皮粉末。它和第一幅畫同樣抽象，沒有具體表現出任何物體，也不會使人想到什麼字。然而，克拉拉在色塊往深度而非廣度的靜止運行中，認出那就是自己沉入瑪利亞能量場時看過的那座橋。她很驚訝那既沒有輪廓、也沒有線條的暗沉色塊，竟然也可以是連結兩岸的紅橋。

「那座橋。」她說。

「那座橋，」他說，「凝聚了我們計畫的所有能量，也連結起我們的國度與這個世界。亞力山卓重現了它的靈魂，就像是他曾經走過那座橋似的，但是他從來沒有到過那兒。這怎麼可能呢？妳，妳看得見它，是因為妳是妳父親的女兒。可是亞力山卓呢？他就像當初在毫不知情的狀況下寫下山的符號一樣，用他的畫筆抓住一個陌生之處的精髓，而看過那座橋的人都為他能夠不畫出橋卻能重現它這樣的奇蹟感到驚愕。之後，亞力山卓燒掉了所有畫作，所有人都認為他是因為生命中所愛的兩個女人在兩天內相繼死亡而失去理智。瑪妲投台伯河自盡；同一時間，也傳來瑪妲姊姊德蕾莎的死訊。亞力山卓深愛這位朋友，兩人擁有人與人之間最為濃烈誠摯的友誼。我晚一點會跟妳說明她的死因。亞力山卓燒光所有畫作後離開了羅馬，去他的哥哥，也就是聖斯第芬諾的神父家，在那兒待了一年，之後又離開去了阿奎拉的姨媽家，住在三樓，直到那架鋼琴讓他在回到阿布魯佐九年之後找到妳。要怎麼解釋呢？亞力山卓總是愛上那些哭泣的女人，也被那樣的女人愛著。母親時常垂淚、長大後又愛上總是淚眼婆娑的女人，這樣的孩子心中都埋藏著同樣的憂傷。然而，我不認為成長經驗比我們內在真正的自己更為重要。我想亞力山卓的故事，並非是個被愛灼傷的男人的故事，而是一個人錯生在橋的另一端，並渴望跨越那座橋。他的第一幅畫和最後一幅畫所傳達的就是這個。」

他歎了口氣。

「沒有人比我更瞭解出生在不屬於自己的世界是什麼感受。有些人生錯了軀殼，有些人生錯了地方。大家總是將他們的不幸歸咎到他們身上某個人格缺陷；然而，這些人不過就是在他不該出現的地方迷了路。」

「那為什麼大師不讓他跨過那座橋呢？」

「我想他是沒辦法這麼做。」彼特說，「我們是先驅者，我們得建立一些新的連結。不過，那些通道必須出現在適當的時間、地點。」

「精靈也畫畫嗎？」克拉拉問。

「是的，」彼特答，「我們寫字、畫畫，但是只描繪眼前看到的。我們也會唱頌，或是寫詩來感動靈魂，而且我們也很擅長。不過要改變現實，這是不夠的。」

「要改變現實需要什麼？」

「就是故事呀。」他說。

她看著他好一會兒。

「我還以為精靈不一樣。」她說。

「是呀，精靈、仙子、傳說中的巫婆什麼的。就算大師他也不符合妳的想像嗎？」

「多說一點。再多跟我說一點你生長的世界。」

「妳想知道什麼？」他問。

「那個世界是怎樣的？」

「那是個罩著霧氣的世界。」他說。

「你們住在霧裡？」

「不，不，我們看得很清楚。霧氣是有生命的，會讓我們看見應該看見的，它們會隨著需要變化。」

「誰的需要？」

「群體呀。」他回答。

「精靈的群體？」她問。

「群體，」他重複說道，「精靈、樹木、石頭、祖靈，還有動物。」

「全部生活在一起嗎？」

「全部是合一的。」他說，「分離是一種疾病。」

彼特感傷地為自己再倒一杯酒時又說：

「唉，天堂現在不在了。」

接著，他稍微斜眼看了一下，補充道：

「我比較擅長說人類的故事，至於精靈世界的一切，大師會解釋得比我好。」

她聳聳肩。

「他好像不在乎我的感覺。」她說。

接著模仿起大師：

「來吧，彈吧，彈吧，我會幫妳翻頁。」

他大笑出聲。

「高層次的精靈並不擅於發揮感性。」他說，「不過，他比妳想的還要關心妳。」

他似乎想了一下，然後溫柔地笑了。

「我醉了。」他說。

一陣寂靜過後，又說：

「不過，我做了我該做的事。」

她還想再問其他問題，不過彼特起身，搖搖晃晃地站不太穩，邊張大嘴打著呵欠邊說：

「我們去休息吧。接下來幾天會不太平靜。」

克拉拉一整天都沒睡。城裡陰雨綿綿，她在夢境另一頭守護著瑪利亞。我再也見不到歐杰妮了，她想著。她內心深處很想好好大哭一場，但是，無論是白天，或是半夢半醒的悲傷黑夜來臨前，在別墅內簡單用晚膳時，她都沒有流下一滴眼淚。隔日清晨，她一直等到瑪利亞父親為了某個大家不用說就知道的原因，走到瑪利亞床邊時，克拉拉才起身離開自己的床。然而，在她跟著瑪利亞的沉痛步伐走過一個個寒冷空間和那結凍的田野時，她還是哭不出來。接著，大家再次百無聊賴地上床就寢，即使所有人寧可做些別的事，就算是戰鬥都好。在兩個紀元間又流逝了一天，漫漫長日，她又獨自一人，彼特也沒出現。不過，在她和蕾諾拉吃晚餐時，大師短暫現身了一會兒：

「葬禮會在明天舉行，」他對克拉拉說，「而且妳要跟瑪利亞說話。」

「我不會說她的語言呀。」克拉拉說。

他沒有回應就離開了。

接著，就是要將歐杰妮下葬的那個早晨了。那是二月的第一天，她從陰鬱、感覺似睡非睡的黑夜中醒來，發現祖靈消失了。她跑向空蕩蕩的餐室，接著又跑到琴房。祂就在琴鍵左邊。彼特在搖椅中打著呼嚕。大師則等著她。

「我到的時候，祂就在那兒了。」他指向祖靈說道。

他們靜靜地看著農場裡的人準備葬禮。接著，所有人往教堂走去，受大家敬愛的歐杰妮遺體在那兒等著大家。聚集在教堂門廊前的人，數量之多、表現出的虔敬，都令克拉拉印象深刻。彌撒中，她能夠聽見一點兒拉丁文，但是她特別從所有人眼神中看出大家很滿意這場儀式，這使得她對神父這個人產生了興趣；在此之前，她一直以為這個神父和自己村莊裡的神父沒什麼不同。桑堤神父是個極為沉悶的人，所幸他的沉悶並不令人厭惡，只是也無法叫人喜歡，他合宜地對待所有人和事，因為他身上缺乏某種特質，雖不致讓他顯得卑劣，卻也無法成就其高尚。然而，在看見馮斯瓦神父在講壇上以出乎意料的坦率講道時，她驚奇地不自覺以目光追隨著神父帶領送葬隊伍前進，並且在他站在墓碑和村民面前，對抗冷冽強風開始講道時，仍然仔細地觀察著他。大師幫她翻譯了講道內容，她則在神父演說中感受到一種熟悉的樂音，與她自己家鄉的神父迥然不同，就如同單調乏味的樂曲對比豐盛蜜桃和田野間的差異。

「了不起的男人。」大師語帶尊敬地說道。

這句話正適合描述她內心不斷增長的感受。這時候，安德列也向神父打了個手勢，以動作表現出同樣這句話，克拉拉喃喃重複道，了不起的男人。

「歸於他們，la gloria, nei secoli dei secoli⑩，阿們。」大師翻譯道。

他不再說話。然而，在兩人看了一會兒人們互相問候、表露情感之後，他對克拉拉說：

⑩ 譯注：義大利文的〈主禱文〉結尾，英譯為「The glory, forever and ever!」，中譯為「……榮耀，全是祢的，直到永遠！」

「結束前肯定會有些出乎意料的事，還有非自然形成的結盟。」

接著，他的聲音轉而變得憂傷：

「妳看。」

她看見了一堵黑牆。

「第一場戰役。」他說。

她仔細觀察正向著村莊緩慢移動的巨輪。

「暴風雨嗎？」她問，「沒有士兵？」

「後面有士兵，但是他們沒那麼重要。」

「拉斐爾的首領能控制雲？」

「沒錯，」大師說，「他能操控雲，還有其他氣候元素。」

「那你呢？你也可以嗎？」

「屬於我們一分子的都可以。」

「那你們為什麼要放瑪利亞一個人？」

「我們一直都保護著村莊。但是，如果想要瞭解她的力量，我們就得盡量不要介入戰爭。這是個很艱難的決定，為了要瞭解她的力量不得不如此。在此之前，這些力量都還沒有完全與我們的力量脫離。」

「那如果她死了呢？」

「如果她死了，表示我們從一開始就錯了，而且我們很難有機從這場戰爭中倖存，不論是個人或是整個群體都一樣。」

克拉拉再看了一眼南方地平線上的可怕景象。

「它非常巨大，」大師說，「但是以敵人能力來說，不過是微不足道的一部分。我們當初認為他不會認真看待這次打賭，看來是猜對了。」

「但是，我們之中有叛徒，這個叛徒通知了敵人。」

「有個叛徒跟蹤了我們的人，發現了瑪利亞。」

「跟蹤灰馬的那個。」

「跟蹤以灰馬現身的精靈主席那個，因為在這個世界，我們只能保留一個分身。那既是一匹灰馬，同時也是一個男人，和一隻野兔。」

「為什麼你們主席想去看瑪利亞？」

接著，她也不知道為什麼，但是內心有了答案。

「因為他是她的父親。」

「妳父親的預知力量很強大，」大師說，「和他的感知力量並駕齊驅。現在，好好看著敵人的力量，瞭解他的本質和目的。」

「他在使氣候變形。」

「而且每一種變形都會透過彼此增強。馬槲本來應該要死的。被扭曲的力量會造成混亂，即使像歐杰妮那樣，意圖光明磊落。」

「如果我們不能使用相同的武器，那要怎麼抵抗呢？」

「這就要看委員會如何決定了。」

兩人沉默地看著聚集在馮斯瓦神父和安德列身旁的人們，接著井然有序地四散開來，有些將自己的親友送上小推車，有些忙著讓婦孺回到教堂接受庇護，有些則跟著圍在安德列身旁第一排的男人們走向馬歇洛農場。那個農場比瑪利亞生活的農場大，但也比較擁擠，有個紅銅色頭髮的女人接待大家，克拉拉第一眼就很喜歡那個女人。所有人圍著大桌子坐下，桌上擺放著麵包、蜂蜜，還有一些夏季採收醃漬的李子。就在馬歇洛太太和女兒準備餐點時，天氣變得沉悶、無精打采的。屋外，男人們一邊商討，一邊預見了敗下陣來的可能性愈來愈大；然而，屋內像是籠罩著一層柔和，朦朧的記憶在其中飄蕩。可以看見幾幅古老刺繡、隱約可見的微笑，一條蜿蜒曲折、岸旁雜草叢生的小溪，還有被遺忘、未擺上花束的墓碑。我現在走的這條小徑是哪兒呢？克拉拉想著，雙眼緊盯有著火紅頭髮的女人從容緩慢的動作。她可以在此度過一生，對眼前美妙的景象絲毫不感厭倦。接著，在羅蕾特將一杯熱牛奶放到瑪利亞面前的動作中，她看出了根本原由，因為那就跟蕾諾拉在她十一歲生日握住她的手時的質感相同。

「有一天，妳會回到自己的群體。」大師說，「我很抱歉妳被迫與他們分開。但是他們正等著妳，他們將會接納妳。」

過了漫長的幾分鐘，與此同時，整個村莊正在為戰鬥做準備。

「我要跟瑪利亞說什麼呢？」她問道。

「妳會知道要說什麼的，」大師說，「我會幫忙翻譯。」

「行政首長是誰的僕人？」她再度開口問道。

「是我們其中一員。」

「他從哪兒來？」

「我自己的國度。」

「他叫什麼名字？」

「我們不像人類一樣會被賜予名字，然後一生使用它。但是因為我們的朋友為古羅馬著迷，不如就說他叫艾略斯吧。」

「他想要什麼？」

接著，沒等大師開口，她說：

「人類滅亡。」

霧之屋
精靈首長機密會議

「彼特得要清醒一點才行。」

「他酒醉時講的故事最動聽。」

「他的確讓克拉拉的預知能力更敏銳了。真是驚人的賭注。」

「不過她們兩個人的能力都還在不斷增強。我們將瑪利亞託付給那群人，他們也令我驚豔。」

「馮斯瓦神父在一天內成長了。」

「他從一開始就是盟友。」

「他們對土地的歸屬感，和他們的勇氣一樣強大。」

「這兩者是相輔相成的。」

安德列

為土地而戰

遠方，厚牆逐漸擴大。農場中庭裡，男人們看得比較清楚，到底前來與他們對戰的是何物。從沒有人會相信有這樣的東西，因為地平線變成了一座山，把地面、雲層連在一起，怒吼著向前推進，並吞噬掉田地和樹木。安德列一語不發。勇氣乃是透過艱難抉擇而展現，而比起獲勝，堅毅的性格更是經由做出決定得以淬煉而出。他看著行進在這片土地上，準備擊垮自己女兒能力的怪物，看著扭曲成旋風的邪惡勢力旗桿，彼此愈挨愈近，排列成厚實的一大片；他實在不願意想像暴風雨平息時，這片土地上還會剩下些什麼。然而，安德列也感覺到，敵人在接觸到瑪利亞的魔力時慢了下來，這讓他產生一種不確定感，這點有待之後釐清。

✽

有人在他身後喊叫。出聲的是瓊諾，他指著遠方田野上擴散開來的一個點。大夥兒看出那是水——洪水正逐漸淹沒山谷，並且伴隨著萬馬奔騰之姿襲來的暴風雨，快速朝村莊進逼。那塊土地雖被稱作平原，卻坐落在高原之上；然而，眼前的一切現象超乎尋常，一點一滴吞沒南方土地的水流可能會淹至農場房舍，讓村民無從躲避。這讓安德列和其他男人十分憂慮。我們或許不會為這些男人獻上神聖讚美詩，但他們都是些清楚何時該行動的人，以免讓自己陷入困獸般絕境。

✿

站在馬歇洛農場所在山丘上的，都是些習於在狩獵時飲酒的男人，因為他們天一亮就迎向艱苦生活，累積了勞動與歲月帶來的經驗。安德列的主要副手馬歇洛，擁有低地之鄉所孕育出的子民的一切特質。他娶妻時曾引來旁人勸告，因為他的意中人比他大上十歲，又曾與為她所愛卻因為發燒而早逝的男人有過一段婚姻；儘管如此，他仍獨排眾議。然而，他出於某種幾近神秘的直覺，沉默地堅持己見，因為他知道這個女人註定屬於他，因為他被她行走於這世界的不疾不徐所吸引，因為她讓他平凡無奇的日子轉變為壯麗的史詩。馬歇洛既非擅於言詞之人，也沒有受過學校教育，或任何可以讓他懂得描述身體感受的知識，好讓他能與他人分享心中的感受。如果有人跟他說，他愛著羅蕾特是因為她減緩了事物原有的步調，透過她的慵懶氣息，讓他得以充分感受那樣的步調，他肯定會大吃一驚。然而，與現實情況大異其趣的是，馬歇洛並不如安德列寡言、愛沉思，大家尤其喜歡他對每件事、每項工作所下的評語。尤其當他打開酒窖裡一瓶總是葡萄豐收年分的佳釀時，他會嗅一嗅瓶塞，邊吐出一句揉合了嚴肅與嘲諷的當日格言，而這正是純潔心靈獨有的標記；他知道這些話比說出話的人更有分量，因此既尊敬卻又嘲弄說出口的話。他會用柴刀劈下來訪的客人至少得用三口才能吃完的厚厚義大利臘腸，他也會強迫大家聽他的訓示，像教皇似的點頭加強語調，隨後又充滿活力地大笑（「恐懼無法使人避開危險」，這句是他的最愛，然而地方上半數的人卻為此頭疼，搞不懂自己是否完全瞭解這句話的意思）。然後，他會拍拍賓客的肩頭開始閒聊，直到滿足了飲酒和講述打獵故事的慾望；那些故事就如大家所知，誇大不實，也沒有合理的結尾。然而，每隔一段固定時間，他就會看著羅蕾特以彷若沉睡舞者的緩慢步伐走過室內空間，他感覺某種魔力在體內敏銳神經交會處湧現，將自己轉化為水晶，即使他雙腳沾滿泥土、雙手覆滿厚繭。是的，還是愛。在為了一個曾一度迷失於時間洪流之中的重生世界）所寫的這幾頁，還會有其他的主題嗎？

馬歇洛的名字是歐傑，大家喚他老傑，他將目光從洪水移開，看著農場後方的天空。安德列順著他的目光望去。兩人交換了一個眼神，副手馬歇洛為他的指揮官開口，意味深長說道：

「下雪前的天空。」

安德列點點頭。

下雪前的天空。決斷的時候到了。沒有一個父親會希望自己的孩子身陷險境。不過，安德列知道，妄想藉由將小女孩關在農場裡保護她，一點用也沒有。他內心輕嘆，一如所有深愛孩子並決心放手讓他們長大的父母。然後，在放棄與希望下，他喚人找來瑪利亞。不過，沒剩多少時間了。那堵黑牆停在廣闊荒地外，可以感覺到只等一聲令下，它就會向前撲襲。那是座厚實的堡壘，由雨水、氣旋和暴風雨組成的堡壘，雖是液體，卻像岩石般堅固，在它們底部，是水，深沉、帶刺，在土地上漲到半英尺的高度。最後，四周呼嘯聲讓人胃部揪成一團，因為可以感覺到，在這鍋惡水中燉煮著滿懷仇恨的吼叫聲，一旦時機成熟，就連最為縝密的防範計畫也無力抵禦。瑪利亞，身上裹著好幾層保暖衣物，頭上戴著一頂塞了圍巾的大毛帽，她過來與父親會合，同時以異常沉著的雙眸凝望著敵人。安潔莉陰鬱地把厚斗篷下襬拉攏到身前。冰冷寒氣似乎籠罩著整個地區。氣溫急速下降，並在無形的空氣中創造出肉眼可見的氣流漩渦。然而，就跟暴雨散發出死亡以及不祥氣息一樣，每秒都更加嚴酷的寒冷，以不尋常的冰毒侵蝕著人們的身軀。安德列指揮分發毯子，所有人將自己嚴密地包覆起來，然後圍在瑪利亞和安潔莉身邊，形成一個以不滿十三歲的小女孩及接近百歲的老婆婆為中心的團體；如果這天有鳥兒飛過老傑家中庭，牠會看見十二個小點面對有著千足的灰暗城牆。這次換馬歇洛點了點頭，眼睛望著天空各個角落，接著為每個人心中共同的結論，做了個相當適切的總結：

「季節與季節對抗。」

大家都瞭解，他說的是惡魔主導的季節，與上帝主導的季節。

✽

安德列並不認為這次戰鬥與信仰的理念有何關聯。他呼喚馮斯瓦神父，請他回去照顧那些留在教堂裡的人。神父親吻了瑪利亞，心想不知道是否再也無法在這個他終於明白永遠屬於他們的鄉村生活中見到她了；儘管不確定能否發揮實際功效，他依舊賜福老姨婆，全心希望能使她寬慰。接著，他上路走向教堂，臣服於命運的安排。人們一語不發地等待著，一邊觀察著那列破壞軍團如惡犬般低鳴怒吼。老天才知道這些人在想些什麼，在場所有人終其一生不曾踏出這塊土地，只見過一、兩塊忙著採收的田地。然而，安德列看著瑪利亞。他知道瑪利亞可以見到肉眼所不能見。這一切從某天破曉開始，他將剛剛收養為女兒的倖存娃兒抱在懷中，一股奇怪的刺痛感先是模糊了他的視線，接著一連串影像在他眼前展開，一幕幕過往情景歷歷在目，彷彿才剛發生過。同樣地，他也瞥見許多條通往未來的道路，數量如此龐大，讓他無法看清任何一條；然而，就在這些道路所描繪的事件真實發生的那一日——比如小女孩在馬榭生命之火逐漸熄滅時，將手放到歐杰妮肩上時——他腦中又再湧現當時的記憶。

「我需要看見。」他對瑪利亞說。

瑪利亞用手指著不再發出聲響的那堵黑牆。

「不會有奇蹟。」瑪利亞說。

安德列點點頭，收下新的一片拼圖。這幅拼圖花了近十三年才匯整，並與這決定命運方向的一天中，土地對他所說的相呼應。於是，他把手放到小女兒肩上，在他如沉默王者的眼神中投入一種名為父愛的廣闊無垠，並說道：

「不用怕，我只是要看而已。」

瑪利亞靠近他身邊，將手放在他的肩膀上。跟歐杰妮那時一樣，小女孩運用自然力量催化他平凡人類的能力，他因為催化的衝擊而搖晃了一下身體。對戰的戰場在他眼前一覽無遺，帶著戰爭史上，從來沒有一位領導人有過的高度覺察力，他看見一切，在這一大片區域內，每個細節都像是用針筆描繪出來一樣清晰。接著，瑪利亞抽回手，中斷連結。但是，他看見了。對他來說已經夠了。他喚來老傑，男人們聚集起來圍成小圈，安潔莉則起身到離他們一段距離外坐下，好用她的上帝之眼監看以暴風雨之姿出現的惡魔行動。

他向大家說出自己所知道的：

「在東方荒地上，有一些奇怪的騎士，或許有上百個；南方，某個東西埋伏在黑牆後方，這才是真正危險之處；但是在我們後方的一片天空，那兒也有些不尋常的活動。」

老傑搔搔已凍得跟排水管裡的冰柱一樣硬的鼻頭。

「奇怪？怎麼說？」

「我不知道他們騎在什麼東西上。」

「不尋常？又是為什麼？」

「霧氣繚繞。」

「我要去的地方就是那裡。」瑪利亞說。

安德列表示贊同。

「教堂情況怎樣呢？」老傑又開口問道。

「在第一波攻擊的瞄準範圍內。」

「你有什麼指示？」

「四人負責防守，兩個留在這兒，剩下三個人跟我和瑪利亞一起去林中空地。」

「你想要我去哪兒？」

「教堂。如果你可以把太太留下，和瓊諾跟村長待在一起的話。」

「沒問題。」

接著，安德列問瑪利亞：

「妳的意見呢？」

她答道：

「所有人都離開房舍。」

「全員撤離，」安德列向男人們說道，「走吧。」

✿

他們照著安德列的指示分頭行動。但是在接續故事之前，得先介紹這群前去將所有人撤離農場的戰士，因為如果您以為眼下一切不過是偶然的成果，您可就忽略了某些他們確切知曉的事，就跟他們知道頭頂上的天空就快要猛烈襲擊他們肩頭一樣。其實，就是一些傳說、故事，我們也必須曉得如何從中分辨良莠。他們的故事散發出不容忽視的森林良木的味道，還有拂曉時草地的氣息。這不僅是因為他們獲得一塊土地的遺產，而這塊土地不僅受到保存，已看見最後的血脈，還不存在見錢眼開的人，也因為他們曉得自己所擁有的，絕對值得在某處傳頌。懂的人會知道我在說什麼。對著跟所有人一起走出農場的羅蕾特道別時，老傑作了適切的結論。他親吻羅蕾特，說道：「這至少值得譜出一首曲子。」

因此，這兒總共有十個男人。

馬歇洛，他打獵、勞動、喝酒、大口享用食物、大開玩笑，是個因為愛情庇祐而永遠受到保護的男人；不過，本質上，他就是雙腳深入土地、神秘難解之人。看看他，他拍了拍神父肩膀，轉達瑪利亞父親的指示，我們看見一位最優秀的戰士，但是他的心思卻又飄盪天際。

瓊諾，這場戰爭讓他回想起另一場戰爭，並揭露自己心中有個熱切的期望：他希望相信當下一切能夠平息記憶所帶來的折磨。他看見自己的人生道路在眼前展開，停在見到哥哥死去那一天的景象。每天早上，他都在沒有人看得見的煎熬中醒來，他喝烈酒，聽著故事暢笑，他的靈魂卻比冬季的玫瑰叢還要乾枯。

居勒，全名是居爾・勒科，在第一次大戰後不久、第二次大戰開打前好幾年出生，年齡限制恰好讓他躲過戰爭。他也是這個迷人的遺世村莊村長。他領導地方上的養路工班，而所有人都同意，基於一個比創世紀之初還要單純的理由，很難再找到比他更好的村長了：因為他是附近六個地區內最出色的獵犬管理人。要成為一位優秀獵犬管理人，所需的條件是有恆心、善謀略、富有熱情，並擁有無盡耐心；他顯然會是一位好村長，因為這些特質正是治理地方所需要的。除此之外，他對林中每個角落也瞭若指掌。現在您腦海中已經出現絕佳村長形象，只要再加上對剛倒出的酒，以及守齋節後的野味所展現出的胃口就完美無缺了。確切地說，這些他都有，已無須再多言。

希希・孚爾，安德列的第三個弟弟，負責看守森林，並對林中每棵樹，每一隻頭上長角，或身上覆滿皮毛、羽毛的動物都十分友好。大家都喜歡他，因為他靠自身判斷力去管制狩獵，在盜獵與合法狩獵間保持平衡，在這個既不喜歡僵化規定，也不崇尚恣意放縱的地區，他的命令比上帝戒律還要神聖。於是，大家在他的監督下享受偷偷打獵的樂趣，卻又不至於違反保存這片優美森林的規定。因為他知道那些瞞著政府偷偷獵捕的兔子，可能會毀壞大麥、小麥田，造成更大的損害，於是決定對那些小違規睜一隻眼閉一隻眼，以免讓自己犯下更大的錯誤。

喬治・艾夏，大家都叫他夏夏。人們總是可以在比牛屁眼還要陰暗的工作室後方找到他的身影，那兒散發著皮革氣味和他塗抹在馬具、馬鞍上的油脂味道。他就住在工作室樓上，但是極少爬上樓，大家反而常常看他在完成當日的工作後，像顆黑忽忽的煤球似的突然從工作室後方衝出來，去森林裡狩獵，直到最終審判日來臨。他從未娶妻，因為他太過擔憂必須為此改變每天的例行事務——從馬具工坊前往他最愛的獵物林道。但他是大家最好的夥伴。他每日清晨起床時，總會微笑著欣賞天色將明的美麗光線，看到一群斑鶇在睡眼惺忪的人們低聲議論中飛過天際時，也會感到滿心歡喜。他輕快地吹著口哨奔向屬於他的樹林，並且用皮背帶固定住獵槍，好騰出雙手插在口袋；這總讓瑪利亞發笑，她很喜歡這結合了漫不經心卻又一氣呵成的一連串動作。

希博，本名是博・翁希，他在鄰村當馬蹄鐵匠，但他出生於這個村莊，並在關鍵時刻回到了這裡。他娶了勃艮第最美的女人，當她經過身旁時，人們總以欣賞大自然造物之美的崇敬眼神看著她，卻沒有太多覬覦，因為她是出了名的蹩腳廚娘和甜點師。雖然廚藝肯定不是愛情的全部，但是在低地之鄉的男人們心裡卻占有極大的比重，讓他們只需看看她那蔚藍雙眼就能輕易滿足，因為他們自己的妻子可以在他們面前，面帶著微笑，擺上一碗比三月底融冰還軟嫩的蘿蔔燉牛肉。

最後，還有雷翁・索哈。一直以來大家都叫他雷翁・索哈，因為地方上有太多個雷翁了，這樣做才能弄得清誰是誰。他擁有當地最大的農場，和他兩個兒子一起工作。源自某種特殊的頑固性格，其中一個兒子也被命名為雷翁，這種固執在需要辛苦勞動的地區可是很有幫助；另一個則叫做賈斯東－瓦雷希，很貼心地刻意不再使用父親和大兒子那種簡潔的命名方式。這兩位俊美年輕人在暴躁易怒父親的高度干涉下打理農場，他們生性歡快，也堅毅如石；大夥看著受到指揮官監視、彬彬有禮的兩人總感到驚奇，而指揮官的性格雖然堅硬如花崗岩，也會因為兩個兒子為他帶來的喜悅而瓦解。然後，在一天的尾聲，當所有人走回母親和其他女人為十二個飢腸轆轆的工人擺好了餐具的農場時，我們會在無意間看見這位一家之主紅潤渾圓、皺著眉頭的臉上，出現一抹神秘微笑。

是的，就是這九個男人很自然地在墓地會議中加入安德列的行列。這些男人就好比加熱鎔鑄的鋼鐵。一如鐵匠帶著對材料的敬意，用榔頭和鐵砧敲打定型、再放置冷卻的成品般，這些男人被淬煉、鑿刻出尊貴的樣貌。而且，由於他們鎮日只在小鹿、山坡間生活，因此本質並未遭到鏽蝕，並且謹守著教規從不語怪力亂神，也就是自然世界單純、強大的魔力。再加上小女孩的到來，這股魔力極致的能量更顯倍增，讓每個準備投入戰鬥的人都迫不及待站上自己的作戰崗位；然而，他們不知道這股魔力其實散發自安德列心中最深沉的暗潮，且在瑪利亞的催化下變得更為強大。現在，這股無以名狀的力量化成咒語，化為氣流，在每個準備投入戰鬥的人腦中不停迴盪：為土地而戰，為土地而戰或死去！

✿

就這樣，地方上所有人都被撤出庇護住所。男人們試著找到一些隱蔽角落，讓大家或多或少得以躲避狂風和首波攻擊。每個人在從未經歷過的寒冷中打哆嗦的同時，都試著不去看那道高聳黑牆。然而，所有人在順從指令時，都有一種感受，那就是在彷若世界末日的這天裡，在我們裡面這個所謂中心、或心臟、或中央的部分，或事實上不論我們如何稱呼它都無關緊要的地方裡，就如同有一盆火閃爍搖曳著。那感覺是深深地瞭解到，讓這塊土地上所有男男女女團結一心的連結，在此擴展它隱形的秩序與力量。我們感覺到自己面前所有事都會照著應有的方式穩穩地運行下去，我們知道帶領著自己的是有能力的領導人，他們知道要腳踏實地做出決策，而非依靠不切實際的計畫。我們不知道，總之不是能夠以言語表達的，不知道這種堅定信念來自於在喜悅中活了五十二個年頭的安德列，加速喚醒了所有人內心對土地的禮讚。不過，即使我們不明白，卻依舊能感覺到，並且從山谷與肥沃田地的感染力中得到力量。

村長和瓊諾留在農場，他們已經準備好要派出地方上跑得比野兔還要快的年輕人做信差，通知其他行政長官應該特別注意的事項。馬歇洛、希希、希博和雷翁・索哈回到教堂，和稍早已經成為他們一分子的神父共謀行動。這天他們和他互動時，言語就如同棉傘一樣毫無用處。安德列終於踏上前往林中空地的路，瑪利亞、夏夏和雷翁兄弟都在他身旁。命運的脈動引導他們上路：這幾個男人和小女孩以輕快步伐向上走到比大浮冰還要寒冷的空地，觀察著無聲的一切，一種令人感到絕望的寂靜，整個森林在靜默中似乎也改變了。不過，他們繼續向上走，很快就要接近目標了。

奇怪的目標，就像安德列說的那樣。兩步之外的林徑陷入冰霜、無聲的冬眠狀態，就在他們跨越最後一排樹木之際，一陣突如其來的聲音及霧氣迎向他們。出於驚訝，他們停下腳步，欣賞眼前景象。在空地裡，刺骨寒氣似乎也沒那麼強烈了，他們猜想著這是不是飄散在這不尋常空間的薄霧所致。安德列讓走在他身後的三個男人停在原地；他望了望瑪利亞，然後下令繼續前行。他們走向霧氣環繞處的正中央。那團霧氣繞著自身打轉，緩慢且厚實地舞動，卻能夠望穿。實在令人難以置信。這團不透光的濃霧像堵牆，卻也像清水一般透明。我們的視線可以透視這道隱形的漩渦，但是它卻又比石壁還要難以穿越。最後，從縫隙中傳來細碎低語，在他們耳中彷彿是此生聽過最優美的聲音。所有人感到困惑——好似有聲音流入這些輕微顫動的空隙之中，卻又無法真正將這些聲音與使得林地沙沙作響的震動區別開來。夏夏方才在快速往上爬的時候，兩手還瀟灑地插在褲袋裡，而在這樣的場景下，他倏地抽出手，還差點兒扯破襯裡。索哈兄弟抵達時則不尋常地壓低著頭，好似被地心引力驚人的力量牽制住了一樣。而安德列，他注視著瑪利亞，不曾鬆懈，也不過於緊迫盯人。

她站在林地中央一動也不動，霧氣開始繞著她以奇特、複雜的方式舞動。她終於看見先前預感到的景象，這時離收到來自義大利的信，以及夢見白馬已經過了數月。

她看見。

她看見狂暴將至，還有死亡之箭。

她看見自己如果從這場攻擊中存活下來，便要離開村莊。

她可以清楚聽見其他人只能大致猜測意思的聲音。

薄霧重生

失根者最終聯盟

有什麼撕裂了她的心，墨色的閃電劃破她心中的那片天空並逐漸淡去，最後消失在一道白光之中。

她感覺到自己能量的波動在沸騰、噴發。

她聽見治療病人那晚，那個小小鋼琴家的聲音。

瑪利亞

瑪利亞

瑪利亞

男人們等待著。他們還是覺得冷，但是已經比在山谷裡時好些了。大家看著薄霧圍繞著小女孩旋轉，小女孩則僵住不動，但並非外面天寒地凍所致。

瑪利亞

瑪利亞

瑪利亞

一聲轟然巨響使所有人立刻蹲低在地。敵人終於行動了。黑牆咆哮著猛撲而來，毫不留情地攻擊村莊最尾端的房舍和教堂。然而，在攻擊同時，它也散了開來，展現出它的範圍。更糟的是，也現出藏在後方的死亡陷阱，呼嘯吹著、挾帶豐沛致命雨水的龍捲風為後方黑箭打開一條通道，號叫著冰冷與刀劍組成的死亡氣息。

屋頂坍塌了。

一開始的幾秒鐘最為駭人，就像是所有反對基督興起的大災難同時間一起攻擊失去了屋頂庇護的村民。滂沱落下的雨水如此沉重，以致雨滴傷人的威力與碎石不相上下，在這些不見血、如針刺般引起身體陣陣疼痛的傷口中，掠過前所未有的寒冷。除此之外，還有以奇特方式吹塌了屋頂的狂風，屋頂沒有被掀翻，而是被壓垮，正因此，老傑和其他男人都很慶幸有瑪利亞保護著他們。最可怕的還是那些黑箭，前半段快速噴發，到了中途減速，然後在暴風中盤旋，似乎不停地在調整瞄準標的。當這些箭迎面湧上時，才是惡夢的開始，因為它們並不射入目標體內，而是在距離幾公分外的地方炸開，這些足以折斷骨頭的劇烈波動，將人們拋擲在地。好幾個村民倒了下來。不過，在攻擊剛開始的時候，幾乎所有人都已俯臥，就在狂風和黑箭讓氣流變得比水雷還要危險時，大家也特別保護那些身軀孱弱、不堪一擊的人。更糟的是，水位開始上升，所有人目睹了難以置信的景象，水勢高漲越過斜坡，除了邪惡勢力造成，找不到其他解釋了……唉……整個區域都遭到憤恨火力攻擊而被淹沒，敵人將所有生命元素轉變為帶來痛苦與死亡的武器……而我們貼在這個世界的表面，感覺自己像船艙底的老鼠。

於是，所有人都趴向地面，但是有兩個男人即使在暴風下仍不願意這麼做。一位神父和一個農夫直挺挺地站在暴風中，就在整個山谷都遭到猛烈攻擊時，旋風與黑箭看起來卻奇蹟似地繞過他們。急於下結論的人會說這就是勇氣或傻氣，但是直到黑箭在狂風暴雨中爆炸開來時，神父和農夫兩人恍然大悟到這場戰爭中他們真正擁有的武器是什麼。事實上，老傑和馮斯瓦神父感覺到的是，這不僅是一場實質上的戰鬥，也是精神上的，我們不只可以用子彈作戰，也可以用心去對抗。黑箭看起來像是忽略了這兩位在一切崩塌時仍不願俯首臣服的勇士。同一時間，當希希、希博和雷翁．索哈看見神父竟因為能量滿溢，得以重新打直陪他走過六十九個年頭、因長年風濕而沉重的雙腿，並因此注意到黑箭只會瞄準伏低在地上的標的時，便輪到他們站起來研擬防守策略。

就像有些戰爭過後，士兵需要好好休養生息，在某些戰爭中則必須挺直身軀面對連續的砲火攻擊。五個男人像羊群旁的牧羊犬一樣，一語不發地在短時間內把所有還能夠走動的人都聚集到廣場中間，讓他們待在那兒，背靠著背，圍成一個牢固的圓；黑箭雖仍在教堂周圍不停炸開，卻好像放棄了正面攻擊這個圓。大夥兒得到短暫的喘息。但是所有人都知道這不會持續太久，因為大水正步步逼近，老傑在靠近農場、樹林的地方，抬高鼻子嗅聞，愈來愈憂心忡忡，一邊想著不知道瑪利亞現在在做什麼，還有他的羅蕾特能否倖存下來。

教堂中殿在隆隆砲聲中倒塌了，碎石塊向四周噴射。瑪利亞的母親留在斜坡上的農場裡，冰凍的天氣加上足以翻覆汪洋中船隻的狂風，雖然並未毀損農場屋頂，但牲畜棚的木板條已經開始彎曲，中庭也積滿雨水捲帶而來的砂礫。樹林裡，動物都躲起來了，但是在樹叢裡卻感覺比在平原上更加寒冷。當大自然不再如往日一般溫和，整個地區都面臨同樣的自然災難，讓以前昂首在天空下的都彎低了身體，思忖著，面對這樣一個在短短數分鐘內就摧毀一大部分人類智慧花上好幾個世紀才打造出的建物，自己又還能再堅持多久呢？

然而，他們仍然懷抱希望，因為他們身旁有神奇的小女孩，一位偉大的領導人，還有一塊從未背叛過其子民的土地，而且度過了將每個人帶回野獸狀態的第一波恐慌後，他們甚至開始生出一絲憤慨之情，因為即使貧困如斯，也從未受到如此對待。他們在反抗的內心，因為受到冬季漫長的狩獵行動、盜獵，以及朋友對酌所啟發，而找到一絲勇氣，讓暴風雨中的心為之一振。因此，多虧了這片不會傷害崇敬它的人們的土地，他們才生出了一股勇氣，而當所有災難都來自上天時，這股勇氣讓他們得以在災難當下獲得些許喘息，而風和雨都無法超越土地的對抗力量。

是的，是土地的力量。在瑪利亞的心中，另一場戰役在林中空地裡展開了。

安德列渾身充滿著農夫智慧，憑著一生屹立在耕地裡的剛強，感受到土地的力量。他不知道是怎麼一回事，但是他知道這是出於某種神奇的力量；他現在只在乎如何穩固住這塊低地之鄉在世界地圖上的交界點和界線。這帶給了他所愛之人一種源自於土地的堅定力量。然而，他同時也知道，上方正處在交戰狀態，單憑陸地的武力，根本敵不過空中艦隊的攻勢。

他看著瑪利亞，對她說：

「天空就交給妳了。」

德蕾莎
克雷蒙姊妹

克拉拉和大師看著瑪利亞跟父親一起走向薄霧繚繞的林中空地，三個男人殿後，像是在護送耶穌基督似的。兩個年紀較輕的小伙子如秋天的雛雞般俊美，感覺他們體內帶著強勁生命力，沒有什麼可以給他們帶來痛苦。年紀最長的那個，雙手插在口袋裡，像是對自己的自由感到非常開心，他有張因為歲月，以及時時開懷大笑而刻畫出紋路的容貌。然而，所有人臉上都帶著相同的決心，顯示出他們意識到自己已被捲入某件比自己所能想像還重大許多的事件中。在他們離開樹林準備走進空地時，薄霧所帶出的字攫住了克拉拉的目光。就跟亞力山卓在不認識那個語言卻畫出一些文字一樣，薄霧敘述著一個故事，但是她無法翻譯寫成故事的語言。不過，她尤其擔心瑪利亞，還有自從歐杰妮醫治好馬榭那晚開始，她鬱鬱不樂的面容。她在那之中看見憂傷和恐懼，就跟刻在石頭上一樣顯而易見，她猜想大概跟所有被迫折損士兵的軍官臉上的表情一樣。

從一早到現在沒停過鼾聲巨響的彼特不停打著呵欠，百般費力將自己硬從沙發裡拉出來。他和大師互換了一個眼神，然後好像有什麼東西讓他清醒了過來。

「我得來一杯。」他喃喃說道。

接著，透過克拉拉視角，他看見戰鬥的畫面，倒抽了一口氣。

「開始得不太順利呀！」他說。

「她想到歐杰妮了。」克拉拉說，「她害怕失去其他自己愛的人。」

「指揮官的悲傷經驗。」大師說。

「她沒有在指揮什麼，」克拉拉說，「而且那是她的爸媽。」

「蘿絲和安德列不是瑪利亞的父母。」彼特說道。

在東方的林中空地，瑪利亞轉過身面朝降雪的天空，其他人也跟她一樣，抬起頭望向比牛奶還要乳白的雲層。

「這場戰爭中有很多孤兒。」一陣沉默後，克拉拉說。

「世界上有很多孤兒，而且讓人變成孤兒的原因各有不同。」大師說。

又是一陣靜默。在彼特望向大師的眼神中，克拉拉看見一絲責備。接著他為自己倒了一杯酒，跟她說：

「我們也還欠妳一個故事，克雷蒙姊妹的故事。」

𝄞

她在彼特的腦海中看見兩個年輕女子，肩並肩坐在夏日庭園中。她已經認識其中一個，那個叫瑪妲的女子，亞力山卓的摯愛。克拉拉看著另一位女子時，除了感到好奇，也感受到一股溫柔，就好似天氣炎熱之時，可以在空氣中見到的朦朧澄澈光輝。她一頭棕髮，充滿熱情，耳垂上戴著水晶墜飾；鵝蛋臉上嵌著酒窩，閃閃發亮的皮膚，笑聲則如黑夜裡的一簇火；不過，在她臉上，我們也可以看見一個過著全然靈性生活的靈魂的精華，加上隨著年紀增長，覆上歲月光輝的淘氣模樣。

「瑪妲・克雷蒙和德蕾莎・克雷蒙，」彼特說道，「無法想像有如此相異卻又彷若一體的姊妹。她們倆相差十歲，不過，最重要的是痛苦所造成的裂痕。克雷蒙一家常在家中接待賓客，而瑪妲如鬼魂般的憂鬱小臉時常穿梭其間，所有人都覺得她是如此美麗、如此憂鬱，也很喜愛她像是出自成人之心與成人筆法所寫的哀傷詩句。二十歲時，她嫁給了一位不管對愛情或詩文幾乎都沒有天分的男子，她以婚姻生活為藉口不再出席晚宴，晚宴上有另一位大家覺得非常美麗、非常歡愉的小女孩，她是難得一見的奇才。十歲時，她的才華與成熟度都足以讓年長她一倍的鋼琴家稱羨；她活潑如喜鵲，但是當她無意彈奏他人給的某些樂曲時，卻也如狐狸一般固執。

「亞力山卓遠在認識瑪妲之前就和她成為朋友，他常說德蕾莎打破人們的既定觀念：藝術家應該甘於受苦，因為他們的藝術正因憂傷得以綻放。不過，他也察覺到她內心的無底深井，而且深知即使在歡笑中，她一天也未曾忘記一個藝術家應盡的本分，不懈地挖掘自己內在的潛能，精進自己的琴藝。有時，她會望著天上雲朵，大師則看見薄霧的影子掠過她的臉龐。接著，她繼續彈奏，她的靈魂似乎又飛得更高了一些。瑪妲聽著德蕾莎彈奏，也因為德蕾莎對她的愛給了她生命力，而漸漸恢復了生氣。在傍晚瑪妲要離開前，德蕾莎會繞著她跳舞，吻了她才道別。然而，姊姊一消失在轉角，妹妹就會坐到屋外的石階上，等著因為看到深愛之人受苦而有的痛楚平息下來。非比尋常的幸福，以及愛著這樣一位與不幸緊緊糾纏的姊姊的痛苦，德蕾莎全透過演奏展現出來。我不清楚擁有相同血脈的兩人，心是如何交融，但是我相信，德蕾莎與瑪妲就有如追尋相同目標的朝聖者般，有著更勝一切手足之情的強烈連結。她們的父母總是在她們身邊東奔西走，忙不迭地安排盛大晚宴，而這些晚宴說穿了不過是為了滿足他們對上流社會生活的幻想。他們也不甚瞭解自己的兩個女兒看得見隱藏在宴會廳這棵樹背後的那片人性森林。

「克雷蒙姊妹就這麼成長在家中僕人以及分別穿著燕尾服與絲綢洋裝的兩個鬼魂之中。她們倆猶如生活在一座島嶼上，可以看見遠方船隻航行過流下的水紋，卻從沒有一條船停靠人們在其上生活、捕魚、相愛的這座島上的碼頭。或許因為瑪妲比妹妹早十年出生，早已吸納兩人父母所有的漠不關心，而讓血脈裡，或許來自祖母，或甚至更久之前金錢尚未毀壞美好生活真諦的那個年代的先祖力量，得以展現在德蕾莎的柔軟身軀上，並且在姊姊的哀傷作為後盾的情況下，得以更大幅度地發展。然而，德蕾莎之所以能夠茁壯，源自於瑪妲自願犧牲自己的生命力，因此，一人死後另一人隨之離世也就不令人意外了。不論當時究竟是什麼情況讓人難以釐清背後的原因與機轉，如果到最後我們發現自己都是一位心思細密卻瘋狂的小說家筆下的人物，我也不會感到驚訝。」

彼特停了下來。

「妳彈琴的方式跟妳母親一模一樣，」大師說，「而且是妳的演奏召喚來她的鬼魂，我至今依舊不知道怎麼正確地向她述說過去。妳知道一個人為什麼會沒辦法在自己心裡找到令生者、亡者都解脫的說詞嗎？」

「因為悲傷。」她說。

「因為悲傷。」他說。

自她認識大師以來，她第一次在他的臉上看見痛苦的痕跡。

「那時已經是充滿紛爭與懷疑的時代，而妳的父親常在夜晚來到城裡。」他繼續說道。

「然而，一天傍晚，德蕾莎就在那兒，彈著一首奏鳴曲。」

大師不再說話，而克拉拉則沉入他的模糊回憶中。窗子是開著的，迎接著夏夜暖和的氣息，我們聽見那首奏鳴曲，那首克拉拉在樂譜頁緣找到擁有將心連結起來、能夠穿透視野的詩句的奏鳴曲。克拉拉兩年前演奏時，也就是她來到瑪利亞夢中那個夜晚，空氣中飄散著溪流和潮溼泥土的味道，然而樂曲所述說的故事對她來說還難以理解，詩句則匯聚成一圈寧靜氣泡。她聆聽著年輕女子的演奏，一樣的氣泡又在她的胸中成形。一個男人突然出現在房間裡，他不知道從哪兒冒出來，緊張地注視著音樂在他心中揭露出的某處。克拉拉可以看見著迷於樂音中的他，臉上的每個細微變化，而他煥發的年輕臉龐上有著歷經千年洗禮的沉著、月亮的光輝，以及溪流的沉思。

「她受到我們薄霧的啟發。」那個男人對著身處這段十年回憶中，在他對面的大師這麼說道。

「但是她也在其中融入了來自她的土地的美。」

「她的土地啟發了她，但是讓她擁有演奏天賦並彈出醉人琴音的原因依舊成謎，而我們也常說女人本身就像個謎。」大師答道。

「不是所有女人都像她這樣彈奏。」

「但是每個女人的內在，都擁有你在她的演奏中看見的本質。」

眼前景象散去，克拉拉又和當下的大師在一起了。

「他們曾經共度一年幸福時光，」他說，「然後，德蕾莎知道自己懷了孩子。這變成一場災難。」

「對委員會來說嗎？」

「妳父親沒有通知所有委員會成員。我跟妳說過，那個時代已經開始出現紛爭，一切都是因為艾略斯的野心和影響不斷擴大，讓我們非常擔憂。我們遭遇到史無前例的嚴重內部紛爭，而且出現了一些始料未及的叛徒。所以，在得知德蕾莎有了身孕之後，我們決定將這件不可思議的事當作秘密，人類與精靈結合而誕下了孩子，就跟薄霧無端消失了一樣難以解釋。這是從沒發生過的事，即使到現在，也只發生過這麼一次。其他由人類與精靈所結合的伴侶，一直以來都是不孕的。」

「德蕾莎對外說自己想要好好沉潛一年，住到了位在翁布里亞北方的家族宅邸中。」彼特說，「沒有人知道她懷孕的事。」

她看見一幢牆上沒有任何裝飾，被大花園環繞的房子，居高臨下俯瞰著生意盎然的田野和一座座小丘。她聽見，從某間看不見的房中流洩出那首奏鳴曲的音符，而且被賦予前所未有的深度，帶著銀線、雨絲一般的紋理。

「就在妳出生前一天，瑪妲投台伯河自盡了。接著，德蕾莎誕下了一名女嬰。當晚，她也離世。她睡著了，從沒再醒來。當時，妳的父親已經越過了橋，因為另一名嬰兒的誕生召喚他回到我們的世界。主席家中，同樣有名女嬰誕生了，和妳同一天、同一個時辰出生，而且也有著令人難以置信的特殊之處，因為，她雖然是兩個精靈所生，但是來到世上時卻帶著與人類一模一樣的外表。我們從來沒有遇過這樣的事，之後也沒再發生過。我們出生時是分身共生的，只有在離開精靈世界時才會轉換成單一外貌。但是這個小不點，不論我們怎麼翻來轉去地細看，她都長得跟人類的嬰兒沒兩樣。我們在同一日、同一時間，見證了兩個不可思議的嬰兒誕生，因此大家決議要把她們藏起來。這兩個孩子很顯然也與一個強大的計畫有關，我們希望能夠保護她們遠離艾略斯的黨羽。」

「所以就把我們兩個送到遠離自己的根的地方。」她說。

「亞力山卓曾經跟我描述過他哥哥生活的那個村莊，」大師說，「我就把妳送到了聖斯第芬諾。至於瑪利亞，她的旅程就比較曲折了，從西班牙到了歐杰妮的農場。這是屬於她的故事，今天不會跟妳說這個部分。」

「她知道自己是被領養的嗎？」

「妳父親已經讓她看過她當初是怎麼來到農場的。」他說，「她也必須要知道，才能充分釋放出能力。」

「妳是兩人中擁有部分人類血緣的那個，」彼特說，「所以妳能夠建立連結，還有顯化紅橋。妳跟妳母親一樣都擁有彈琴的天賦，但是你也擁有來自妳父親的能量。妳擁有跟妳父親相同的透視能力，也擁有源自你母親的慈愛所帶來的連結。」

克拉拉受到一個影像所震撼。那個影像比起腦中回憶有著更細緻、生動的特質。她知道自己眼前是德蕾莎的臉，德蕾莎正在彈奏由雨絲及銀線織就的奏鳴曲。最後一個音符彈畢，她的母親抬起頭來，克拉拉感到一陣暈眩，彷彿眼前是一位活生生的女人。

「鬼魂是活的。」她喃喃道。

然後，十二年來未曾哭過也未曾笑過的克拉拉，開始一面哭泣、一面笑著。彼特用一條大手帕大聲地擤著鼻涕，兩個男人隨後靜靜地等她擦乾淚水。

「這些年來，我一直很遺憾妳的母親沒能見到妳。」大師說，「我一路看妳帶著令人豔羨的純淨與勇氣成長，也常常想著命運讓我能夠認識這兩個令人驚嘆的女性，卻讓她們彼此無法相遇。她的力量與純粹傳承了下來，我不斷在妳身上看見這份傳承，但是我也看見唯妳獨有的部分，而且我知道妳母親會為此感到驕傲。」

她看見母親坐在翁布里亞花園裡的微弱光影中。她笑著，水晶墜飾在夜色中閃耀。在晚間十點的光線下，閃著銀白光澤的恬靜像溪流裡的魚一般滑落她的臉頰。

「如果是個女孩的話，」她聽見母親這麼說，「我希望她喜歡山。」

大概有人回了話，因為她笑著說：

「山，還有夏季果園。」

接著，她就消失了。

「亞力山卓跟我說過，神父的果園是他在阿布魯佐最喜歡待的地方。」大師說。「在整起事件中，我學會相信她為我們在一路上埋好的徵兆，例如一位父親期待自己女兒有一天會讀到而寫下的詩，並期待她，又或者是一個人在一無所知的情況下寫出的『山』字。我知道有一天妳會從阿布魯佐回到我身邊。因為果樹這個徵兆，我將妳送到了阿布魯佐；妳則因為一架被遺忘的鋼琴踏上回到羅馬的路。」

她聽見亞力山卓說：透明李子高掛枝頭，映出串串黑影。然而，像是夜裡的螢火蟲般閃爍的，是她母親的聲音，其中穿插流動著其他聲音。夜色中有女人，有墓碑，有戰時家書，還有柔美的歌曲。所有這些聲音、墓碑，還有在石作墓碑間身著憂鬱紫衣，喃喃述說著愛的女人們……她察覺到一座鳶尾花花園，還有一位有著明亮、哀傷雙眸的年輕男子，同時有個聲音溫柔低語：去吧，我的孩子，永遠記住我們有多麼愛你。認出老歐杰妮的聲音讓她激動不已。她接著看到了蘿絲，白皙、光彩奪目，她微笑著，笑容穿透暴風，彷彿說著：我們是超越死亡與出生之謎的母親。

這時，十二年來的第二次，克拉拉哭了。

霧之屋
精靈首長機密會議

「克拉拉是連結的關鍵。」

「她同感他人的能力非常出色。」

「即使在情感枯竭的那幾年。」

「就算是情感枯竭的那幾年。」

「出自於她本身是個奇蹟，撐過了情感枯竭的那幾年。」

「所有女性都與她同在。」

蘿絲

天之族裔

真是太邪惡了。

第一個倒下的，是負責在馬歇洛農場、空地，和教堂間快速傳遞信息的其中一名年輕信差。大家會緊急派他傳信，是因為看見東方有些動靜，就是安德列說有著不知道騎在什麼東西上的古怪騎兵那兒。年輕人被派出去時，風正猛烈襲擊著小山坡。其他人因為停在原地救了自己一命，而年輕人跑動的速度則讓他被暴風的觸角抓住，先是把他在冷冽的陣陣寒風中甩動了一會兒，然後像個布袋似地扔向硬石塊築成的矮牆。所有人都看見小伙子跌了下來，兩個男人盡可能匍匐前進，好避開狂風吹襲，試圖接近這個倒楣的年輕人。然而，命運自有安排，敵人的騎兵在龍捲風中現身，團團圍住兩座農場。他們的出現令人害怕。他們非常巨大，由一種灰白色物質勾勒出扭曲人形，但是沒有五官。更令人渾身顫慄的是，他們如鬼魂般突然在四周現身，安靜且憤怒地靜止不動。至於他們的坐騎……根本什麼都沒有。騎兵是懸空跨坐的，而且假如這些勇敢的鄉下人有那麼一點兒物理常識，他們就會知道自己面對的是不可思議、顛覆已知世界運作方式的反物質來源。

其他人陸續倒下。教堂周圍，黑箭重新以一開始的節奏發動攻擊。沒有喘息時間，爆破震動同時，碎石四散噴出。大雨沖刷地面，傷者在如針般不斷落下的雨中爬行著。三個男人遭鐘塔底座噴出的石塊壓死，還有兩個男人也因為承受不住來勢洶洶、發出轟然巨響的衝擊震動而喪生。負責守護那些到教堂避難的村民的五人，無能為力地目睹災難發生，這些人的死去，讓原以為只要有瑪利亞的魔力就能保護他們躲過一切的希望煙消雲散。神父和雷翁・索哈讓人們圍的圈靠得更緊密一些，其他人則爬向傷者，試著盡力幫助他們。不幸的是，他們幾乎幫不上忙。無力感讓他們的內心飽受煎熬。

✽

啊……無力感呀……人類這種動物的無力感永無止境，就像面對一切毀滅、面對生命盡頭那一刻時，他們所表現出的勇氣一樣。先前已經提過，在戰場後方顯現出一片下雪前的天空，看起來蓄勢待發等在林地邊緣，在教堂的這些男人，以及負責保衛馬歇洛農場，或是跟隨安德列在樹林裡等候的那些男人，全都感覺到了，因為，在天搖地動的這一刻，這片天空在每個男人心中喚醒埋藏已久的一個夢。第一個對心的呼喚有所回應的，毫無疑問是老傑。他的夢（稍後會說明），雖非這些稍縱即逝的美夢中最微不足道的，但他今日依舊是那個會扛起責任，而且老愛開玩笑的男人。面對狂暴的敵人，他先是感到驚愕，接著又因為發現敵人的強大邪惡而充滿無力感；然而，他在回過神後，才發現大夥兒因為恐懼而浪費太多時間在猶豫躊躇，現在是時候該為有著佳釀與愛的生活做些什麼了。此外，他可不希望自己是被淹死，或是被鐘塔底座噴出的石塊壓死；他寧可光榮死去，而不是得像蛞蝓一樣在天空底下爬行。因此，不管是魔鬼，還是另一種邪惡力量之手賦予暴風雨強大力量，都不比他妻子晚餐會端上什麼菜色重要。此外，他開始發現有件事愈來愈明顯：在山的後方有一群弓箭手，負責射出危險的黑箭。他向希希與希博打了個暗號，叫兩人過來雷翁．索哈身旁會合，他用雙掌圈住嘴，大喊道：

「所有人都到夏夏的工坊去！」

我們很快就會知道他打算在那兒做些什麼。不過，瞧呀，他們的無力感已消失無蹤，不會再回來了。而且，在天上，在被充滿黑暗力量的狂風包圍的農場前，正在發生其他轉變。

✽

其他所有人都屬於大地，但蘿絲是來自天空；她浸淫在這片擁有許多牧地與收穫的土地上的波動與溪流中，因此造就了她比鋼還要內斂、比活水還要澄淨的特質。瑪利亞睡前親吻母親時，可以感覺到哀傷已在她父親體內化作淤積的泥沙；然而，同樣的哀傷卻像河水般在蘿絲身上流動，直到消散在她流動的氣息中。不過，如果說安德列在對自己女兒命運有預感的情形下還能安然入睡，那是因為他清楚知道蘿絲身上擁有什麼力量，即使她第一眼看來柔弱不堪。細看這位性格內斂的農婦，不論是她的外表、動作、聲音，甚或膚質都無法激起旁人興趣；然而，令人驚訝不已的是，形同嚼蠟的乏味卻能帶來使人感到舒服、愉悅的渦流。安德列唯一對她吐露過的愛語，是發生在某個冬日凌晨；當時兩人在床上看著星斗，那句話如同一滴水珠，可以像是鵝卵石或花兒般捧在掌中。當然，這完全出於意外，因為安德列・孚爾不善言辭，他總是以精簡到幾乎令人讚嘆的方式讓妻子心領神會，而帶著愛意的眼神動作也的確有所幫助。然而，有個名字卻始終縈繞於這顆精打細算的心，沒有被他的寡言所犧牲；他看著她，就只是輕聲吐出蘿絲二字，因為在這兩情繾綣的時刻，只有他看見磨得銳利、光芒閃耀的刀鋒，既美麗又駭人。

✿

早些時刻，蘿絲和珍奈及瑪利亞走到斜坡上的石階，想到隔壁農場與羅蕾特會合。但是暴風已經開始發威，被扯落的木板與受到驚嚇的雞群在院子裡跳著探戈，讓她們無法前進。於是，她們撤退到還奮力抵抗著強風的牲畜棚南邊牆面。蘿絲在那兒等待著，她在暴風之中感受到瑪利亞的不安，也看到了自己過往的一生。

✿

一切，都源於她目不識丁的父母希望蘿絲能過更好的生活。然而，她母親對城市僅有的理解，就讓她深信人們無法在城裡高貴地活著。如果說她接受了自己的貧窮，也必須是在他們能夠不依附他人生存的前提下。因此，雖然她的同伴都到大城市當保母或幫傭，她卻不願意讓自己的小女兒迷失在那些大宅院中。因此，她每星期都會把她送到隔壁鎮上的修道院，那兒有修女會教地方上窮苦人家的女孩讀書、唸經。前往修道院的路程需要花上兩小時，因此天一亮，蘿絲的哥哥會讓她坐到小推車裡，推著她去上課，然後再在修道院廚房等著她上完課。然而，幾個星期過去後，她就不再聽禱文和講道了，因為她完全沉醉在修女晚禱後交給她的書裡。她為了歌詠溪流與天空的詩歌哭泣，這些詩讓她看見真正屬於她的那個世界；她也為在白雲下方，比田間泥土還要真實的故事而落淚，在令人驚嘆的映射中，體現神的話語。過了一陣子，馮斯瓦神父讓她讀遊記，水手們參考星辰，乘著風航行在對他們而言比阡陌縱橫的道路還要容易辨認的大海上；對她來說，航海以及星宿的召喚，比上帝的神聖經典還要珍貴。然而，我們不能以物質世界的觀念去理解蘿絲身上，讓她與流動元素結合的與生俱來的共生特質，而是應該在可觸摸的世界之外，找尋讓她與水流、雲彩連結的起源。有些女性擁有強化女性特質而帶來的優雅，也使得她們既是獨一，又是多數，既在她們自己內在，也在家族悠遠傳承中體現；如果說蘿絲是一位屬於藍天碧水的女子，這是因為流倘在她體內的，是條匯聚先前數代女子的河流，如同魔法般結合她的性別，比僅僅血脈相傳還要強大；如果她夢想著旅行，那是因為她的視野可以穿透空間與時間，並連結每個女人——由此造就無從捉摸、輕盈的穿透性，以及她從遠處汲取而來的流動能量。無法解釋回憶是如何運作的，她看見結婚那天早上的自己，身著白色裙子和短上衣，頭上覆著一層蕾絲薄紗。她在幾位兄長護送下向前走，因為他們要取道推車無法通過的捷徑，去安德列居住的村莊。

於是，她腳上穿著木鞋，手上拿著一雙要在教堂門口換上的白襪。

男人們走在小徑上，身穿黑色禮服，前額滲著汗滴，一邊在溝渠裡採下花朵，準備送給鄰村女孩，這時蘿絲的心在太陽光輝下劇烈跳動著。安德列來向父親提親前，她只見過他一次面。在越過圍籬走向聖約翰日的火堆時，她遠遠瞧見他的目光，當她回歸自己內心時所閃現的愉悅化成點點亮光，而他也看得見這些亮光。同樣的，她也能夠辨認出他內在土地意識形成的深沉紋路。這些紋路並不像一條條平行的犁溝那樣，而是堆疊聳立，再把他朝天空方向揚升，她知道正是因為他所擁有的田野與土地的力量，讓安德列能夠辨認出自己水流與天空的語彙。記憶之輪再次轉動，她看見了安潔莉，懷中抱著緊緊裹在白色襁褓中的嬰孩。她攤開細亞麻繡花布垂下的部分，抱過嬰兒，接納她成為自己的女兒，蘿絲滿心喜悅，如同被祥光瑞氣照得一片燦爛的天空。她無法理解原因，但是她接收到了訊息，就跟她能夠在嬰兒發出的清脆聲音中，聽見有兩個世界同時並存的徵兆。哪兩個世界？她一無所知，但是它們確實存在。

回憶到此停止。

暴雨像斧頭般劈下。在風的破壞力繼續大幅增強時，蘿絲聽見村莊裡傳來新的嘈雜聲。她的視線越過牲畜棚，望向後方等著瑪利亞的下雪前的天空。她作為妻子、作為母親的一顆心，都懸在風中。

✿

此時，老傑率領的男人們到夏夏的工坊裡取槍，那兒有大批夏夏柔情悉心照料著的獵槍，若非他渴望山鶉羽毛更勝於一個吻而沒有娶妻，他大抵也會以這樣的溫柔愛撫妻子。每個男人都得以選擇最適合自己的槍，並聽取老傑的指示。其實，大多是對現在情況的一些推測，不過大夥兒對於這麼做並不反感，因為至少可以做些什麼。

「我們得穿越過去才行。」他說，「而且，我不認為有了槍還沒辦法占上風。」

「所以你相信後面有伏兵？」希希提問。

「要怎麼過去？」希博問。

「可以辦到的。」雷翁・索哈說。姑且先將所有悲傷痛苦擺一邊，他喜悅激動地發現自己還充滿衝勁，他也還沒被死亡打倒。「不過，我們不能待在這兒。」他補充說道，同時指了指屋頂。

我們真不該提這段對話是在工坊舒適環境下，以沉悶嗓音說出的。工坊中充滿好聞的海豹油和處理過的皮革味道。就算在室內，還是必須拉高嗓門說話，而就像瑪利亞所指示，現在亟須離開這兒，而且他們看見教堂在天空底下被削了頂後，心裡也十分清楚其急迫性。但是到了外面根本無法交談，老傑決定冒險在室內多待上一會兒，因為他希望所有人都能夠完整接收他想要傳達進他們腦中的一個顯而易見的道理。

「如果想在吹著狂風時射一隻飛行中的山鶉，要怎麼做呢？」他大喊道。

這個問題太簡單了，根本就不需要回答。

「那又要怎麼用弓箭去射中獵物呢？」

這個問題也很簡單，較為困難之處只在於如何把老傑腦袋裡似乎再清楚不過的這兩個邏輯連結起來。在這個地區，即使圍捕、驅趕獵物為他們帶來許多光榮時刻，但傳統上，大家仍更為讚賞另一種被禁的狩獵方式。雖然以弓箭狩獵讓盜獵變得更容易，大夥兒卻公認它比其他狩獵方式更具藝術性。由於缺乏裝備和技巧，因此深入研究它的人並不多，但還是有三、四個人情願捨棄獵槍改用弓箭，而且所有人都十分欽佩他們，因為只有足夠瞭解每種獵物、能精確瞄準不失手，又懂得應用各種策略的人才能有傑出表現；這些知識還包含對土地及風的掌握（如果在距離小鹿兩步距離外，突然吹來一陣風，讓牠聞到嚼菸的味道，那不就功虧一簣了嗎？）。總之，在這塊土地上生活的人們所擅長的領域中，結合了古老自然力量，包含人類以及森林的力量，兩者在狩獵的日子中，成為同一個根本物質、同一個最原初的互相影響、幫助的安全庇護。他們用來打獵的弓比較像是原始民族所使用的，既沒有瞄準器，也沒有任何在狩獵成為消遣活動的年代裡所衍生出的各種配件，而，因此更仰賴射手的準確度。

這些弓還能拿來做短槳或是枴杖使用，正因其簡潔，而更為優美、堅固，而它的多功與實用性，也深受人們重視。相反地，箭的品質受到高度重視，它必須好好削尖，才能讓射出的路徑與力道都精準呈現，而且還得小心翼翼地用箭袋背著，唯有這麼做，才能有完美的表現（如果到了離野豬三公分近還錯失這迷人的獵物，那又有何用呢？）。現在，所有人都被點醒了，大家彷彿聽見自己腦中迴蕩著老傑既像說教又帶著嘲諷的聲音，只不過現在還不到開瓶、切臘腸，並為友誼乾杯的時候。但是，自從大夥兒開始行動，而不只是讓自己像小蟲般被踩扁開始，所有人都受到激勵，方才的恐懼已無法澆熄興奮的火苗。只要能夠聽懂當日格言，大家絕對有機會互相遞酒吃肉；就跟馬歇洛高聲說出沒兩樣地，那句話清清楚楚出現在他們眼前：前進、瞄準，射進風中的目標。

總之，這讓週日習慣耗在森林裡的男人們看清眼前快速的運作方式：精心策劃、預作準備。即使還不知道該怎麼做，也絲毫不影響大家看見計畫的美妙，當他們想到這塊土地的恩澤是屬於他們時，所有人都振奮了起來。

「迎風而行，直接朝荒地前進！」馬歇洛再度大喊。所有人則一邊確認帶上獵槍，一邊用力點頭。

他們步入風與冰雹之中，暴風雨似乎趁著他們在工坊裡密謀時又加大了威力。不過，屋頂並未遭到摧毀，而且他們正向前進。在龍捲風和暴雨的襲擊下，他們仍然緩慢堅定地前行，好像這些勇者的決心讓狂風不容易抓住他們，讓他們在敵人眼中像是隱形了似的。

山頂，林中空地裡，命運的第一幕終於上演，往日歲月在冷酷狂風的怒吼下凝結成影像漩渦。先前的暴風驟停，改由如刀劍般落下的冰凍雨水登場，故事場景也隨著每分每秒過去而更為駭人、清晰。儘管與此同時悲劇正在村莊上演，瑪利亞卻好長一段時間動也不動。她感覺到四周一些友善的生物等在雪空後方，她聽到另一個小女孩低聲喚著她的名字，看到夢中曾見過的景色。必須走過美麗樹木掩映的黑色石板路，然後會抵達一個小木屋，小屋的窗上沒有玻璃也沒有窗簾，最後來到霧氣籠罩的山谷上的木橋。不過，她無法看出應該怎麼運用它，同時間有些男人死去了，冰雪中也輕聲傳來歐杰妮深愛的那個名字。

一連串的影像使她躊躇不前。她首先看見一條鄉間道路，幾個年輕男子身穿合身的禮拜服裝，摘下許多田裡野花，接著看見冬日黎明曙光中的一扇窗，有兩顆星斗永恆地停在那兒靜止不動，最後是滂沱大雨下不知名的墓地，雨水打在地面上形成白色泡沫，然後在花崗石板上彈起。她夢境中的畫面通常都跟田地、野兔一樣清晰，但是這幾個影像卻模糊扭曲，而且她看不見在七月陽光下那些嘻笑著的年輕男人的面孔，也看不見那些墓碑上的名字與日期。但是，她對於在這場戰鬥中仍能傳遞影像感到驚奇，因為她知道自己是透過母親的雙眼看見的。其他湧現的影像源自蘿絲的回憶，透過她的回憶，瑪利亞經驗到另一種前所未有的溝通形式，不管是和歐杰妮一起療癒病人時，或是與安德列安靜地深深對望時都不曾有過。影像湧出又散去，有樹木，有小徑，有冬夜火光，有覆蓋灰瓦的小棚子，那兒是大家在寒天裡取用木柴的地方，還有在記憶中顯得模糊的臉龐，時而卻會閃過一抹微笑而活了過來。她看見一位老婦人，她的角膜已經變白，正面帶微笑隨意修整一朵凋謝的紫羅蘭。她知道那是她的祖母，那時她尚未出生。女人們源遠流長的血脈……她看見一連串交融在一塊兒、看不出年齡的女人面孔。有許多墓碑、許多女人，她們在夜裡吟唱著搖籃曲，或是因讀了軍隊寄來的通知而發出痛苦的喊叫。在最後一個短暫出現的影像中，她可以看見每一張臉、每一滴閃爍的淚水。然後，一切都消失了。但是，她們的訊息已透過共同回憶的流轉傳遞出來。

𝄞

而在羅馬，克拉拉也讀到了那些女人傳遞給瑪利亞的訊息，她們對瑪利亞說，她是她們的一分子，而且應該要超越死亡，榮耀族裔。此時，她聽見法國小女孩對她說道：

「妳叫什麼名字？」

彼特
一個朋友

「Tu come ti chiami?（妳叫什麼名字？）」大師翻譯道。

「Mi chiamo Clara.（我叫克拉拉。）」她回答。

大師再度翻譯。

「妳來自何方？」

「È l'Italia.（義大利。）」她再答。

「好遠。」瑪利亞說。「妳看到暴風雪了嗎？」

「是的。」克拉拉說。「妳也能看到我嗎？」

「對，但我看不到其他人。不過，我知道有一個說法語的男人。」

「我正跟他在一起，還有其他知情的人。」

「他們知道我該做什麼嗎？」

「我不認為。他們知道原因，但不知道該怎麼做。」

「時間不多了。」瑪利亞說。

「時間不多了。」大師依序用法語和義大利語說道，「但我們依舊束手無策。」

「天啟不會單獨顯現，」彼特說，「而老天此刻還不確定是否站在我們這一邊。」

「誰在說話？」瑪利亞問道。

「彼特，聽候妳的差遣。」他用法語回答。

「我認識你。」

「妳認識我們所有人，也瞭解自己的能力。妳的心是平靜的，妳可以釋放這些能力。」

「我不明白自己該做什麼。」

「克拉拉會引導妳。妳還能掌握一點點暴風雪嗎？」

「我掌握不了暴風雪。很多人都死了。」

「妳掌握得了，而且我們會幫助妳掌握它。沒有妳，這座村莊和這片土地早已寸草不留。我們將以義大利語和克拉拉對話，但我們不會忘了妳，很快地，我們就會跟妳會合。」

接著，他對大師說：「關鍵就在詩文裡，克拉拉應該要知道。」

「一則預言若是揭露了，還算是預言嗎？」大師問道。

「當然還是一則預言，」彼特說，「或者，也可能是一盞明燈。這件事早就該做了。但一切得從頭說起。」

𝄞

克拉拉從彼特的腦海裡，看到比現在年輕了三十歲的大師，他正和一名貌似皮耶妥的男子握手。接著，大師隨這名男子穿過熟悉的走廊，廊上靠牆擺放的大理石桌和錦緞幃幔，隱含著一股令人不適的窒悶感，那悶熱飄浮在可怕又難以形容的場景上空，在男子和善的臉上投射出一股猛禽般貪婪的暗影。然後，羅貝多・沃爾普打開了陌生房間的門，而大師正望向那幅她從第一天就認出的畫。

「從我們的霧之屋中，我觀賞並認識到人類的藝術，」大師說著，「我總是深深為他們的音樂與繪畫傾倒，但這幅畫與眾不同。」

「妳得先瞭解精靈世界運作的模式，」彼特說，「我們是一個沒有奇幻傳說的世界。」

「你曾告訴過我，精靈向來不說故事。」克拉拉說道。

「精靈不以人類的方式述說故事，但主要是因為，他們不會杜撰故事。我們歌頌美好的行為與戰場上的豐功偉績，我們為湖沼中的禽鳥或霧靄的美麗編寫頌詩與讚歌，我們慶賀著所有的存在。然而，這些事物都必須真實存在，絕不加入一絲的想像或虛構要素。精靈懂得讚頌世界之美，卻不懂得在真實中添加詮釋，他們活在一個壯麗、永恆，卻又靜止而毫無變化的世界。」

「打從一開始，我就喜愛人類無中生有的創造力。」大師說道。「但這一天，我又有了額外的發現。羅貝多‧沃爾普之所以吸引了委員會的注意，是因為他做了某件事，時至今日仍持續對我們的命運造成某些後果。我越過橋、遇到了他，而他帶我看了那幅畫。我曾看過許多關於『聖殤』的畫作，但這一幅截然不同，而震撼如此深遠。雖然，畫中的場景與尋常無異：聖母和瑪麗—瑪德蓮俯身靠向下了十字架的耶穌，女人們的眼淚，以及戴著刺荊冠的十字架受難者。然而，它毫無疑問是由一名精靈所繪。我一看到這幅畫就知道了，而我後來著手的調查也證實了此事；我們其中的一員，在四世紀之前，為了人類的世界而離開了我們的世界，他選了一個凡名和法蘭德斯身分——我們猜想他可能住在阿姆斯特丹——並且以舉世無雙的完美畫工，畫出人類最偉大的奇幻創作。」

「羅貝多做了什麼？」克拉拉詢問。

「他殺了某人，」大師回答，「但這事不在今天討論的範圍。最重要的是，我站在這幅畫作前時，也和它的創作者一樣，做出了相同的決定！這時我感受到生命中最神奇的感動。從前，我只能渴望著人類的藝術，那一刻，我卻看到一條由這位陌生畫家所開啟的路徑，一條可以過渡到橋另一端的通道、並且能完完全全沉浸在那世界的音樂裡的路徑。而前前後後，也有其他精靈和我做了同樣的事，為了各自不同的動機。」

「有些精靈想讓人類滅絕，有些則想與人類結盟共處。」克拉拉說著。

「結盟是法蘭德斯畫作所傳達的訊息，」大師說，「就像亞力山卓的畫透露的是穿越到另一端的渴望。難以置信的是，我們竟花了這麼長的時間，才聽到並且理解這搭建便橋的呼喚。另外則是因為，在那稍早之前，我有了另一個發現，歸功於一名妳熟知的精靈，他的洞察力遠超過那些聖賢與偉人。當時，我仍是委員會的主席，我到精靈世界的圖書館查閱一些古老的文本，試圖找尋一些東西來幫助我理解我們歷代以來所生活的時代，但當天，我一無所獲。」

「你曾經是委員會的主席？在瑪利亞的父親之前？」

「沒錯。瑪利亞的父親對上了另一名參選的候選人，差一點就無法當選。」

「艾略斯。」

「正是艾略斯，這便是為何妳今日看到飄浮在勃艮第天空的怒火。話說回來，離開圖書館時，我與灑掃者有了一番有趣的對話，因為他的言行舉止有些古怪。」

「精靈世界竟然有灑掃者？」她問道。

「我們圖書館的四周有一些花園，」彼特說，「在每個枝頭有葉的季節，每天晨昏，我們會在園裡打掃小徑。我們持著美麗的掃帚，掃除落葉卻不毀損苔蘚。這是一項高尚的工作，儘管我從不曾覺得它很有趣，但我曾經跟妳說過，我長久以來都是個不太有靈性的精靈。而且，我向來喜歡閱讀。我想我畢生都在閱讀，即使喝醉了，我仍在讀著。」

「因此，一名灑掃者沒在打掃卻在樹下閱讀。」大師接著說，「而他讀得如此全神貫注，以至於完全沒聽到我走近。於是我問他在讀什麼。」

「而我回答：『一則預言。』」彼特說。「『一則預言？』主席問道。『一則預言。』我回答。在我們的詩文集裡，有一則與眾不同，它是詩與歌的集合，其中大部分為輓歌體，名為〈聯盟頌〉，它慶賀著自然界的結盟、夜間的薄霧、墨黑的雲、石頭，以及其他。」

他嘆息，隱約透露著悲傷。

「但這則詩文不同。它既不歌頌任何已知的事件，也不提及我的記憶，而是描寫我們的惡，彷彿它早已提前預料到，並從中描繪了它所能夢想的解方。沒有任何人曾經注意到這件事，但當我讀到它，我相信世界將一分為二、一扇門將會由我心裡打開。這僅僅是一首三行詩，描述一則不知名的故事，然而在幾世紀飲茶的平淡日常與聽過許多非凡的詩歌之後，這就像人生整個被炸開，閃閃發亮得一如品嘗完一杯麝香白葡萄酒。」

他的雙眼閃耀著當時的感動。

「我讀了這則詩文，也明白了灑掃者想說的事。」大師說道。「接下來要做的，是要說服其他像我一樣的人，而彼特在這方面很有才能，也下了許多功夫。從這天起，預言便帶領著我們走向戰爭。」

大師引述預言時，祖靈激動得顫抖不已，而克拉拉似乎看到一道銀色閃光，快如閃電，自其柔順的皮毛一閃而過。

薄霧重生

透過兩名十一月與雪的孩子

失根者最終結盟

「這是唯一一則從未被我們譜寫的奇幻詩文，」大師說著，「也正是為何我們會視之為預言的原因。它描繪一種仍在進展中的真實，而我們可能因此得救。在我們的歷史中，這是史上第一次面臨薄霧一族的衰落，有人認為人類要為這衰落負全責，因為人類的草率輕忽，造成了大自然的衰竭；而另一些人則持相反意見，認為惡來自於我們不夠團結一致。一名精靈畫出了基督卻不曾變成人類、亞力山卓最後的畫作讚美了我們的世界，卻不曾指出那座橋——若說我認為這些畫作的靈感皆取自我們的結盟，那是因為我知道，人類的藝術饋贈了身為精靈的我們幾乎無從理解的記敘故事，而為了有所回報，我們薄霧一族便將人類帶領到遠超出他們世界的限制之外。是時候一起創造我們的命運，並且相信這最終的聯盟了！已經有太多便橋在在顯示了我們的渴望，而我們可以攜手一起跨越同一座橋！」

「我們是那兩名十一月與雪的孩子？」她問道。

「是。」大師回答。

「也有其他孩子出生在十一月的雪中吧！」

「但沒有既是人也是精靈的其他孩子出生在十一月的雪中。只是，我們並不知道要為這奇蹟做些什麼！」

克拉拉想著那些腦中不斷縈繞著連結的橋與人類限制的人們，渴望著被救贖以更貼近自己的心靈，同時也想著那些著迷於人類天才般創作力的精靈畫家、灑掃者與音樂家，還有這些散落在兩個世界的眾多便橋，透過藝術的榮光迸射交錯出無限的區塊。同時，在這些榮光之上，閃耀著一股更強烈的光明，超越了音樂與藝術形態，激發出這些人類與精靈們自身更強大的力量。

「宇宙是一部巨大的記敘著作，」彼特說，「每個人都有自己敘述故事的方式。這些方式一部分在奇幻傳說的天空裡發光，一部分則引向預言與夢境。我的呢，則是阿馬羅尼葡萄酒帶我看到的，兩、三杯黃湯下肚後，我都會有同樣的幻覺：我看到一幢房子，佇立在田野中央，一名老人，在工作後返家。這名男子和這幢房子是否真實存在？我不知道。老爺爺總是把他的帽子擱在大大的餐具櫃上，對著他在廚房讀書的孫子微笑著。我感覺到，他希望孫子能擁有比他更舒適的生活，和一份不那麼榨乾人的工作，所以他很高興孫子能喜愛閱讀與夢想。他總對他說：『non cé uomo che non sogni[11]。』為何我總是不斷重回這個故事呢？每一次，當老爺爺對他的孫子說話，我就流淚，緊接著，我就作夢。」

「妳們的能力與奇幻傳說的力量有關，」大師說道，「可惜的是，我們對這份力量所知有限。」

「這一生，只有兩個時刻是所有的可能都有可能發生的，」彼特說，「也就是在我們喝醉，或杜撰故事之時。」

克拉拉感覺到體內有一股非常古老的意識在顫動著，像是遠遠超越了時間與空間，而與眾女性相連接，這經驗她曾經透過蘿絲感受過。但這一次，則是透過思想的創作，得以進一步與全人類相連結。浩瀚的星辰突然湧現在她的目光深處，她在璀璨的世界地圖上繪製眾靈魂與眾作品，而地圖上投射的光芒可以從宇宙的這端通往另一端；於是，一幅本世紀在羅馬所繪的畫作，可以闢出一條直通眾人心底的道路，跨越不同朝代與地形上全然分隔的距離；因為大地與藝術共振的頻率是與時俱進，並在實質上相互和諧共存的，即使彼此在地理位置上相隔甚遠。克拉拉不再只存活在自己的感知層次，而是穿越了真實中的不同層次，以一種網狀的連結脈絡向外開展。這交錯的網絡因為昇華了實體距離，得以閃閃發亮，極其自然又極其人性。於是，靠著這樣的連結，她記錄到一系列不超過十秒的影像，影像中彼特的移情作用轉化為一個既抒情又複雜的故事，一如以往他對她說過的那些故事。因為此時，他們兩人相互連結在這宇宙間無邊無際的連結網裡，一同見識到散落在虛無中的諸多連結便橋，而旁人在這虛無中，卻只感受到空白與毫無關聯的孤寂。於是，她看見一個坐在鄉間廚房的小男孩，沉浸在夜幕的暗影中，一名臉龐被苦痛沖蝕成溝的老者，把他的農夫帽擱在餐具櫃上，以休息放鬆的姿態舉袖擦拭前額的汗水。村裡的鐘樓正敲著晚間九時的祈禱鐘聲，一日辛勞的終了啊！老爺爺笑著，燃出一朵足以點亮整個國土的微笑；

---

⑪原注：人孰無夢。

在他的群山與平原之外，是那些他不認識的地區，而更遠處，突然迸射出一束光芒，點亮了某個地帶，那裡如此遼闊以致無人得以涉足其中。

「Non cé uomo che non sogni.（人孰無夢。）」她喃喃道。

「從未有人以這樣的方式潛入我的視覺，」彼特說。「我感覺到妳就在我夢境的最深處。」而後，帶著溫柔與明顯的感動，他繼續道：「瑪利亞和妳是兩個世界中不可分離的整體，一個是自然界，一個是藝術界。然而，是妳握有譜寫新的命運故事的可能，如果兩千年來有那麼多的人都能活在信仰所造就的現實生活裡，相信一名戴著刺荊冠、釘在十字架上的人可以復活，那就可以合理的相信，在這個世界一切都有可能。現在，該妳了，因為妳看得到靈魂深處，人類和精靈都憧憬著跨越便橋，而妳能藉由帶給他們奇幻傳說與夢想去創造出那些便橋。」

「你得幫我。」她說。

「我不過是一名單純的灑掃者與士兵，」他回答，「而妳是預言之星。我不認為妳會需要我。」

「你曾是一名士兵？」

「我曾是一名士兵，而我也曾在我故鄉的世界裡上陣廝殺。」

「精靈世界有軍隊？」

「精靈世界有戰爭，而這些戰爭跟人類世界的同樣醜惡。有一天，我會告訴妳關於我第一場戰役的故事。我當時醉得非常厲害，但縱使倒下，我們還是能製造許多的惡。」

「你曾經殺過敵人嗎？」她問道。

「是的。」他回答。

「殺戮時是什麼感覺？」

「害怕。」他回答。「妳會害怕嗎？」

「會。」

「很好。此時我與妳同在，而且將永遠不會離開妳，戰爭時不會、和平時也不會。妳雖沒有家人，但妳有一個朋友。」

我有一個朋友啊！她默默地想著。

「但現在，第一場戰役要開始了，」他說。「我們已經無路可退。」

「白雪，是瑪利亞的夢。大地、天空與白雪。」她說道。

她起身走向鋼琴，在沒有聽說過其中的故事之前，她曾經多次彈奏過這些樂譜，但彼特的夢境如同為她打造了一把和大師練琴的鑰匙，她發現每一本樂譜都敘述著一個故事，勾勒出作曲者的內心。於是，自第一本開始，所有樂譜在她記憶裡一一浮現，並沾染上奇幻夢境的色彩；而不論美好或黯淡，這些夢境都早已寫入奇幻傳說浩瀚的星辰之中。因此，她重彈了自己先前出於團結與原諒的渴望而譜寫的聯盟頌歌，但這一次，她在其中加入了來自瑪利亞內心的氣息與話語。

霧之屋

薄霧委員會半數成員

「我們要撤回保護，她們只能信靠她們自己。很快地，我們就會知道未來會如何了。」

「我們接到通道傳來的消息，那些負責統率的人已經準備好作戰了。」

「我們該在橋頭集合嗎？」

「我們在哪裡集合並不重要。」

第三部

戰爭

透過兩名十一月與雪的孩子

歐傑
所有的夢象

村莊的防護毀於一旦。這讓瑪利亞的心像是退去的巨浪，只留下被傷悲與空虛橫掃而過的砂礫灘。她知道，低地之鄉能有過去這般榮景，全源自於奇幻野豬與銀色駿馬。牠們的力量與她自身的能力息息相關，她於是習於從中汲取大自然的樂音與能量。因此，當這股力量消失時，她變得既聾又盲，彷彿從未聽過歌劇或欣賞過雕塑——她明白，這就是平凡人類的宿命。

✽

從東邊的林間空地到教堂的階梯，一路皆是絕望之景。眾人感到像要陷入腳下的深淵。馮斯瓦神父與歐傑突然停住，女孩的惶恐使他們自始累積的勇氣喪失殆盡。尤其是神父，那心中枯萎的花朵，再也找不到綻放的氣力。驚恐於自己一連串的瀆神之語，他決定在災難後第一時間來到主教面前告解。「我有罪。」神父一邊發著抖，一邊重複道。他環顧四周，鄉野，看起來和他這名離經叛道的罪人狂語一樣可悲。不過，他並非唯一感到消沉的人，因為歐傑也為羅蕾特過去的幾段情史而心生妒忌。整座村莊都一樣，瀰漫的厭惡和苦澀占據了人們的靈魂，大家都在哭喊悲慘的命運。跟著老傑的人們，已不曉得自己的姓名。教堂裡的年輕人，只消一聲警告便會如鳥獸般散去。至於位在林中空地的安德列，則用盡全力拯救其他三位僅存的勇氣。原以為已復原的結痂再度裂開、感染，人們怪罪這名為世界帶來混亂的掃把星。他們試著瞭解，除了神父和第戎主教的教誨之外，還有什麼其他該盡的「職責」；然而，拯救這名具有神秘力量的女孩並非職責所在。追根究柢，這樣的滿目瘡痍，全是瑪利亞和她的守護者所致，他們帶來曾經消失卻再出現的混亂——內疚、罪惡感、小心眼、淫亂、否認和種種只藏在恐怖嗆鼻地窖中的卑劣行徑。

克拉拉在羅馬演奏，此時潮汐反轉，悲傷陣陣退卻。瑪利亞不再難過、空虛；回憶不斷湧現：歐杰妮的臉龐、銀色的駿馬與奇幻野豬；她又看見當初抵達這個村莊時的霧氣，以及滿載人們夢想的漫雪天空。生命就此展開，人們樂在其中。她重新理解大自然中的音樂和活力。第一次，克拉拉彈奏的曲目，使瑪利亞那因歐杰妮之死飽受折磨的心靈得到平復。對曲子的迴響，使她的力量更加強大。

in te sono tutti i sogni e tu cammini su un cielo
di neve sotto la terra gelata di febbraio[12]

✽

林中空地這時揚起一陣強烈的氣流，產生一幅世界末日的景象。天色驟變，成了威脅與死亡的罩頂，流竄著風暴的閃光與轟隆的聲響。世界除了巨大的威脅感，再無所剩。

「所有的戰爭前線都一個樣。」彼特對克拉拉說。「這風暴和戰爭有相同的樣貌，妳看到的，即是妳之前每位士兵所看到的。」

薄霧展開新的變化，它不再纏繞瑪利亞，而是從女孩的手掌中自然而生。巨大的閃電在天空

⑫ 原注：你擁有全部的夢象，你走在漫雪天空的二月凍土上。

持續作用，映照出村莊的毀壞。小女孩開始對漫雪的天空輕聲細語。

於是……於是眾人的夢想伴隨著克拉拉彈奏的古典樂，投射流轉在橫跨這塊土地的天幕上。她見到在蒼穹展開的布幕上散落點綴著欲望的珍珠，因為在對一切渾沌徹底失望後，每個靈魂終於重生，終於相信勝利的可能。

令她感到驚訝的，是歐傑的夢。夢裡有羅蕾特和被壯麗群樹所圍繞的木屋，還有一條通往森林的小徑，是一個美麗的國度。這不僅是一名男子渴望愛情和平靜生活的美夢，也呈現大自然不再受人類剝削利用、獵物不虞匱乏，而人類只取所需、並在美好季節成長茁壯的願景。在這樣的願景中，失根的小女孩被放在簡樸人家門前的台階，好讓她們認識高尚靈魂。深諳山楂花、粗魯無文的貧困老婦們，陶醉在讓西班牙小女孩安然入睡的任務中。所有人活在其中，現實上不存在這樣純粹的和諧，但是在夢裡，願望的元素被一一解析，從而打破了土地疆界與頭腦界線，自人生為人起，我們稱之為愛。

只因歐傑・馬歇洛有愛的天賦。

相較漫雪天空中的其他夢象，就屬馬歇洛的夢最為閃耀奪目。人們生活艱辛卻又如此幸福！

每個男人都這麼想，每個女人更是如此認為。充滿喜悅的人們朝魔鬼弓箭手的方向前進，神父抬眼望向浮雲，失而復得的信念更加篤定。夢象生成的喜悅，帶給大家希望和勇氣。瓊諾從農場中庭瞧見戰場，此時，他第一次重見哥哥兒時的樣貌。已經好多年，他忘記哥哥的眼神，只記得他臉上痛苦的假笑。多年來他未曾嘗過幸福的滋味，但在今日，幸福化作一名女子，他終於得以在其雪白的肩上，流下壓抑多年的眼淚；過往的禁忌也在風暴中煙消雲散。他因此知道自己即將成婚，並得一子。他將跟孩子提到自己的兄長，以及往日祥和的時光。瓊諾轉向村長，開心地拍拍他的背。

「啊，感覺年輕起來了。」他輕推居勒一下。

村長居勒細細品味著狩獵前的詩意時光，為大夥狩獵做準備的巡邏人獨享整片森林。黎明時寒冷的小徑，滲入新的魔力。他看見一名前額塗抹了顏料的男子正和一頭靜止不動的鹿交談。後者有著一身完美的皮毛。當大家從各自的夢境得到相同的啟發時，勃艮第的天空中出現了一陣強烈的喧鬧，伴隨著彩釉陶眼的影像和羽毛耀眼的山鶉，以及林中的競跑與夜裡的親吻，還有光彩奪目、與石頭和雲朵產生共鳴的日落。每個影像和祝願是生命的縮影⋯⋯如此多的壓抑淚水和埋藏的苦難……無人不知眼淚的鹽味，無人不苦愛得太多或愛得不夠，並在苦役枷鎖的掩護下封閉部分的自己。無人不感悔恨鑽心；不感經年苦痛；不知罪惡之感。但今天有所不同。人們移動了內心深處已被遺忘的三片「蒜瓣」，日常生活的場景也化作美麗的畫面。大家在天空中認出自己的夢象，從而獲得決心與力量。夢象中最強大的是歐傑的夢境，帶給人更多的勇氣和光明。因此，追隨他的年輕人們告訴自己，他們的軍事「獵捕」也將同樣富有美感，雖然殺敵時毫不留情，卻不會陷入瘋狂，這塊土地能就此重拾往日的光彩。

✿

他們抵達東邊的荒地，接著繞到後方射出眾矢的小丘。這些從他們頭上飛過的箭矢，在進入風暴的氣流後才會轉為致命的炸藥。現下它們僅是由良木和羽毛製成的箭矢，而眾人躍躍欲試，喜於和怯懦藏身黑牆後的人群大幹一場。此時，歐傑朝他們比了個手勢，要他們用他們的獵物聽不見、也感覺不到的方式移動。於是，他們走向最近之處，以弓箭手的姿態對付敵對的弓箭手，但他們用的是現代化武器……子彈在風中咻咻飛過。啊，美哉此刻！這是一場戰役，也是一種藝術。當他們起身面對敵軍時，他們看見了一個景象：一群赤裸的男子，他們的呼吸與大地的脈動相連，且步伐輕盈得好似懸浮於地。接著，眾人清楚意識到自己是崇高的弓箭手，該將榮耀歸於山林和樹木的友愛；他們知道，儘管自己的指甲可能染黑，他們終是這片土地真正的主人。

如果現在的場景並非射殺惡徒，而是開瓶慶祝，歐傑可能會說：「非主即僕。」然而，當村民們作如是想時，兩分鐘的奇襲，已制服了半數的敵軍。剩下的另一半敵軍急忙撤退至小丘另一邊。敵軍如兔子般逃竄，最初村民們想繼續追捕，後來決定放棄，因為眾人都想趕緊折回村莊。他們只匆匆一瞥那些倒下的敵軍，發現他們就像所有傭兵那般醜惡：蒼白皮膚，暗黑髮色，戰袍背後還有基督的十字架。眾人闔上亡者們的雙眼，才踏上返家之路。他們試著盡速返回教堂，但大水淹沒道路，人行通道已不復存在。

✽

在林中空地，克拉拉將故事以一句話代之，告訴了瑪莉亞。克拉拉朝漫雪的天空低語，而這句話，以分叉的三根樹枝形現於天，象徵著瑪莉亞的三種能力。這句話既非義大利語，也非法文，只是一種充滿故事和夢想的恆星之語。

你擁有全部的夢象，
你走在漫雪天空的二月凍土上

瑪莉亞透過一名男子認識了這片土地，他在首次見到她的那個夜裡，就將她視如己出；之所以認識這片天空，全因這名如母親般疼愛她的婦人：之所以認識白雪，都是因為她們誕生時出現的奇幻薄霧。克拉拉的音符釋放了魔力的符咒，瑪利亞得以看見自己塗繪的夢景。紅橋在未知世界的力場中閃耀，朦朧的城市吸取著來自力場的光線和元氣。一道無形的連結在她身上成形。她內心的種種想法慢慢聚集，重整融合成一個新的生命體，一個充滿真實性的個體。接著，這些想法從她的體內散出，擴散至無邊無際。於是鋼琴聲停止，在欣然接受的示意下，瑪利亞同意了鋼琴述說的故事。在漫雪天空中，一道如世界般遠長的缺口於焉開啟，眾多奇特的生物從閃著光的裂洞降落至結凍的大地。瑪利亞的魔力使村民們目瞪口呆，因為天空變成大地，土地成為烏雲，而人們像前往天際，在該處生活，且如正常般那樣呼吸。他們能夠理解，天空一分為二的轉化，迎來了前來保衛村莊的大軍。村民們驚訝於在雲端上行走，在土地上打仗。安德列脫掉帶耳軟帽，站在女兒身邊，如法官般挺直腰桿，雙腳直定於地，他既驕傲又恐懼，而這兩種情緒，恰如其分地被分成等量的兩部分。

空地上滿滿都是盟軍。

「瑪利亞是新的橋梁，」大師說。「這是薄霧大軍的分隊第一次在人類的世界裡戰鬥；精靈們在其中實現制定的戰略。」

大地似乎恢復了原狀，五十多個奇幻生物環繞在瑪利亞身旁。有些具有野豬的外表；有些則像野兔、松鼠，或龐大又笨重的野獸（大夥兒猜測應該是熊）；還有像水獺、海狸、老鷹、斑鶇等動物；以及所有認得出和認不出的可能物種，其中包括了令人驚異、只出現在神話故事中的獨角獸。這些前來助陣的勇士，除了有上述動物的形體，還帶著人類與馬匹的體貌。這三種不同的元素相互融合混雜，瑪利亞和士兵們並不因此感到驚奇。安德列看著他的眾尉官，他們脫下帽子，儀態莊重，帶著虔敬看著奇特的大軍，疑慮讓他們心生害怕，但他們寧可戰死，也不願潰散，已做好隨時聽令的準備，一如木樁般直立原地，與獨角獸和熊對峙。氣氛死寂，直到其中一名來自天空的助陣者，脫離了隊伍來到瑪利亞跟前致意。那是一匹紅棕色的駿馬，尾巴變成閃爍磷火，當人類外貌中的松鼠分身邁向其他人時，點點金黃亮光映上牠的雙眸。牠挺起身，和從前那頭奇幻野豬一樣，用無人理解的語言和瑪利亞說話。

𝄞

在羅馬這一頭，祖靈離開克拉拉的掌心，長至如人類般大小，接著開始在室內旋繞，每繞一圈，就從皮毛下釋出一個分身，後者萎縮變小，但未就此消失。克拉拉看見一匹馬、一隻松鼠、一隻野兔、一頭熊、一隻鷹、一隻棕色野豬，當然還有其他跟著不斷旋轉而出的飛禽和陸獸。終於，祖靈停下腳步，所有的全體，維持著一種相互牽動的和諧。大師起身，將手放在心窩。彼特的雙眼閃爍著光芒。

「你看見的這隻奇物，我們以為牠不會再出現。」大師說。「很早以前，我們都是祖靈，然後漸漸陷入沉睡的狀態。我們來到這世上時，就已逐漸喪失某些形體，最後只剩下三種，未來恐怕還要繼續減少。我們不曉得減少的情形何以會發生，但這現象和我們薄霧消散的情況同時存在。

這段期間，我們有兩個強烈的預感：第一，你們誕生時的情況也符合這種轉變，卻帶著『善』的力量；第二，當一個形體永遠消失時，能以其他形式重新再造，並與之結盟對抗邪惡。」

此時，克拉拉看見大師眼中噙著淚水。

✿

在東邊的林地上，薄霧大軍的密使正與瑪利亞交談著。藉由祖靈的力量，與各物種未分裂前的時光之重現，法國小女孩與義大利小女孩得以理解密使之意和彼此交談的內容。至於什麼也沒聽到的士兵們，正在寂靜中等候瑪利亞的指示。

「我們因妳的召喚前來，」紅棕色駿馬說道，「儘管我們在你們的這場戰役中派不上用場。不過，新橋的開啟是項關鍵，我們該瞭解它帶來的希望與力量。」

「我需要你們的協助，」她說，「我一個人做不到。」

「不，」牠回話，「多虧妳打開缺口，我們薄霧大軍才能來到此處。不過妳並不孤獨，在戰役中，天空、大地及漫雪都將與妳為伍。」

「妳並不孤獨。」克拉拉說道。

「妳並不孤獨。」彼特又重覆一遍。

「漫雪與妳同在。」克拉拉又說。

這些字句，終於戰勝了一切，如同一開始的初雪，似最終的殘雪般閃耀，它們像黑石小徑上的路燈，穿透了整片黑夜。當夜幕降臨這個陌生的環境，一股熟悉的溫暖籠罩著瑪利亞。遠方時而傳來的爆炸回聲，劃破了行軍的月夜。她知道，這些是從勝利戰役中倖存的戰士，他們永遠懷念捐軀的同袍，可是他們現在卻備受嚴寒折磨。一名即將死去的士兵抬頭，從他的眼神，瑪利亞讀出了他的心聲。

✿

開始下起雪。

下起一場美麗閃耀的雪。雪簾快速地從林中空地延展至教堂石階前被大水淹沒之處。現時，再也分不清天空與大地，這兩者，已在眾多純白無瑕的雪花中連成一線。奇蹟般地，大地像因為這些落雪而稍稍回溫。失而復得的溫熱輕撫著冰凍的前線！若不是身為男人，士兵們定會像菜鳥般開始啜泣。在瑪利亞示意下，部隊再度出發，當他們踏上先前帶著沉重心情前來的蜿蜒小路時，十一月的大雪就像二月那般狂下，冰凍了整片田野。抵達村莊時，襲風減弱，原本遮蔽視野的風暴只在後排的房舍與荒地間發出悶嗚。

見到瑪利亞一行人的村民，嚇得呆若木雞，竟不知該逃離現場，還是上前擁抱。即便夏夏與索哈之子已克服驚愕，來到有獨角獸一同的隊伍中，但其他人卻仍要一些時間，才能免去面對這些奇幻生物的恐懼。終於，當大夥兒平復後，便開始挖空心思歡迎這些人面獸身的奇幻大軍。眾人望著神父，祈禱他能夠指示大家幾項適用於巨型松鼠的社交箴言。安德列看著雪增厚，並矛盾地變成透明且炎熱，而此時，瓊諾、村長、羅蕾特、蘿絲，以及其他老奶奶也正好抵達，因為他們在風暴退散的初始徵兆出現，敵方騎兵也突然在大雪中潰散時，即取道教堂小徑趕來此處。看見前來援助教堂人們的救兵時，蘿絲與老奶奶們頻頻畫著十字。至於男人們則或多或少感受到，自己就彷彿回到他們來到這世上第一次被打屁股的那天。然而，這時監視哨的人捎來眾人必須即刻警戒的消息，而雷翁・索哈表現得像個貨真價實的老兵，前來向安德列稟報。

「在小丘後方，有另外一支部隊。」他說道。「數目眾多且持戰鬥用散彈槍。我們的人在第一線，但因為水位上漲無法撤退。」

他對於自己能夠如此清楚地表達上述話語感到驚訝，因此儘管現下的景況令人沉重，他仍像個孩子似的露出微笑。

瑪利亞點點頭。她閉上雙眼，雪勢登時加重。接著，一股魔力使得降雪液化成一道堅固的簾幕，朝著黑牆前進；正是這一股魔力使得低地之鄉在繁盛季節穀物豐收，同時維護著自然界的完整性。魔力發揮效用之時，他們可以感受到田野間不尋常的震動，以及一種與地震幾無相關的情緒。同一種性質的波動傳向精靈支隊，而所有村民隨即都明瞭精靈們也同意小女孩所為。最後，他們看見風暴消退之時，厄運騎士也同時潰散化為烏有：風暴就像是被自身吞噬掉一般，但大夥都知道瑪利亞的能力遠遠高於敵方。時間在恐懼的回憶與勝利的寬慰中靜止；大夥互望，不太知道該如何思考或行事（事實上，也沒有時間思考或行事）；終於，大夥開始哭泣、歡笑與擁抱，並激動地畫著十字與撥動念珠。眾人當中唯有安德列和奇特生物一同保持警戒，並且和他們一樣，只望著瑪利亞。在她臉龐的細緻皮膚下，暗沉的細脈以同心圓的形態自她的雙眼擴散而出，而她因為異常專注而緊繃的表情，使得自天上前來助陣者生出新的敬意。安德列聽見他們用無法理解的語言低聲交談，聲音中聽得出他們的驚訝與景仰，他看見他們分散在她周圍，就像士兵隨侍在他們的將軍身旁。接著，她轉向安德列，說：

「前進。」

不過在軍隊出發之前，她請馮斯瓦神父來到她跟前。

✿

在白色雪幕中，馮斯瓦神父的人生出現劇烈轉變。當白雪消融之際，歐杰妮下葬那日他胸中曾感受到的那朵花再度出現。三天前，他只知道這朵花有著愛的特質，那份愛所散布的範圍比靈魂牢籠還要寬廣。不過，宇宙精華濃縮在雪花的迷人閃耀中，他講道的真正意涵也終於顯現。為何必須要在造成天與地分離原因的虔誠信徒面前，以如此強烈的力道揭示世界確實不可分割？這是瑪利亞在他身上看到的，也是她為何想要神父陪在她與安德列身旁的原因。巨大的衝突將近，恐懼滲入神父的每個細胞之中。我們會喪失珍愛的親友，並承受無預警的背叛，我們迎著不公平的風暴前行，我們在不人道的酷寒中直打哆嗦，且迷失在未曾聽聞過、最邪惡的黑暗之中，我們失去所有信仰，且在冰封世界中遇上敵軍縱隊與無解絕望。不過出乎意料地，他並未經歷兩千年的內在革命而臣服於恐懼。一陣毛骨悚然後，一股以前在溪流水草中玩耍的小男孩的希望取而代之，他知道分開的最終會結合，分裂的最終會和解，或是我們就此死去，一切不再具有任何重要性，僅願榮耀生者的團結一致。

✤

大夥取道荒地的小徑，抵達小丘不遠處，展開駁火之處。婦女們待在教堂，但馮斯瓦神父走到安德列與瑪利亞的身旁，位於這些眾人不再訝異於和獨角獸及斑鶇並行的戰線前哨。沒有人攜帶武器，可是眾人都準備好徒手應戰，尤其臆測到盟軍並不會在這個終結戰事的時刻撤除彈藥配備；而隨著隊伍，漫雪天空也向前推進，裡頭有點見識的人瞭解，正是透過它，瑪利亞維持了領地範圍，使得自顛倒的大地與天空湧現的士兵得以戰鬥。眾人來到小丘，儘管水已經退卻，由於其他殘酷伏擊的包夾，只見老傑和他的三名人馬立於不利的處境且無法撤退。當首波射擊爆發，他們鑽入地形的彎處，可是槍林彈雨落在咫尺，敵軍以側翼繞開。不過，他們以四對抗五十，雖然能瞧見幾個壞人倒在一旁，眾人也明白已得靠奇蹟才能存活，且還看見其中一名已經倒地，孱弱地抖動。事實上，他們得表現出英勇的抵抗，才能不至於像潮蟲般被根除，而有鑑於此，援軍在不平等戰鬥的場景前怒氣衝天，邊打賭盟軍亦燃起同樣的憤慨與同樣想要建立平衡公義的欲望——他們也不意外紅棕色駿馬俯身向瑪利亞，並道出數語，透過動作清楚表達。牠說：「讓我們來完成工作。」她同意了。

降雪消失了。

降雪突然消失，彷彿整場戰役中未曾落下一朵雪花。大地回復如夏天般清淨和乾爽，且在如鴿子一般雪白的雲朵間，刷出一片隱約述說著幸福的淡藍。已經有好幾個世紀未見這種藍天，眾人加快速度地朝發現奇幻部隊敵軍的方向前進。原以為在超自然風暴中射出箭矢的眾男丁更能克服不尋常的幻象，可是他們反倒像是僵在原地並被驚愕與恐懼淹沒。不過，有一人似乎從全身癱瘓中脫身，舉起步槍瞄準來犯者的陣線。

這地區變了樣。是奇特的轉變，事實上，它的外觀或本質都沒有改變，但組成元素卻已昇華，且赤裸裸地顯現其物質的能量，每個人都透過未知感應器察覺到此一轉變，也為他們打開可見世界的維度。它既原始又璀璨。滲入陸地動物的盟軍造成大地捲起的震顫，繼而蔓延，如同打倒傭兵的地底震動一般。老鷹、斑鶇、大海鷗群以及與天有關的個別物種轉向空中，形成渦流氣場封鎖敵軍目標。水獺、海狸及其他陸地與河流生命體將空氣轉化為水，並加工製成矛，使得眾男丁讚嘆在矛射中敵人，並比金屬或木造武器更冷酷地刺傷敵人之前。但是當邪惡的風暴現身，從變形的自然元素中採取粗暴的行動，眾人感覺到奇特大軍和諧地悄悄溜進自然的律動中。

「切莫逆著貓毛生長方向去撫摸一隻貓。」馮斯瓦神父喃喃說道。

神父身旁的安德列，聽見這句話後咧嘴漾出一個從未出現在這張恪守約定的臉上的笑容。可是今天，他像年輕人般對神父的趣言漾起笑意。神父見此也以笑顏回報，笑容中包含著一名男子感覺自己身而為人的嶄新狂喜，他們在勝利藍天下笑著，因為他們自相反方向的地方前來，卻同在一個友愛之地相會、相愛。

最後一名敵人倒地。

最後一場戰役告終。

歐傑負傷在身。

眾人匆忙奔向這名無法自行起身的勇者。他身上中彈，外衣下褪去的襯衫沾染了鮮血，可是他微笑著，所有人圍到他身邊時，他用清楚的大嗓門說道：

「他們把我撂倒了，這些該死的下流胚，不過我有先打趴了幾隻。」

馮斯瓦神父檢查他的傷勢，接著取下自己的圍巾，壓在歐傑的傷口上。

「你會冷嗎？」他問。

「不會。」歐傑回道。

「你嘴裡有什麼味道？」

「什麼都沒有，真令人沮喪。」

他的面容比鬼還蒼白，吃力地說著每個字。居勒從他的外套裡拿出守林人的滴劑小扁瓶，好讓歐傑將它含在唇間。歐傑吸吮著，顯得心滿意足，然後吐出長長的一口氣。

「我覺得子彈滑進了肋骨裡，」他說道。「我們也有可能馬上就知道了，因為我或許無法再見羅蕾特一面就會死去。」

瑪利亞跪在他身旁，抓起他的手。不過她先向克拉拉請教。

「我知道該怎麼做了。」她只對他這麼說。

接著她閉上雙眼，專注在流過歐傑・馬歇洛手心的液體。沒有絲毫希望，而她知道他自己也明白。

現在換馮斯瓦神父跪在他身旁。

「我不是要懺悔，我的兄弟。」歐傑說。

「我知道。」神父回答。

「都要死了，我還是不想信教。」

「這我也知道。」

於是歐傑轉向瑪利亞並對她說：

「可以嗎，小不點？把我的訊息給我。我從來都不曉得，但全都在裡面。」

他筋疲力盡，秀出自己的胸膛。

她輕輕握著他的手。接著問克拉拉：

「妳可以把他的訊息給他嗎？」

「妳是在跟誰說話呢？」歐傑問。

「另外一個小不點，」瑪利亞說。「懂得心的人就是她。」

「神父要握著他另一隻手。」克拉拉說。

在瑪利亞示意下，馮斯瓦神父握起行將就木者的手。透過法國小女孩握著的手，克拉拉聽見歐傑・馬歇洛的樂音。就像她稍早在空中看見的夢象。樂音訴說著愛情與拍打樹林趕出獵物的故事，一場女人與帶有馬鞭草與葉片氣味的森林夢，樂音說出一名生死皆貧的男兒之單純性，以及一顆飾有神秘蕾絲花彩的質樸內心的複雜，樂音由真誠的容貌及難以言喻的嘆息、放聲大笑以及對上帝毫無所求的宗教渴求所捲動，且樂音充滿粗糙不平與寬宏大量，使他成為西班牙小童尋得庇護地區的代表。克拉拉就只是彈奏並傳遞故事的優美，這使她回想起老歐杰妮崇敬神奇力量的優美，並讓手指以卓越的流暢性在鋼琴鍵盤上奔馳，一直到換馮斯瓦神父聽見訴說這段羅蕾特與歐傑・馬歇洛故事的樂音。鋼琴聲靜止時，他把他另一隻手放在歐傑的前額上。

「你會跟羅蕾特說嗎？」後者問道。

「我會跟羅蕾特說。」馮斯瓦神父回答。

歐傑・馬歇洛帶著微笑，朝上一看。只見鮮血從他的雙唇間緩緩流出。他的頭歪向一旁。

他死了。

馮斯瓦神父和瑪利亞起了身。人類與精靈緘默不語。在羅馬也是同樣靜默，彼特拿出他那條像是巨人在用的大手帕。

「所有的戰爭都差不多，」他最後說道。「每位士兵都會在戰爭中失去朋友。」

「死去的不是士兵，而是勇者。」瑪利亞說。

現場再度陷入一片沉默。小丘上，眾人聽見小不點說的話，並捫心尋覓明知找不到定義的解答。不過紅棕色駿馬為所有其他人鄭重地找出答案。

「正是為了這個理由，我們必須贏得戰爭，」牠說，「但在那之前，你們得先向亡者道別。」

接著牠往後退至自己的行列，這些人在驚呆的農民隊伍前，像一體成形般鞠躬，在這項致意中，存在著對老戰友的尊敬與手足之情。瑪利亞閉上雙眼，而在她皮膚底下跑動的暗沉細紋增強。於是，透過她手掌所畫的圓圈，薄霧展開包圍行動，它籠罩一個個奇特生命體，直到密使對他們微笑並對他們做出手勢後，才換它消失。此區就只有一小撮介於悲痛與遲鈍、心痛欲裂的人們，盟軍的離去讓他們如孩童般不知所措。但經歷過形同悲傷遭棄的孤兒那段時間之後，他們恢復鎮靜，因為他們失去一位對他們伸出友誼之手直到邁進死亡大門的友人。他們也忙著以最可敬的方式，將這位陣亡弟兄運予其遺孀，而接班的利翁・索哈，為這場戰鬥作結表示：

「他們把他撂倒了，好，可是他已先打趴了其中幾個。」

當他們抵達婦女及孩童們等待的教堂時，羅蕾特前來迎接。她了然於心。臉龐轉為痛苦暗沉的傷疤，聆聽著馮斯瓦神父轉述歐傑想告訴她的話。

「這是歐傑留給羅蕾特的話。雖然透過我口，卻發自他的內心：我的愛，我在天空下行走三十載，不曾對生活在榮耀裡感到一絲懷疑；我不曾躊躇；不曾踉蹌；我尤其是個愛吃喝又大嗓門的人，像麻雀和孔雀一樣，既愚笨且微不足道；我用袖口反面擦嘴，踩著泥土走進家門，且不只一次在歡笑與醇酒中大打飽嗝。但是我在暴風雨中時時刻刻抬頭，因為我愛妳，且妳愛我，而這份愛，既無綢緞也無詩詞，只有沉溺在貧苦中的目光。愛情無法救贖，但它會增長、壯大，為我們帶來散發的光輝，『烙印』在森林的樹木上。它在平凡徒勞事務、無用時刻的空隙內築巢，它不會滑上黃金木筏及閃耀的河流，從來不會歌頌，不會引人注目，也不會顯露出來。可是夜裡，也就是在既不動也不語，僅和緩眼神的被褥間的夜裡，當房間掃好，火炭掩熄且孩子入睡後，夜裡，終於，在我們人生所有不多的疲乏裡，且在我們存在微不足道的平庸中，我們每個人都變成一口井，另一個從中汲水，而我們彼此相愛，學習愛我們自己。」

馮斯瓦神父不再作聲。他明白自己將完成任務。這任務賜予他人生唯一的意義，而他，也會在餘生裡，成為無語的代言人。率真且驕傲的羅蕾特潸然淚下，痛苦的面容已然消失，藏在眼淚底下的是微微的笑意。於是，她一邊將手放在過世的丈夫胸前，一邊看著瑪利亞說：

「我們要好好安葬他。」

夜暮低垂。眾人群聚在毫髮未損的屋簷下。馬歇洛的農場裡，大夥兒正舉行著守靈儀式。大家利用時間緬懷。低地之鄉遭受無情摧殘，得花上許多年的工夫才能勉強重回常態。眾人先為敵人下葬；農地全遭蹂躪，不知道該如何重新開始耕作；大家也會陸續修復房舍，而教堂將不是最後的翻修處，因為居民不願讓就像眼前這一位神父，去另一個教區。最後，眾人自忖接下來會發生的事，畢竟「黑手」撤退，死的也只是他的兵卒，他定會為往後的攻擊做足準備。不過大夥兒和奇幻野豬以及松鼠為伴，儘管有太多的悲傷與哀慟，卻也明白自己已經被這一切永遠地改變。

因此，隔日，即為二月份的第二天，康布的農場舉行了一場會議。出席的有安德列、馮斯瓦神父、歐傑的諸戰友、蘿絲、婦女們和瑪利亞。

「我不能留在村裡。」瑪利亞說道。

眾男丁紛紛搖頭；婦女們則畫十字。

接著，她看著神父：「明天會有三個人來。我們將和他們一起離開。」

「他們來自義大利嗎？」神父問。

「是的，」瑪利亞說。「克拉拉在那兒，我們必須團結我們的力量。」

這消息使現場陷入一片死寂。前一天所發生的這些事，讓眾人瞭解到還有另一位小不點的存在。可是大夥兒都不知道她在整起事件中所扮演的角色。最後，安潔莉鼓起勇氣問道：

「馮斯瓦神父得和你們一起嗎？」

比起瑪利亞的啟程，馮斯瓦神父的離去，看起來令她更加驚惶失措。

「只有他會說義大利語。」居勒說。

馮斯瓦神父點點頭。

「我也會離開。」他說道。

婦女們放肆地犯起嘀咕，不過，安德列只用一個眼神，就讓她們閉上了嘴。

「我們會保持聯絡嗎？」他問。

瑪利亞似乎聽見有人跟她說了什麼。

「會有一些訊息。」她說。

安德列看著對他微笑的蘿絲。

「是的，」他說，「我相信是的。透過天空與大地，一定會有一些訊息。」

✿

終於來到葬禮的早晨，亦即眾人將歐杰妮下葬且風暴被平息後的第二天。馮斯瓦神父並未在毀壞的教堂裡彌撒證道。在和七名亡者道別時，他講了些迴盪在哀傷內心良久的字句。待他靜語時，有三個人進入墓園的圍牆內，在農民們的注視下，沿走道而上。幾名陌生人抵達瑪利亞身旁時，輪到他們低頭致意。

「Alessandro Centi per servirti.（亞力山卓・桑堤在此效勞。）」像喪權王子的那位說道。

「馬居斯。」第二位說道，似乎有一頭棕熊霎時與他深刻的輪廓重疊在一起。

「玻律斯。」第三位開口之時，一隻橘色松鼠在日光中簡短地蹦跳。

「La strada sarà lunga, dobbiamo partire entro un'ora.（路途漫長，我們必須要在一個鐘頭內啟

程。)」第一位又說。

馮斯瓦神父獲得一個長長的靈感。接著，他帶著像是些許驕傲回答：

「Siamo pronti.(我們準備好了。)」

亞力山卓轉向瑪利亞並對她微笑。

「Clara mi vede attraverso i tuoi occhi, dit-il.Questo sorrisoè per lei pure.(克拉拉透過妳的雙眼見到我。這微笑也是送給她。)」

「她也對你微笑。」瑪利亞說道。

自戰役結束以來，她們兩個互相看見對方尋常的感知，如同浮水印一般。然而這連結的永恆歸於瑪利亞更加渴望實現自己能力的手掌，由痛苦的內心深處加上若干元素完全占據它，此後把她從她最愛的生命體中抽離。當她向漫雪天空說話時，她感覺到自己內在每顆天然粒子的力量，彷彿她本身變成完整的物質；她也感受到令她驚嚇不已的內在改變，而她直覺唯獨克拉拉知道如何緩和暴力。於是她保留自己所擁有的不安，期待能與另一個女孩自由交談的機會。

就在戰役之後，克拉拉將祖靈擱在她雙膝上。當薄霧大軍重新通過天空缺口時，它再度變得毫無生氣。

「目前會發生什麼事？」她向大師問道。

「瑪利亞已經出發前來羅馬。」他回答。

「我何時會見到我父親？」她又再問道。

「今天都還不會有答案。且妳不是唯一尋找光明的人。」

「我自己的父親。」皮耶妥說道。

「通道，」克拉拉說。「還需要其他的通道，不是嗎？有一天我會認識另一個世界嗎？」

但大師緘默不語。

彼特坐在扶椅上，一臉暗沉，似乎對克拉拉不表贊同。

在這一新的葬禮日，當下，四個人全都在鋼琴室內。

大師轉向皮耶妥。

「我的朋友，」他說。「多年來，你同意不要得知此事，我向你保證：你在結束前便會知曉。」

然後對克拉拉說：

「妳將會認識妳為其他人開啟的多個世界。」

接著他沉默了，一隻眼看著彼特，而她相信自己在那眼中看見仁慈讓步的痕跡。

「也聽聽看這個，」彼特說道。「來自清掃者與士兵的消息。我很喜歡妳在中庭漂亮玫瑰花的香氛中玩耍時，自己靜靜喝酒。我們會在圖書館的通道間散步，並著迷於美麗的鮮苔，或是和亞力山卓去阿布魯佐，閒聊，吃李子，直到死亡隨之而來。不過當下，這並不完全在計畫之中。然而，以過來人的經驗，否極便會泰來。你將會認識薄霧及活石頭，且妳也將會與自己的夢境相會。妳將會與瑪利亞相逢，而這將是關於友誼的偉大故事，妳會見識到何謂烽火下一夥人團結一致的手足之情。我們會一起去山區，喝點茶，但有一天，我會為此對薄霧感恩，妳會長得大到可以喝杯甜白酒。而這偉大遊歷的每一步，我都會與妳同在，因為我永遠是妳的朋友。然而，即使我不完全是遊記的主人翁，我會奮鬥，也會好好活下去。而只要有友誼與歡笑，其他都顯得廉價。」

他給自己倒了杯甜白酒，舒舒服服地穩坐在夢幻的扶椅上。

「可是在此時，」他說，「我想要舉杯向那些倒下的人致敬，並回顧馮斯瓦神父今晨為了紀念一名叫作歐傑・馬歇洛的偉人，所說的話：『我的兄弟，回歸塵土吧，要知道你有多麼喜歡大樹與林木的永恆性。我會永遠維護這場勝利與這個力量。』而我們的薄霧箴言悄悄出現在他的話語之中，或許並不是偶然。」

Manterrò sempre。

⑬ 原注：我會永遠珍藏。

薄霧委員會

薄霧委員會半數成員

「我們的人這晚奇襲卡次拉。」主席說道。

「損失如何？」某委員問。

「全部陣亡。」霧之屋守護者說道。

「這是一場嶄新戰爭的開始。」另一名委員說。

「儘管有叛變及叛徒之橋，」主席說道，「我們已經召集一支大軍。而人類的軍隊正在集結。我們很快就會在前線展開戰鬥。」

「我們能同時面對兩場戰爭嗎？得找到敵軍的橋梁。」

「瑪利亞是我們的新橋梁。不過沒有任何人類從這一端通過，而我們不確定這對她們有多危險。」

「比起時間的背叛，我比較不擔心此一不確定性。」主席說道。「而我對我女兒的能力有信心。」

「或許此時此刻在我們之中就有一位叛徒，」霧之屋守護者說。「不過小徑具有純淨的透明性，且至少在這領地裡我們能確保安全。至於我女兒的能力，很快將會超越我的。」

「委員們，」主席邊起身邊說，「我們薄霧的衰弱不會只威脅我們美麗的大地。假如薄霧消散，我們也跟著消失。然而，世界不停碎裂並喪失。在古老的年代，人類及精靈不是近親嗎？最大的困難總是來自於分裂與圍牆。明天，那些被敵人攢走渴望的人將會在一個現代的世界裡清醒，也就是衰老與幻滅。不過我們期望結盟時期並追隨古代詩人的幻象。我們將使用我們的霧之屋及他們想像的武器戰鬥，而沒有載明的，是茶之道及夢境並不能戰勝大砲。我們的橋梁屹立不搖，它集中自然的和諧力量，並結合默契難以分割的活人。在小不點們的航跡裡，我們看見男男女女渴望建立在大自然與夢境間的天橋。瑪利亞與克拉拉是我們所引頸期盼的人嗎？還沒有人曉得。不過她們奮勇戰鬥，第一次戰役時已經展現她們保護人類的勇氣與心思，我們受恩於她們所帶我們的希望。不管這場戰爭如何發展，要記住她們的名字，並換你們帶著榮耀起身戰鬥。而現在，你們已經為你們失去的人掬過一把淚，接著整理情緒並為抗爭作準備。至於我嘛，我會做我該做的。我會堅持下去。」

（待續）

向瓊—瑪莉、賽巴斯提安及席夢娜
致謝

國家圖書館出版品預行編目（CIP）資料

精靈少女 / 妙莉葉・芭貝里(Muriel Barbery)著 ; 吳謦竹,段韻靈,粘耿嘉譯. -- 初版. -- 臺北市 : 商周出版 : 家庭傳媒城邦分公司發行, 2015.12
面； 公分. -- (獨小說 ; 40)
譯自 : La vie des elfes
ISBN 978-986-272-931-1(平裝)

876.57 104025103

獨小說 40
精靈少女

作　　者／妙莉葉・芭貝里（Muriel Barbery）
譯　　者／吳謦竹、段韻靈、粘耿嘉
編輯協力／陳青嬬、梁麗燕、李毓眞、林心紅
責任編輯／羅珮芳
企畫選書／黃靖卉

版　　權／林心紅、翁靜如、吳亭儀
行銷業務／莊晏青、黃崇華
總 編 輯／黃靖卉
總 經 理／彭之琬
發 行 人／何飛鵬
法律顧問／台英國際商務法律事務所羅明通律師
出　　版／商周出版
台北市104民生東路二段141號9樓
電話：(02) 25007008　傳眞：(02)25007759
E-mail：bwp.service@cite.com.tw
發　　行／英屬蓋曼群島商家庭傳媒股份有限公司城邦分公司
台北市中山區民生東路二段141號2樓
書虫客服服務專線：02-25007718；25007719
服務時間：週一至週五上午09:30-12:00；下午13:30-17:00
24小時傳眞專線：02-25001990；25001991
劃撥帳號：19863813；戶名：書虫股份有限公司
讀者服務信箱：service@readingclub.com.tw
城邦讀書花園：www.cite.com.tw
香港發行所／城邦（香港）出版集團
香港灣仔駱克道193號東超商業中心1F E-mail: hkcite@biznetvigator.com
電話：(852) 25086231　傳眞：(852) 25789337
馬新發行所／城邦（馬新）出版集團【Cite (M) Sdn Bhd】
41, Jalan Radin Anum, Bandar Baru Sri Petaling,
57000 Kuala Lumpur, Malaysia.
電話：(603) 90578822　傳眞：(603) 90576622
Email: cite@cite.com.my

封面設計／廖韡
內頁排版／立全電腦印前排版有限公司
印　　刷／中原造像股份有限公司
經　　銷／聯合發行股份有限公司
地址：新北市231新店區寶橋路235巷6弄6號2樓
電話：(02)2917-8022 傳眞：(02)2911-0053

■2015年12月29日初版
定價320元

Printed in Taiwan

城邦讀書花園
www.cite.com.tw

Cet ouvrage, publié dans le cadre du Programme d'Aide à la Publication «Hu Pinching», bénéficie du soutien du Bureau Français de Taipei.
本書獲法國在台協會《胡品清出版補助計劃》支持出版。

 ISBN 978-986-272-931-1

商周出版

廣　告　回　函
北區郵政管理登記證
北臺字第000791號
郵資已付，免貼郵票

104　台北市民生東路二段141號2樓

英屬蓋曼群島商家庭傳媒股份有限公司城邦分公司　收

請沿虛線對摺，謝謝！

商周出版

書號：BUC040	書名：精靈少女	編碼：

請於此處用膠水黏貼

商周出版

讀者回函卡

感謝您購買我們出版的書籍！請費心填寫此回函卡，我們將不定期寄上城邦集團最新的出版訊息。

不定期好禮相贈！
立即加入：商周出版
Facebook 粉絲團

姓名：＿＿＿＿＿＿＿＿＿＿ 性別：☐男 ☐女

生日：西元＿＿＿＿年＿＿＿＿月＿＿＿＿日

地址：＿＿＿＿＿＿＿＿＿＿

聯絡電話：＿＿＿＿＿＿＿＿ 傳真：＿＿＿＿＿＿＿＿

E-mail ：

學歷：☐ 1. 小學 ☐ 2. 國中 ☐ 3. 高中 ☐ 4. 大學 ☐ 5. 研究所以上

職業：☐ 1. 學生 ☐ 2. 軍公教 ☐ 3. 服務 ☐ 4. 金融 ☐ 5. 製造 ☐ 6. 資訊

☐ 7. 傳播 ☐ 8. 自由業 ☐ 9. 農漁牧 ☐ 10. 家管 ☐ 11. 退休

☐ 12. 其他＿＿＿＿＿＿＿＿

您從何種方式得知本書消息？

☐ 1. 書店 ☐ 2. 網路 ☐ 3. 報紙 ☐ 4. 雜誌 ☐ 5. 廣播 ☐ 6. 電視

☐ 7. 親友推薦 ☐ 8. 其他＿＿＿＿＿＿＿＿

您通常以何種方式購書？

☐ 1. 書店 ☐ 2. 網路 ☐ 3. 傳真訂購 ☐ 4. 郵局劃撥 ☐ 5. 其他＿＿＿

您喜歡閱讀那些類別的書籍？

☐ 1. 財經商業 ☐ 2. 自然科學 ☐ 3. 歷史 ☐ 4. 法律 ☐ 5. 文學

☐ 6. 休閒旅遊 ☐ 7. 小說 ☐ 8. 人物傳記 ☐ 9. 生活、勵志 ☐ 10. 其他

對我們的建議：＿＿＿＿＿＿＿＿＿＿

＿＿＿＿＿＿＿＿＿＿

＿＿＿＿＿＿＿＿＿＿

請於此處用膠水黏貼